汴梁四日

许伟才 著

H.P.H 哈尔滨出版社
HARBIN PUBLISHING HOUSE

图书在版编目（CIP）数据

汴梁四日 / 许伟才著. — 哈尔滨：哈尔滨出版社，2023.1

ISBN 978-7-5484-6878-3

Ⅰ. ①汴… Ⅱ. ①许… Ⅲ. ①长篇历史小说 - 中国 - 当代 Ⅳ. ①I247.5

中国版本图书馆CIP数据核字(2022)第211996号

书　　名：汴梁四日
BIAN LIANG SI RI

作　　者：许伟才　著
责任编辑：杨浥新
封面设计：源画工作室

出版发行：哈尔滨出版社（Harbin Publishing House）
社　　址：哈尔滨市香坊区泰山路82-9号　　邮编：150090
经　　销：全国新华书店
印　　刷：哈尔滨市石桥印务有限公司
网　　址：www.hrbcbs.com
E-mail：hrbcbs@yeah.net
编辑版权热线：（0451）87900271　87900272

开　　本：787mm × 1092mm　1/16　印张：16.5　字数：221千字
版　　次：2023年1月第1版
印　　次：2023年5月第2次印刷
书　　号：ISBN 978-7-5484-6878-3
定　　价：45.00元

凡购本社图书发现印装错误，请与本社印制部联系调换。
服务热线：（0451）87900279

目录

一

夜空下，汴梁城灯火通明，俨然一座不夜城。皇宫、园林、楼阁、酒肆、瓦子……诸多建筑错落有致、美不胜收。

这一日是北宋宣和二年七月十三，即将到来的中元节让汴梁城更加热闹。横跨汴河、贯通皇城的州桥上，游人络绎不绝。俯瞰河面，只见汴河上波光泛泛，一轮皎月倒映在波光中，在明月的倒影旁荡漾着一艘精美的花船，婉转优美的曲词歌声从花船里飘荡出来。在花船的平台上，一个身姿婀娜的佳人随着曲声翩翩起舞，柔美的月光下，舞姿更显得曼妙，一幅如梦如幻的美景。

汴河两岸夜景怡人，酒肆、店铺灯红酒绿，笙歌连成一片。但更多的游人则驻足于隋堤上，远眺着汴河中的那艘花船，钦慕之色都溢于言表。

在花船上翩翩起舞的佳人名叫杜月娘，乃“汴梁八美”之一。汴梁城的八景闻名天下，文人墨客便将汴梁城中的美妓也评判一番，评出了“汴梁八美”。这原本是酒后谈资，不料慢慢传开竟成了附庸风雅的话题。待到后来，这八美便约定成俗，每晚有“一美”乘坐花船荡于汴河之上载歌载舞，竟成了汴梁城不可或缺的一景了。

但此时，这个美景却渐渐现出诡谲之状。只见汴河中的那艘花船里慢慢现出薄雾，如同晕染一样迅速变浓，形成一团白雾将花船笼罩。继而，随着夜风，白雾飘荡着弥漫开来，汴河仿佛变成了一张硕大的画布，而在这张画布上缓缓绽开着一朵既迷幻又现实的白雾之花。

隋堤上的众多游人瞠目结舌地看着这一幕，但诡异还不仅于此，花船竟从浓雾中升起，缓缓地向半空中飘去，随后磷光闪烁着包裹住花船船体，夜风吹动下迅速燃起了火苗，大火熊熊燃烧，成了悬在半空中的一个大火球。火球下方是浓浓白雾，上方则是滚滚黑烟，混合在一起形成了一幅极其诡异恐怖的画面。

隋堤上的百姓惊愕地看着汴河上这匪夷所思的一幕，惊呼声响成一片。

不出半个时辰，开封府衙役便已赶到，带队的是个军巡史，名叫李忠良。军巡史负责开封府查案、抓捕、审讯等一干事物，虽说职责重要，官名听得也甚是威风，但实际上只是正八品的武官。大宋朝重文轻武，武将基本上权力和等级之间只能选一个，若是权力大那官等级就必须要低。李忠良便是如此，虽在开封府办案多年，但再想往上升迁就难上加难了，因此渐渐变得得过且过，大案要案能躲就躲，以免惹火烧身。但这个花船案是府尹指名道姓让他来办的，李忠良心里一百个不情愿也只得前来，现在刚一调查就发现这案子诡异得很，更让他心慌意乱，但也只有硬着头皮登上官府的内河钓槽船驶向原本花船所在的位置。

此时，汴河中的浓烟与白雾已渐渐散去，月色下，河面上飘着一些从空中落下的灰烬，但除此以外没有花船的任何痕迹，至于花船上的人更是踪迹皆无，李忠良见状只得命手下衙役跳进河中搜寻。

不久后，李忠良手下的小吏福满和几个衙役从河里先后游上来。

福满爬上船，一边擦着水一边向李忠良回禀道："李巡史，水下什么也没有，一丝的残骸都不见。"

李忠良郁闷地点点头，不可思议地看着夜空。

福满指着岸边的众多百姓，小声道："李巡史，那么多老百姓都看得清清楚楚，杜月娘的花船飘到了半空然后烧毁的，咱们向府尹大人如实回报便是。"

闻听这话，李忠良气不打一处来："你觉得府尹会相信吗？那花船足足有三五百料才造得成，如此之重，怎么可能飘到空中？"

福满："但眼见为实啊，难不成这岸上的几百人都中邪眼花了不成？"

李忠良更为恼火："你的意思是唯独本官视而不见？"

这福满在开封府当差已三年有余，一直跟着李忠良办案，对这位巡史的脾气秉性了如指掌。他自然知道李忠良发火是因为无力继续查下去，急需他来出谋划策，于是赔笑继续道："小人不是这个意思，小的是琢磨着，当今大家崇尚仙道，明日又是中元节，今晚这事莫非是哪位仙师施法所为？"

李忠良心道这确实是个好说辞，可转念一想又犯了愁："即便如此，那花船烧毁、船内的人都消失不见，这也是大凶之兆。"

福满眼珠一转，飞快地回道："但换个说法，也可能是被收入了仙境，这就是大吉之兆了嘛。"

闻听福满这番解释，李忠良心中敞亮许多，不由得笑道："你这张嘴啊，好事坏事颠倒得倒是快。"

福满嘿嘿一笑："要不然怎么办？若是把这事定为案子，如何破得了？"

李忠良瞪了福满一眼："这话也就是私下说说，要是传到府尹耳朵里，看我不撕烂你的嘴。"

福满自觉失言，忙把嘴闭上，赔着笑连连点头。

一辆马车停靠在隋堤稍偏僻的一处，马车的帷帐掀开一角，一个俊朗的男子面色平静地注视着远处汴河里正发生的这一幕景象，显然对这一切已心中有数。这男子名叫曾煜，乃当朝宰相曾鼎之子，身份显赫自是不用说，更重要的是此时他正肩负着一件重要的使命。

一个黑衣男子从远处策马而来，快到马车时跳下马来，环顾左右见无人注意后快步来到马车旁，向曾煜低语着。

曾煜闻听，脸色瞬间一变，懊恼之色溢于言表。

黑衣男子低声道："公子，我们接下来怎么办？"

曾煜思忖片刻："先去白无用那里。"

说罢，曾煜拉下帷帐，驾车的小厮扬鞭催马，马车徐徐驶离，黑衣男子也上了马紧随其后。

二

古树掩映下，一座宅院显得幽静典雅。

曾煜的马车在院门口停着，黑衣男子将马拴在一棵树旁，走到院门旁向里观察。

只见庭院里一侧素雅幽静，一排鸽子笼错落于一小片竹林中，笼中的信鸽偶尔发出咕咕的叫声。庭院另一侧摆放着几样不寻常的奇怪玩意儿：一个带着两个轮子和把手的木头器物；一个头尖肚子大、底盘厚重的铁皮车，但在车体四周还有几个洞；还有一个类似缩小版云梯的物件。虽不知这几样东西是何种用途，但显而易见，制作者心灵手巧不是等闲之辈。

晕黄的油灯光亮笼罩着室内，只见书架占据了书房的一面墙，书架上摆着《考工记》《墨经》《博物志》《蚕书》《五经算术》……不但数目众多而且品类纷杂，足可见主人的学识渊博。

青砖地上坐着一盏油灯，油灯光晕下，只见青砖地上散放着一些骨骼，旁边陈着一具正在拼凑的尸骸，头骨至前胸已有整齐模样。而在尸骸旁，摊着一本展开的《存真图》，图上绘着人体骨骼结构图谱。一个白衣男子盘坐在尸体骨骼旁，正拿着一根骨头对照着存真图上的图谱仔细对比着。此人名叫白无用，祖、父两辈都是官造坊的匠师，到了他这里自然也技艺超群，不过白无用兴趣广泛，不愿进官造坊做一辈子匠师，于是闲云野鹤一般游历于江湖之中。虽没有了官造坊的进项，但靠着时不时设计、打造出的奇妙物件也收入颇丰。

曾煜坐于一旁，看着地上这些白惨惨的尸骨，不禁苦笑道：“白兄，前些日子我来拜访，你潜心研制那些新式的兵器，怎么现在又痴迷上了这些？”

白无用微微叹了口气：“本以为当今这位大家有志重振我大宋国威，我这才苦心研制新式兵器，希望能助我大宋将士一臂之力，可如今官家面对大辽和金国，只想着议和，根本无意自强，我制作那些武器还有何用途？”

曾煜：“议和之事尚无定论，官家也有可能改变态度，白兄研制的那些兵器将来肯定能派上用场。就说那个包甲车，外面包上铁甲、士兵藏于其中进行攻击，不但威力十足还能减少伤亡。还有那个新式云梯，移动迅速不说，还能投石。”

白无用笑着摆摆手：“我对设计那些物件早已没了兴趣，通过尸骸研究一下经络之术才更有趣，而且还可以休息休息脑子。”

曾煜笑道：“你啊，放松休息也不该用这个办法，应该多出去走走，这才能活跃思路。”说着，曾煜看了白无用一眼，故作惊奇地又道：“对了，今晚汴河上刚刚发生了一件奇事。”

白宅的厨房里，白无用的小跟班韵哥在炉灶旁一边烧菜，一边侧耳倾听曾煜的讲述。

“那花船竟然漂浮到了半空之中，而后燃起大火，烧得是干干净净，那场面简直太诡异了。白兄，你觉得那花船之燃是何原因啊？”

韵哥越听越是紧张，当听到曾煜向白无用询问时，更是脸色惨白地屏住了呼吸。

不过书房里的白无用却神色自然，他拿着两根骨头饶有兴趣地比量观察着，显然兴致都在这上面，口中随意地回道：“天下之大无奇不有，当今大家崇信道教，或许是哪位仙师做法所致，甚至是上天仙界以此降下祸福征兆也未可知。”

曾煜暗中观察着白无用的表情，笑道：“白兄怎么会相信这些说法？”

白无用：“以前我是不信这些神仙志怪的事情，但现在……”说着，白无用指着青砖地上的尸骸："我越是研究人体经络，就越是相信上苍造人造物之说。"

白无用越说越兴奋，翻开那本《存真图》，指着书中绘制的人体图谱，滔滔不绝地道："你看这书中所绘的人体，骨骼、肌肉、血管的走向都清清楚楚，但却丝毫不见人体经络的实在表象。那你说，这经络存于何处，又从何而来？"

曾煜一脸茫然地摇摇头。

白无用痴迷地抚摸着人骨，完全陷入了自己的世界，喃喃地道："这经络既然不是实物，那自然就是上苍造人的点睛之笔，由此可知，一定有仙界的存在，只是我等凡夫俗子无缘升仙亲眼目睹罢了。"

白无用正兀自说着，韵哥端着饭菜走进来，将饭菜放到两人身旁的茶案上。

韵哥："公子啊，该吃饭了。"

白无用摆了摆手，继续把玩着人骨。

曾煜向茶案上的饭菜看去，只见两盘菜只是寡素的青菜和豆腐，不禁皱眉道："韵哥，怎么如此寡淡？一点儿肉星儿不见？"

韵哥被勾起了苦楚，应道："曾公子啊，您身份尊贵，哪知道人间烟火啊。城里疯传咱们朝给大辽的岁贡又增了一倍，物价飞涨啊，猪肉都五百文一斤了，我们哪还吃得起啊。我估计啊，往后半年都见不着油星了。"

曾煜看了眼白无用，冲韵哥笑道："你家公子设计的那些新奇器物，哪一件不能卖上好价钱？怎么把日子过成这样了？"

韵哥指着那具尸骸，苦闷道："银子都花在这上面了，两百贯钱啊，唉……都顶上小喜五年的薪水了。我要是有两百贯钱，就天天带小喜去孙杨店，把那里的旋煎羊、乳炊羊、石肚羹、羊脂韭饼……统统吃个遍，吃一年都还有富余。"

白无用闻听白了韵哥一眼："我研究的这是天下头等的大事，怎么还扯到沉迷二字上了。”

韵哥无奈地道：“曾公子，您快劝劝我家公子吧。”

曾煜笑道：“你家公子是天下最怪异之人，我如何劝得了他？不打扰了，改日再来拜访。”

韵哥起身欲送，曾煜笑着摆摆手：“快照料你家公子吃饭吧。”

说罢，曾煜起身向门外走去。

韵哥将筷子递向白无用：“公子，先吃饭吧，让这些骨头也歇歇，它们也累啊。”

白无用没应声，只是腾出一只手指了指自己的嘴。

韵哥无奈地叹了口气：“好，明白，老样子。”说着，韵哥用筷子夹了一块豆腐递向白无用的嘴边，“来，吃吧，我的白公子。”

白无用听话地张开嘴，如同嚼蜡地吃着豆腐，但目光仍看着手里的骨骼。

但只嚼了几口，白无用皱眉道：“不新鲜了。”

韵哥：“不可能啊？我早上才买的。”

白无用看着地上的尸骸：“它不新鲜了，我得想办法弄个刚挖出来的。”

韵哥郁闷地看着白无用，欲说无语。

当主仆两人为尸体和豆腐争论时，曾煜正沿着庭院的小径向院门走去，经过院子里摆放的那几个奇怪玩意时，貌似顺手地摸了几下。

黑衣男子见曾煜出来，忙走到院门前相迎。

黑衣男子瞅了眼白无用宅，低声道：“要不要动手？”

曾煜拂去手上粘的尘土，思忖着未语。

书房里，白无用和韵哥如同被定身了一般，白无用没有摆弄那具尸骸，而是若有所思地看着青砖地上的一份翻开的图册。韵哥更是一动不动地坐着，直到再也听不见马车声才长长地松了口气，小声问：“公子，那曾公子真是来试探你的？”

白无用："不仅是试探，他如果察觉有异，此刻我们俩已经死了。幸好你从隋堤回来就把这件事告诉了我，否则就中了曾煜的计了。"

韵哥惊得咽了几口唾沫，但仍疑惑道："可是我和小喜在汴河岸边看得真切，那花船确实是升到了半空然后烧毁的。"

白无用："那么重的船怎么可能会飘浮到空中？所料不差的话，飘到半空中的应该是精心制作的花船风筝模型罢了。花船里冒出的浓烟，里面肯定有致人昏迷的药物，将花船上的一干人等尽数迷晕。花船风筝升空后，有黑夜和迷雾作为掩护，自然难辨真伪，而且围观的百姓远在岸边，在惊惧之中也就信以为真了。"

韵哥:"公子是说,这都是障眼法,目的就是掩盖花船沉入汴河的真相?"

白无用点了点头。

韵哥："可是，开封府的官差都下河里探查了，什么也没发现啊？"

白无用淡淡一笑："那船自然是被移走了。"

韵哥："船都沉到水里了，怎么可能还移动啊？"

白无用将那份图册拍到韵哥手里，起身走到窗户前，凝视着外面的夜空。

韵哥看着图册翻开的那一页，只见上面绘制着由杠杆、滑轮组装而成的一种装置，不禁疑道："公子，这不是你设计的那种运输工具吗？你说遇上河流沟堑阻碍的时候，这东西能迅速搭建起来，运输粮草特别省力气。"

白无用依旧注视着外面的夜空,淡淡地道:"那如果把它搭建在水下呢?"

韵哥恍然大悟，但随即又疑惑起来，"可是曾公子怎么……对了，我想起来了！一个月前他来咱们家，对这个装置特别感兴趣，看了有小半个时辰呢。"

白无用："所以，他今夜来的目的就是试探我是否猜出了花船沉没的真相。"

韵哥长舒了一口气："幸亏公子你料事如神，假模假样地一心研究尸骸，还让我在院子里的那些模型上撒上尘土，总算瞒过曾公子了。”

白无用却未见轻松，眉头反而皱了起来。

韵哥兀自嘟囔着：“那花船里难道有曾公子的仇人？不对啊，如果要杀人，干吗费这么大周章，不值当嘛。”

白无用：“很简单，他既要杀人，又要掩盖真相。花船升空自燃，正可以归结为天神降罪，这难道不是最好解释吗？”

韵哥呆了半晌，喃喃着道：“能让曾公子下这么大苦心，那一定是个天大的事。”

白无用自然明白这一层道理，但却没有应声，端起碗慢条斯理地吃了起来。韵哥年方十七，只是诸事开始懵懂的年龄，白无用不想给他增添更多的恐惧。但白无用自己知道，这不仅仅是一个天大的事，而且还是一个巨大的灾祸，而他现在仅仅发现了冰山浮出的一角。

白无用分析出了花船案的一些端倪，而巡史李忠良则已经放弃了调查。回到开封府衙后，他就把书写呈文的差事交给了福满，自己掉头回了家。

李忠良的家平平常常，家具陈设虽打理得干干净净，但款式都是几年前的式样，桌子上的饭菜也是寻常得很，两碗糙米饭、一盘青菜、一碟酱瓜和糟豆，只有两条二三两大小的咸鱼算是给饭桌上添了些荤腥味道。

王婉贞陪着丈夫一起默默地吃着饭，但眉宇间掩饰不住痛楚之色。李忠良知道王婉贞苦从何来，几次张口欲劝但都忍了回去，只好埋头吃饭，但他却没察觉到王婉贞除了苦楚之外，脸上还多了几分不安、甚至是紧张。

王婉贞如同嚼蜡地吃了几口，终于忍不住内心所藏之事，小心翼翼地开口道：“隔壁吴讼师总往咱家瞅。”

李忠良并未在意，边吃边道：“邻居住着，免不了相互多看几眼。”

王婉贞迟疑了一下又道：“前天我在院子里烧了些纸钱。”

李忠良这回反应过来了，紧张地看着王婉贞：“被吴友翁看见了？”

王婉贞啜着："我也不知道，但就是心里发慌。"

李忠良再也无心吃饭了，琢磨片刻后起身道："我去一趟西郊，那尸体不能再放在家里了，得寻个地方埋了。"

王婉贞默默地点了点头，眼泪几乎夺眶而出。

黑云遮月。

一条宽敞的驿道和一条崎岖的小路分叉延伸到夜色之中。崎岖小路的两侧均是树林，树林一片漆黑，夜风卷动树叶，树影阴森地摇摆。隐隐有鸟兽的叫声从远处传来，听起来颇为凄厉。

一具女尸横陈在旁边的灌木丛里，一个男子在旁边拿着一把锹挖着坑，黑暗中根本看不出这男子的面目。

突然，马车行进声和杂乱的脚步声由远及近地传来。

男子忙停下来，小心地藏身于一棵大树旁，顺着声音的方向偷偷看去。只见几辆马车正停靠在驿道和崎岖小路的交口，几个商人打扮的男子围在其中一辆马车前查看着。

一个男子边查看边郁闷地道："这车辕只能明天再修了。"

另一个男子抬头四望，而后把目光投向崎岖小路："这里离驿馆和城里都远，只好在林子里将就一晚了。"

说着，几人从车上拿起行李卷走向崎岖小路，看似准备在这里宿营。

准备埋尸的男子将目光收回，焦虑地看着躺在灌木丛的女尸。思忖片刻后，男子缓缓地将佩剑从剑鞘内抽出，对着女尸的脖颈挥了下去。

夜空中，月亮仍被黑云遮盖，似乎也不忍目睹这惊悚的一幕。

三

宣和二年七月十四日，第二日。

虽是清晨时分，但天空乌云密布。乌云下的这条街道虽不繁华，但诸如医馆、药铺、谢库、茶饮店、小酒楼、鞍马店等各色店铺应有尽有。店铺的伙计们陆续为开门迎客做着准备，街上行人也渐多起来。

福满急匆匆向李忠良家而去，路过李忠良的邻居吴友翁家门前时，正看见吴家娘子与几个人交谈着。

吴家娘子："我家相公风湿症犯了，疼得躺在床上起不来了。你们几位请回吧，书讼摊今天开不了张了。"

几个人叹着气欲离开，正看见福满快步走过来。

一男子好事地询问："满爷，听说昨晚汴河上杜月娘的花船凭空烧没了，是这么回事吗？"

福满："那你就得问老天爷了，我到现在也没搞明白。"

旁边的人还欲再问，福满连连摆摇手："稀奇古怪的案子一大堆呢，你们找别人问去吧。"

说罢，福满紧跑几步来到李忠良家门前，清了清嗓子，抬手敲门。

门里传出李忠良的声音："谁啊？"

福满赶紧应声："李巡史，是我，福满。"

李忠良："什么事？"

福满："回巡史，西郊发现一具女尸，府尹大人让您去一趟。"

静了片刻后，李忠良郁闷的声音传了出来："今日并非我当值啊。"

福满："是是，原本是该陆巡史当值，但是他今天没法复差了，听说他押解的犯人昨夜逃了几个，他现在满汴梁城抓逃犯呢。"

福满唠叨半天，门内却无回应之声。

福满："李巡史？"

李忠良："知道了，门外候着。"

福满连连称是，但心里不禁疑惑，这大白天的怎么起这么晚？

正琢磨间，福满无意地往隔壁吴友翁家瞥了一眼，只见吴家窗户似乎有人影一动，待福满仔细再瞅，又没人了。

暗中瞄着李忠良家的正是吴友翁，此刻他从窗户旁缩回脑袋，一边揉着胳膊腿一边琢磨着什么。

吴家娘子端着一碗汤药走进来："你不好好养病，寻思什么呢？"

吴友翁小声道："隔壁李忠良两口子挺有意思的，我发现啊——"

话还没说完，吴家娘子便气恼地打断了他："你呀，还操心别人家的事？养好病快出摊子吧。你那书讼摊子空着，你不难受我难受。从前日子还好过些，现如今一天比一天难，你替人写一幅状子才两百文，都不够这碗药钱。"

吴家娘子一边埋怨，一边将药碗递给吴友翁。

吴友翁接过药碗，闻了闻后皱眉道："这药是在前头药铺抓的吧？没用，不灵。你得去城南孙计药铺，说多少回了你也记不住，唉……"

吴家娘子郁闷道："毛病真不少，怨我怨我，我这就去。城南的道儿可不近，你自己在家少折腾，好生躺着吧。"

吴友翁一边喝药一边摆手，示意娘子赶紧去。

吴友翁夫妻拌嘴之时，李忠良正在家中开解着王婉贞。

"不用担心，西郊那案子归我来办，正好方便了咱们。"

王婉贞衣服穿戴得虽然整齐，却显得有些臃肿，此刻听闻李忠良这般说，虽是点了点头，但脸上的紧张之色并没消减多少。

李忠良叹了口气：“其余的事等我回来再商量吧。”

说罢，李忠良转身走到门前，将门打开，但只开了一人的空隙，他在门前一站，自然而然地挡住了福满。

福满忙向李忠良施礼：“李巡史，咱们得赶快走了……西郊路挺远的。”

李忠良“嗯”了一声，就要往外走，但福满赔着笑脸又道：“李巡史，您换双鞋吧，路途远得很，还不好走，我怕累了您的脚。对了，再带上块帕子吧，尸体臭啊，再加上路远，咱们赶到的时候，那味道肯定受不了……”

李忠良一边听一边皱起眉头，正待开口之际，王婉贞已快步过来，掏出一块碎银递给了福满：“福满，前边有家鞍马店，你跑一趟，租两头驴，快去吧。”

福满没等李忠良开口，便已将碎银从王婉贞手里接了过来，喜滋滋地连声道谢：“谢谢李娘子！”

说罢，福满兴高采烈地掉头朝鞍马店的方向跑去。

李忠良皱眉道：“那福满明摆着是讨要车马费，你还顺着他的意思。现如今这日子越发难过，何必出这银钱？”

王婉贞：“这不是省钱的时候。福满心眼多，多留一会儿，我担心被他看出破绽来。我晨起就心慌得厉害，总觉得今日光景与两年前一模一样，同中元节，同是福满……莫非是要事发了？那件事，老天迟早要降罪的……”

王婉贞说着，禁不住哽咽起来。

李忠良强作笑颜，轻声宽慰：“别胡思乱想了，那件事你知我知。就算老天爷知道了，也定能原谅，不会降罪的。”

王婉贞勉强点了点头：“可是吴友翁那里我总觉得不放心。”

李忠良故作镇定地安慰道：“等我查案回来，就去他家坐坐，看看吴友翁有无异常。”

王婉贞这才稍稍松了口气。

李忠良转身出门，但背对王婉贞之时，脸色却不似刚才那样镇定，眉头紧锁起来。

王婉贞返回自己的卧室，脱下外衣，只见里面竟还穿着一套孝服，怪不得之前的衣服穿得颇为臃肿。

王婉贞呆坐在床榻边，半晌后从枕头下面拿起一个小拨浪鼓，一边抚摸一边伤心地喃喃着："小宝啊……娘天天想你，夜夜想你，可你怎么也不来梦里寻娘……"

小宝是王婉贞的独女，三岁时患了血疾，几年来一直想尽办法求医问药，家里的银两也都搭了上去，但最终还是无济于事，一月前撒手人寰。

对这事福满清楚得很，此时他和李忠良各自骑着一头驴匆忙赶路，见李忠良一副心事重重的样子，福满猜测他是为了小宝之事难过，不禁劝道："李巡史，有些事情是命数，你家小宝大约是这辈子福浅，才离你们而去的，她定能托个好来生。"

福满虽是好意，不曾想倒捅了马蜂窝，李忠良现在满脑子都被另一个可怕的事情缠绕着，此时又突然被福满提起来伤心事，心里更加难受，忍不住冷飕飕地瞪了福满一眼。

福满忙闭上了嘴，片刻后赔着笑脸转开话题："多谢李巡史替小人租这驴子，快些办案，好快些回家。我俩真是倒霉，原本这晦气差事应该是陆巡史的……哎，您知道吗？昨夜陆巡史气坏了，没等进城，犯人就跑了！那几个逃犯手段了得，陆巡史那么个厉害人物愣是没拦住——"

李忠良冷冷地打断了福满："你看到了？！"

福满："我……倒是没亲眼见。"

李忠良白了福满一眼，算是答复。福满尴尬地再不言语了，骑着驴紧随着李忠良。

街边一个小食摊子旁，坐着白无用和韵哥。韵哥津津有味地吃着羹汤和肉饼，白无用则没有吃，他拿着勺子慢条斯理地舀着面前的一碗三脆羹，貌似不经意地瞥了路过的李忠良和福满几眼。

李忠良只是满腹心事地闷头赶路，自然没发现白无用关注着他，待赶到西山驿道和进山小路的交口时，天空已是阴云密布，李忠良心中更急。

在小路的路口停着一辆马车，坐在马车上的一个小吏见李忠良和福满过来，忙跳下车跑过来，扶李忠良下驴。

李忠良："尸体在何处？"

小吏指着小路："就在前面，仵作在验尸。"

李忠良边走边问："何人发现的尸体？"

小吏："昨晚有几个客商在林子里宿营，今早起来就发现附近一棵树下有一具女尸。"

李忠良紧走几步，已能看见仵作和另一个小吏正蹲在稍远处的一棵大树下检查着一具尸体，忙问："女尸画像了吗？速去拿给附近的坊正辨认。"

小吏："回巡史，这女尸……没法画。"

小吏说着，两人已走到大树下，只见女尸横陈于灌木丛中，衣饰已被污血浸染，但仍能看出衣裙都是锦缎所制，显然不是普通人家女子所穿。但最醒目、惊悚之处在于女尸自脖颈处被生生切断，头颅已然不见。

福满快步跟过来，一看之下便惊呆了，喃喃着："看打扮应该是富庶之家，想必是露了富被贼人盯上了。不对啊，贼人抢钱便是，何苦杀了她？杀了也算了，头还割了，或是这女子认识贼人？结果才被咔嚓——"

李忠良："——管住你那张嘴！"

福满："是是是，不能胡猜。不过，这凶手想必是个蠢人，杀人抛尸做什么？要我说，挖个坑把尸体一埋，就算是火眼金睛也找不到啊。"

福满这话一说，李忠良不禁激灵一下，目光中也露出惊恐之色，显然是被福满的话吓到了，忙把视线投到尸体旁的一个浅坑，借机掩饰着自己的神色。

小吏见李忠良看向浅坑，忙上前回禀："李巡史，这个坑还没挖完，肯定是凶手正挖坑的时候被宿营的客商打断了。"

福满郁闷道："李巡史啊，咱们命苦啊，要不是有这几个客商，凶手早把尸体埋了。他省事，咱们也不用查案了。"

福满话音刚落，本就很阴沉的天，突然"咔嚓"劈下一个响雷。

李忠良被这个响雷惊个哆嗦，冲着福满和小吏喝道："你们这满嘴胡沁的毛病什么时候能改？！"

福满和小吏被训得忙闭上了嘴。

仵作走到李忠良身旁，商量道："李巡史，要变天了，不如先将这尸身拉回衙门，再做仔细查验？"

李忠良皱起眉头："那得耽误多少时间？你速速查验就是。"

仵作无奈地点点头，转身继续验尸。

正这时，不知从何处若隐若现地传来鬼魅般的哭泣呻吟声。众人正仔细分辨声音的方向时，几声闷雷接连响起，那隐约的"呻吟声"混杂在闷雷里，越发辨不出方向，但也越发骇人。

众人紧张得面面相觑，福满更是忍不住自说自话起来："哎呀，听见了吗？什么声音啊？像鬼魂说话似的，这是有冤情啊！也是啊，谁被割了脑袋不冤啊？听说死得越惨，这鬼魂越厉害，要寻仇可不能在这儿寻啊，我们也没杀你……"

李忠良愣愣地看着稍远处的女尸，又禁不住抬头看着乌云密布的天空，耳边响起王婉贞之前说的话——"我晨起就心慌得厉害，总觉得今日光景与两年前一模一样，同是中元节，同是福满……莫非是要事发了？那件事，老天迟早要降罪的……"

李忠良越寻思越是紧张，而那个"鬼魂呓语声"更加明显，凄凄惨惨地萦绕在众人周围。

福满看了眼一旁的李忠良，只见他的脸色也越发惊惧，于是鼓起勇气继续劝说：“昨晚上花船案就邪门得很，今天又遇到个无头女尸，这可不是啥好兆头。李巡史，今天还是中元节，咱们就别在这荒山野岭的地方待了。”

李忠良瞄了眼无头女尸，但随即便将目光收回来，抬头看看乌云密布的天空，给自己找了个台阶：“要下大雨了，赶紧把尸体抬上车，带回府衙勘验。”

福满终于松了一口气，忙招呼另外几个小吏一起将尸体抬上马车，忙不迭地往汴梁城中赶去。

当众人快行至城门时，天空已乌云压顶，眼见风雨欲来。

福满催促着驾车的小吏：“快点儿走啊，眼瞅着要下暴雨了，赶紧回府衙躲雨。”

李忠良骑着驴跟在一旁，听着福满的催促声，不禁想起答应娘子要去吴友翁家一事，思忖片刻后李忠良冲福满道：“福满，你们先回衙门，我得回家把窗户关严，眼看着要下雨了。”

福满忙应道：“好嘞，您放心，我带着他们回去，保证把尸体全乎带回去，万无一失。”

李忠良点点头，骑驴径自向城门而去。

两个小吏一边驾车跟着福满走，一边聊着天。

“你说同样是巡史，人家陆巡史就满心思都铺在案子上。”

“可不是嘛，不就是要下雨了吗，这也要回家一趟，矫情不矫情？”

一个小吏瞥了眼车上盖着白布的女尸：“这位真够倒霉的，摊上这么个主事儿的，想沉冤昭雪，估计是没戏喽。”

“唉，也就这世道吧，以咱们这位官人的本事都能混个巡史当，换个清明世道，他那身官衣早被剥掉了。”

福满咳嗽一声，打断了两个小吏：“行了行了，赶紧走吧，啰唆什么呀？嘴上毛都没长齐就敢议论朝政，我看你俩的脑袋也跟车里那位一样，不想要了！”

两个小吏对看一眼，老老实实地闭了嘴。

李忠良刚进城门，暴雨便倾盆而下，他顾不得避雨，快驴加鞭直奔吴友翁家而去。吴友翁这几日关注着他家、中元节的到来、昨晚离奇的花船案、刚才勘查现场时诡异的鬼魂呜咽声，这几样事单拎出来倒还不算惊悚，但齐齐地冒出来便让李忠良紧张不已。眼下所有的事情都比不上去吴友翁家重要，如果吴友翁真的发现了他们夫妻那个秘密，那等着他们的便是灭顶之灾。

四

暴雨如注，街上行人纷纷四散避雨，但在吴友翁家门前却聚集着十几个街坊邻居，众人正焦灼商量之际，忽见李忠良骑驴冒雨而来。

一个邻居忙上前招呼："李巡史，正好你来了，快看看吧，不得了了，吴讼师死了！"

李忠良闻言一惊，忙下了驴直奔吴友翁家。

李忠良快步走进卧室，定睛看去，只见吴友翁的尸体趴在靠窗户的地面上，后背上赫然是两处刀伤，伤口处的血液已流淌到了地面上。不过比起这个惨状，吴友翁的尸体姿势更是古怪，左臂挽着、左手蜷曲着，右臂却是伸直的姿势，右手更是直指着李忠良家的院子。

李忠良强自镇定地勘察着吴友翁的尸体，身后的街坊邻居七嘴八舌地议论着。

"哎呀,李巡史来了就好,吴讼师多本分的一个人啊,怎么会遭此大难？"

"平时也不见他得罪人，怎么好端端的就让人捅死了？李巡史，您还是他亲邻，可得赶紧破了案，拿了凶！我们这平头百姓就指着官爷呢！"

"李巡史，吴讼师死得冤啊，留下孤儿寡母，这往后这可怎么办啊？"

李忠良听着这些琐碎议论之声，看着地上吴友翁的尸体，眉头更是紧皱。特别是看到吴友翁右手竟指着自己家的院子时，李忠良额头上的汗水不禁冒了出来。

正此时，门外传来吴家娘子的哭号声，紧跟着吴家娘子踉跄着冲进来，扑向吴友翁的尸体，号啕大哭起来。

李忠良见吴家娘子没注意到吴友翁的手指，暗暗松下一口气，口中忙劝道:“吴家娘子,节哀顺变,你如此痛哭,恐伤了身子……你且起身,先出去吧。”

吴家娘子恍若未闻，依旧伏在吴友翁尸体上哭个不停。

李忠良紧盯着吴友翁的右手，几次想伸手去碰，却未寻得机会。

李忠良思忖片刻，急道：“吴家娘子，你莫要再趴在这里哭了，如果毁坏了凶手留下的证据，我还如何替你家吴讼师破案？”

吴家娘子闻听，这才止住哭声，抬头看看李忠良，恍惚着点了点头。

李忠良小心地注意着吴家娘子的视线，余光里瞄着吴友翁的右手，口中继续劝道：“你放心，我定会全力破案，为吴讼师报仇洗冤。你快出去吧，莫要妨碍我办案了！”

吴家娘子抽抽搭搭地点头，已经号得说不出话来了。

李忠良松了一口气，一边用自己的身体挡着她的视线，一边搀着吴家娘子起身，但吴家娘子刚站起来，便一下子栽到地上，晕了过去。

李忠良忙拖抱住吴家娘子，懊恼地冲着门外喊：“赶快进来个妇人！”

话音落下没多久，一个模样俊俏的少妇快步进来。不过这少妇虽说俊俏，衣衫却显得凌乱，仿佛刚经过一场风波似的。李忠良自是无心关注这个女子，见她进来忙道：“劳烦扶吴家娘子出去缓一缓。”

少妇忙上前去搀扶吴家娘子，此时吴家娘子微微有了些意识，随着少妇的搀扶站起来，瘫瘫软软地往外走。

李忠良见状，忙转身快步到尸体前，迅速将吴友翁的右手变成了握拳的样子。

少妇搀扶着吴家娘子往外走，出门转身之际正看见这一幕，她愣了片刻，趁李忠良没回头之时忙搀着吴娘子出了卧室，服侍着吴家娘子来到另一间屋子躺下。

这少妇名叫曲巧七，是个绣娘，平日里和吴家娘子颇为要好，但陡然间遇见这等惨事，一时间也不知如何劝解吴家娘子，只好拿着手帕给她擦着眼泪。

吴家娘子一动不动地半靠在榻上，目光呆滞，前言不搭后语地喃喃着：“友翁那药让我给丢了，我笨啊……屋里头那盆花，友翁最喜欢，今天忘浇水了。巧七，你快帮我浇浇水。”

曲巧七应了一声，正欲起身，吴家娘子看着她，又神志恍惚地问道：“巧七，你什么时候来的？”

曲巧七犹豫了一下，轻声道：“没事儿，我就是路过，想着来看看你。”

吴家娘子应了一声，禁不住又抹起了眼泪：“友翁不在了，你说我可怎么活啊……”

曲巧七握着吴家娘子的手劝着：“别哭了，哭坏了眼睛如何是好……吴讼师若是知道你这样，更不能瞑目心安了。”

吴家娘子转过头，泪眼婆娑地看着曲巧七：“早上还好好的呢，我就不该留他自己在家去买药。巧七啊，我一个人，这日子以后可怎么过啊。”

曲巧七默默地叹了口气，正琢磨如何劝解，门外忽然传来嘈杂之声，原来是开封府的衙役闻讯赶到，李忠良正向衙役交代着案情，随后又是一阵乱糟糟的搬运动静传来，原来是衙役正将吴友翁的尸首搬走，紧接着李忠良的声音又在门外响起：“吴家娘子，还请节哀顺变，我定会找到凶手，给你和友翁一个交代的，我先告辞了。”

李忠良刚开口说话之时，曲巧七便想起刚才看到的那一幕，不禁暗自紧张，直到李忠良说到“告辞”二字，这才松了口气。李忠良之前的举动令曲巧七颇为起疑，但自己对官差查案事由一窍不通，也不敢胡乱揣测。再看着戚戚哀哀抽泣不停的吴家娘子，曲巧七更是觉得此时还是别再多事为好，强强把这个发现咽进了肚子里。

李忠良虽然掩盖了吴友翁留下的证据，但心中仍是忐忑不安，匆忙回家准备和王婉贞好好商量一番，没想到回家一看，王婉贞竟不在家中。李忠良又急又躁，但也不知上哪儿去寻娘子，只好焦心地等待。

傍晚时分，王婉贞才急匆匆而归，她刚将伞收起立在门口，正抖着衣裙上的雨水珠子，李忠良已快步过来，不过并未帮娘子打理，而是谨慎地向门外看了几眼，随即把门关上。

李忠良急切地小声问："你去哪儿了？"

王婉贞一边整理着头发上的水，一边向自己卧室走去，口中支吾道："我……去了趟谢库……家里没银钱了。"

说着，王婉贞走进卧室，返身将门关上。

李忠良急切地敲了敲门："我有大事要同你商量。"

王婉贞："我……先换身衣服。"

李忠良急道："隔壁院的吴讼师被人杀了！"

屋内传出王婉贞的惊呼声，随即门被推开了，王婉贞惊恐地看着李忠良："你不是说要去吴友翁家吗？他的死，跟你……有没有关系？"

李忠良避开王婉贞的目光："你瞎想什么呢？他的死怎么会和我有关？"

王婉贞略微松了口气，但仍疑惑地看着李忠良："那你紧张什么呀？查案就是了。"

李忠良："问题是吴友翁死的时候手指着咱家院子！"

王婉贞呆了片刻，紧张地问："那件事……不会被他发现了吧？"

李忠良皱眉不语。

王婉贞："或许……他指着咱家院子是巧合？"

李忠良摇了摇头："他既然死前还有气力，为何不指凶手的去处，为何不写下只言片语？偏就指着咱家院子？"

王婉贞惊惧地说不出话来，半晌才哆嗦着小声问："那怎么办？"

夜色深沉。

李忠良家院子笼罩在黑暗之中。

李忠良拿着把铁锹，在院子的一处角落里挥汗如雨地挖着。王婉贞则小心翼翼地给他望风。

院子外稍有人路过的声音，李忠良就立刻停下，声音过后才开始接着挖坑，而王婉贞更是不时紧张地看看隔壁吴友翁家的窗户。

随着土坑越挖越深，王婉贞眼中渐渐涌出泪水，但她强忍着不发出哽咽之声。

终于，李忠良停下了铁锹，在挖出的坑前蹲下了身子。

坑内是一具成年人的尸骸，在月光的映照下，尸体显得更加诡异可怕。

五

宣和二年七月十四日，第二日。

虽然天空阴云密布，但门房汤伯依旧慢条斯理地打扫着开封府衙的院子。汤伯素来性子慢，自从半年前认识一位贵人以后，他的这个特点更加鲜明了。但汤伯却因此受益不少，因为磨炼性子以后，他钓鱼的成果越来越丰厚了。

汤伯正扫院子时，福满带着两个小吏急急地从衙门里间出来。

福满边走边吩咐着："你们两个麻利点，带上仵作先去西郊现场勘验尸体，我去请李巡史。"

小吏忙应着："是，我俩这就去。"

福满："你们两个小子有福，跟着仵作有马车坐。不像我，命不好啊，一大早就得去敲李巡史的门不说，还得走着去，路那么远，看这天儿，八成还要下大雨。"

福满边说边郁闷地看看天空，不过脚底下没放松，快步踏出大门。

汤伯依旧慢吞吞地扫着地，根本没抬眼看福满和两个小吏，对他们的话更是充耳未闻的样子。待福满与两个小吏出了衙门大门，汤伯自然地将扫帚收在墙角，将大门关上，转身走向门房，似乎这一切都和他无关。

进了屋后，汤伯便不是之前无精打采的模样了，他快步来到窗户前向四周观看，确认府衙院子里无人后，从抽屉里拿出了纸笔写了起来。

白无用站在鸽子笼旁，怡然自得地给鸽子喂食。

忽然，一阵轰雷声响起，鸽子吓得纷纷扑腾翅膀，白无用猝不及防，手里的鸽子食也掉了几颗。

白无用看向天空，只见天空虽然阴沉，但还没有到风雨欲来的程度。

白无用转头看向宅子的一扇敞开的窗户，愤愤道：“韵哥，是不是你？会点儿口技就不够显摆的，吓到我鸽子了！”

韵哥的声音从窗户里传出来：“公子，实在是太无聊了。你要是嫌弃我，就别叫我帮你做这个望远器了啊，费劲又没用。”

白无用笑道：“我当真是为你好，你可别冤枉我。有了这望远器，以后就能随时看见你的小喜了。”

韵哥：“真的吗，公子？哎，不对啊，汪员外家的宅子在西郊，跟咱家院子隔着山隔着水呢，公子你又蒙我。”

白无用：“我说的是以后。你前几日不是念叨着，将来娶了小喜，就在家门口给她立个胭脂水粉摊子吗？你在家里想小喜了，就拿这望远器看一眼，何时想她，何时看。你说说，我究竟诓你没？”

韵哥：“公子你怎么不早说！你早说，我这会儿十个望远器都做出来了！”

主仆二人正打趣着，一个信鸽飞来。

白无用伸手招呼，鸽子乖巧地落在他的手臂上。白无用解下绑在鸽子腿上的纸条，展开后一目十行地看完，脸上露出个微笑，转头招呼韵哥：“走，带你去吃好东西。”

韵哥的生活里最重要的莫过三件事，第一是他的白公子，第二是他心心念念的小喜，第三件事就是大快朵颐。此时闻听白无用要带他吃好东西，顿时精神倍增，不出半个时辰便赶到了汴梁城西门的一家肉饼铺子。

摊桌上摆着两碗三脆羹，浓汁卤子配着白嫩嫩的羹糕，中间飘着翠绿绿的香菜碎，再加上旁边碟子里几张金灿灿的熟肉饼和脂麻辣菜，简直色香味俱全。

韵哥抓起一个肉饼往嘴里塞着，还没等全咽下去，又舀了一勺三脆羹塞进嘴里，头不抬眼不睁呼噜噜地吃个不停，转瞬间便吞下两个肉饼，一碗三脆羹也见了底。

白无用坐在韵哥对面，慢条斯理地吃着，时不时看向街上的行人。

韵哥又抓起一个肉饼，边吃边道：“公子，大清早的咱们来西城门干吗啊？”

白无用：“等人。”

韵哥：“等谁啊？”

白无用：“给咱们带路去找尸体的人。”

韵哥一愣，看着吃的所剩无几的三脆羹，立时捂着嘴干呕起来，苦着脸道：“公子，你干吗在吃饭的时候说这个啊。”

白无用笑道：“是你问起来的嘛，再说我也是等你快吃完了才说的。”

两人正拌嘴时，李忠良和福满骑着驴从街上走过。

白无用扫了眼李忠良和福满，冲韵哥笑道：“吃不下啦？那就去前面的鞍马店雇两头驴子来，咱们出发。”

两人尾随着李忠良和福满来到西郊驿道，见李忠良和福满下了驴随着一个小吏走进山路后，白无用拉着韵哥快步绕进小路，寻了处灌木丛趴下，窥视着不远处的案发现场。只见李忠良、福满等人在抛尸现场忙碌着，不过因为距离尚远，看不清具体的动作，也听不见交谈的内容。

韵哥一边瞄着一边小声地嘟囔：“两百贯不够，得三百贯，三百贯也够呛……”

白无用：“你念叨什么呢？”

韵哥：“公子，咱家那具尸骸是因为官府结不了案才能买下来，那还足足两百贯呢。”

说着，韵哥指着远处的无头女尸：“这个人是刚被杀的，官府得破案啊，不可能卖给咱们。即便破不了案，这尸首比咱家那个陈年旧尸新鲜多了吧？

我看三百贯都买不下来。”

白无用：“谁说我要买尸体了？”

韵哥：“那咱们大早上来这里做什么？”

白无用盯着远处的案发现场：“昨晚的花船案非同小可，更关系着咱们的性命，必须查清楚才行。我已经知会了开封府的门房汤伯，这几天府衙有什么消息都飞鸽传给我。”

韵哥：“公子你是说，这个杀人案和花船案有关联？不会吧，曾公子肯定谋划得非常缜密，怎会有漏洞？”

白无用瞄着远处的李忠良：“那位巡史你可认得？”

韵哥举起望远器仔细看了几眼：“认得认得，他不是叫李忠良吗？上个月陆巡史请您吃酒，他也作陪了，好像没啥过人的本事，轮不到重要的差事，奖赏也就少得可怜，上次吃酒时他还哭穷来的。”

白无用：“但昨晚的花船案就是他现场勘查的，如此沸沸扬扬的大案，开封府怎么会派一个能力平庸之人呢？”

韵哥反应过来，“就是要派一个没本事的，才查不出真相？”

白无用点点头，看着远处的抛尸处：“西郊是陆巡史的辖区，这个无头女尸案应该他负责才对，但开封府却又把李忠良派来了，这不是更奇怪吗？”

韵哥一拍脑袋：“我想起来了，我去鞍马店租驴的时候，听人说陆巡史昨夜跑了逃犯，正满城抓捕呢。”

白无用一怔：“这么巧？”

正此时，雷声猛然响起，其中竟夹杂着若隐若现的鬼魂般的“呻吟呓语声”。这诡异的声音不禁让白无用和韵哥都惊得闭上了嘴。远处李忠良一行人看起来也被这声音吓到了，惊惧地四下张望着。

白无用：“韵哥，听见刚才的声音了吧？”

韵哥瑟缩地点点头：“嗯……公子，莫不是真的有鬼啊？”

白无用："先别想鬼的事，刚才的声音能学出来吧？"

韵哥点点头，但不解地看着白无用："干吗呀？"

白无用指了指远处的李忠良等人："他们太磨蹭了。"

韵哥反应过来，立刻用口技学起那个瘆人的"呻吟声"。

白无用趴在灌木丛里，一边观察着李忠良等人的反应，一边指挥韵哥："对，再大点声……哎，对，就这样……好……肉饼没白吃，气力刚刚好……"

随着韵哥的口技声音若隐若现地传出，只见远处的李忠良等人更加紧张，而后李忠良吩咐了福满几句，福满则招呼两个小吏和仵作将尸体抬上马车，一行人急匆匆地离开了案发现场。

见吓走了李忠良等人，白无用脸上绽出笑容，起身拽起韵哥，跑到抛尸现场四下查看起来。

韵哥边找边问："公子，这荒郊野外的能找到啥啊？"

白无用指了指那个挖了一半的土坑："凶手想必是遇到了意外情况，所以来不及掩埋尸体。他仓促之间逃离，很可能遗留下什么线索。"

韵哥闻听，忙俯身更仔细地查找起来。

果不出白无用所料，四下搜寻一阵后，白无用在一片低矮的灌木丛中发现了一个香囊，白无用忙将香囊捡起来仔细打量，只见这香囊做工甚是精美，里面还装着细碎的香料。

白无用将香囊放在鼻前嗅了嗅："这香气倒是很特别。"

韵哥也凑过来打量着香囊："这做工精美得很呢，小喜也有个差不多样子的香囊，是杜月娘的侍女给她的。哎呀，公子，这个被杀的女子会不会是花船上的人啊？"

白无用正琢磨之际，几个响雷接踵而至，紧跟着大雨倾盆而下，白无用忙将香囊揣进怀里以免被雨水淋湿。

韵哥在旁急道："公子啊，咱们快回去吧，雨太大了！"

白无用却没动地方，而是瞅着山间小路，忽地问道："你家小喜服侍的汪家小娘是不是就住在西郊？"

韵哥点点头，指着山路："过了这座山就到汪员外的庄园了。"

白无用笑问："你想不想小喜？"

韵哥的眼睛一下子亮了，但随即又黯了几分："可咱们没来由的怎么去啊？"

白无用："公子我不是给汪员外做了个报时器吗？他若是想要不同的报时声音，我自然可以帮他调改。"

韵哥大喜过望："对对，这是再好不过的理由了，还是公子你有办法！"

小喜是韵哥心心念念的姑娘，在汪员外家服侍小娘，因为白无用给汪员外制作报时钟，韵哥和小喜相识后便一见钟情。汪小娘善于制作香料，并且揽下了杜月娘的香料生意，于是每隔十日便派小喜去给杜月娘送香料，这也是韵哥和小喜这对小情人难得一见的机会，眼下听白无用说要去汪员外宅，韵哥又能见到心爱的姑娘，自然是欢喜鹊跃，虽是冒雨赶路，但这一路走得格外兴奋。

到了汪宅，两人才知汪小娘因为昨天杜月娘的花船出了事而心慌意乱，一大早便出门上香拜佛。韵哥颇为高兴，因为汪小娘不在，他更方便和小喜独处一会儿，不过这好事却被白无用给搅了。原来，白无用本想请汪小娘辨别香囊里的香料，现如今汪小娘不在，这个差事便安到了小喜身上。

小喜本就崇拜白无用，见自己又被白公子器重，自然分外开心，仔仔细细地查看香囊里的香料，白无用和韵哥目不转睛地看着，不过韵哥的目光却是盯在了小喜的俏脸蛋上。

一番仔细的观察、嗅闻之后，小喜摇了摇头："白公子，这不是我家小娘给杜月娘配制的香料。"

韵哥："你确定？要不等你家小娘回来再让她瞧瞧？"

小喜将香囊递还给白无用："这里面有茉莉、素馨、辛夷和安息香，因为杜月娘喜欢柠檬的香气，于是我家小娘便用柠檬替换了辛夷。而且我家小娘的制法能把柠檬的香气保留在十日以上，但这个香囊里丝毫没有柠檬的香气，所以肯定不是我家小娘制的。"

白无用："看来我猜错了，我原以为西郊那具女尸是杜月娘花船上的人。"

小喜惊道："杜月娘花船上的人不是一把火烧没了吗？"

韵哥嘴快得很，立刻接上话题："哪有那么简单，这背后的事情大着呢。"

小喜更为紧张："你可别吓唬我，难不成还有更大的麻烦？"

白无用见状，忙善意地骗道："你听他满口胡吣，韵哥是担心你家小娘不能再给杜月娘送香料，你们俩见面的机会就少了。"

小喜这才松了口气，嗔笑地瞥了韵哥一眼。

虽然从这个香囊没查出什么有用的信息，但至少知道了这个女尸不是杜月娘花船上的人，白无用准备另寻他法继续调查，见外面的雨势渐小已成细雨之状，白无用便叫上韵哥离开汪宅。

白无用和韵哥刚出汪宅的大门，正看见汪家小娘的车轿回来，白无用于是冲小喜道："小喜，不用陪我们了，快去迎你家小娘吧。"

小喜点点头，忙跑到车轿前迎汪家小娘："小娘，您怎么这么早就回来了？"

车轿里传出汪家小娘的声音："原本还打算在庙周围逛逛的，这不是下雨了吗，索性就早些回来了。对了，秀儿今天做什么菜呀？这一路赶回来还有些饿了。"

小喜："小娘，不知怎的，昨天秀儿没来，今天也没来。不过白先生来了，把报时钟的声音调了，叫的声音像喜鹊，喜庆着呢。"

车轿的帷裳拉开一些，汪小娘露出俏脸，冲白无用含笑致谢。白无用躬身施礼的同时，也暗中用胳膊肘顶了韵哥一下，韵哥的视线这才从小喜身上挪开。待小喜陪着汪小娘回了汪宅，韵哥不禁郁闷道：“公子，我还以为你能给我多少时间跟小喜聚聚呢，敢情你是借这个机会找小喜问香囊的香料。”

白无用笑道：“你和小喜见面的机会多着呢，但那具无头女尸必须要及早查出线索。”

韵哥不解地问：“可小喜说了，香囊里的香料不是她家小娘配制的，那这具女尸肯定就不是花船上的人了。”

白无用：“但我总觉得两者之间有着莫名的关系。走，让驴子多挨些累吧，回城后咱们多走几处地方，把这案子查清楚。”

说罢，白无用和韵哥骑上驴而去。

在距离汪宅大门稍远处的一个拴马桩旁，一个男子正给马匹喂着草料，他看着白无用和韵哥的背影，思忖片刻后牵马尾随而去。

待白无用和韵哥进了城时雨已停歇，但街道上仍是湿漉漉一片。街道两边的摊子已陆陆续续重新支起来，摊主们开始打理摊子，街道人流也逐渐多了起来。

白无用和韵哥牵驴而行，那个男子则牵着马在人流之中悄悄尾随着。

韵哥看了看前方的路：“公子，咱们去哪儿啊？这不是回家的路啊。”

白无用：“花船案不查清楚，回了家也是寝食难安。”

韵哥：“公子你想到办法了？”

白无用微微一笑：“香囊是从谁身上掉下来的？”

韵哥：“自然是被害的那个女子啊。”

说着，韵哥突然反应过来：“公子，你不会要去查尸体吧？但那尸体在开封府，能让咱们查看吗？”

白无用笑道：“所以咱们要去找一个说话有分量之人。”

六

奢华气派的书案前，丞相曾鼎面带忧愁之色伏案批阅公文。曾相今年五十有二，虽仍属壮年，但双鬓依然斑白，特别是近日辽国遣使欲与大宋结盟一事更是搅得他心神难安。

曾煜将一盏茶端至曾相面前："父亲，这是刚进的银线水芽贡茶，您尝尝。"

曾相看了眼茶盏里的茶水，叹道："这一盏茶便值十两银子，已是小户人家一年衣食之费。"

说着，曾相指了指书案上的公文："北境旱灾、江浙涝灾、京畿附近又闹起蝗灾……如此困境之下，再向辽国增加一倍的岁贡，我大宋朝真是雪上加霜了。"

曾煜："父亲不必忧心，只要您的计划成功，当今大家自然就不会和辽国结盟。"

曾相深深地叹了口气："但精心布置了那么久，昨夜还是出了纰漏。"

曾煜："其实……那算不上我们的失误，只是意外因素罢了，谁能想到他竟然没去杜月娘的花船呢？"

正此时，门外传来脚步声，曾煜忙收住话题。

片刻后，管家的禀报声自门外传来："禀相爷，门外有位自称叫白无用的先生求见公子。"

曾煜："知道了，我稍后便去。"

管家应了一声后，脚步声远离，曾相这才低声问曾煜："白无用突然前来，蹊跷得很，你确定他没有起疑？"

曾煜："我昨晚特意去了白宅，发现他对设计军事装备已全无兴趣，现如今正沉迷于经络五行的研究之中。我提及花船一事，他根本没考虑船只被机关所移动，而是归结于神仙鬼怪所为。"

曾相："既然他没有察觉，为何今日去了西郊抛尸现场？"

曾煜："什么？"

曾相："李忠良去西郊查案，白无用一直跟着，后来还在现场探查了一番，再之后还去了西郊汪伦家中。"

曾煜："原来父亲已派人暗中监视他了。"

曾相点点头，皱眉道："你这位朋友是不是发现了什么？"

曾煜思忖片刻，忽地松了口气："父亲，白无用去西郊应该是为了尸体。"

曾相疑惑地看着曾煜。

曾煜向父亲回禀道："白无用现在痴迷于研究人体骨骼，所以四处寻找无主的尸体呢。他此番前来一定是找我帮忙，想得到那具尸体。试想，他如果对花船案起疑心，怎会有心思研究尸体？又怎能登门找我？"

曾相思忖着缓缓点头："但那具女尸绝不能交于他，万一他查出女尸的身份，我们的计划就露出破绽了。"

曾煜："父亲放心，我已经想出一套说辞，既能够将他打发走，又不会引起他的怀疑。"

曾相："你既然想好了，就尽快把白无用打发走便是。对了，昨夜花船一事，外界都有何传闻？"

曾煜："大街小巷已经传遍了，大多数百姓都认为是仙怪施法所致，毕竟花船焚烧之时，岸上游数百人围观，眼见为实。"

曾相这才微微颔首。

白无用怡然自得地在相府门前等待着，韵哥牵着两头驴陪在白无用身旁，却是一脸的焦虑不安。

韵哥："公子啊，你怎么来找曾公子呢？咱们躲他还来不及，你却找他要尸体，这不是更让他怀疑吗？"

白无用笑道："恰恰相反，我来找他，曾公子反而会更心安。"

正说话间，相府大门打开，曾煜走出来快步迎向白无用，笑问："白兄，有事找我？"

白无用："确实有一事相求，西郊发现了一具尸体，官府带回衙门了。我来是想请你帮忙，看看有没有可能让我进去看一看？这新鲜尸体的形状和陈年旧尸大有不同，研究起来一定大有收获。"

曾煜故作为难地说着想好的托词："无用兄，这件事实属不易，要换作平常倒还好通融，但这几日开封府案件频出，管理甚是严格——"

白无用听到此处，笑着摆摆手："——无妨，既然不方便，不必为难，就此告辞了。"

曾煜忙道："白兄勿怪啊，等过些时日我一定帮你想办法。"

白无用笑着拍了拍曾煜的肩膀："你我之间还用那些客套吗？没事，我去寻陆东升，他或许能有些办法。"

说罢，白无用招呼韵哥，上驴而去。

曾煜微微松了口气，忙转身回府。

白无用和韵哥一边骑驴而行一边聊着刚才的事情。

韵哥："公子，你刚才回绝曾公子会不会太唐突了？"

白无用笑道："我平日里不就这样吗？虽说是演戏，但过犹不及，还是一如既往地洒脱自在，才最容易打消曾煜的怀疑。他故意搪塞，更证明了那具女尸和他的阴谋有关。"

韵哥："可是，你后来为何又要提陆巡史啊？"

白无用："这女尸之事，咱们必然要找陆巡史帮忙，这是瞒不住的。我索性现在大大方方地说出来，反而能打消曾煜的疑虑，这样也能保护陆巡史。”

两人边聊边行，没注意到那个神秘男子仍悄悄尾随着他们。

相府书房里，曾煜向父亲讲述着刚才的情况。

曾煜：“白无用还惦记着那具尸体，据他说要去找陆东升帮忙。”

曾相淡淡地道：“无关大局，我已派人跟着他了，若发现他坏事，除了便是。”

曾煜一惊，忙道：“父亲，白无用与我们的计划无关，不应该牵连于他。此人只是散漫不羁、行事大胆而已，并无丝毫贪心杂念。他不愿寻求仕途功名，更不理会朝堂诸事，性情甚至和孩童一般自然纯净，他原本叫白庭，只因为觉得这名字匠气，便自己改了名字叫白无用，取百无一用是书生之意，足可见他的洒脱和率性。”

听到此处，曾相忽然一怔。

曾煜见状，疑惑地问道：“父亲，怎么了？”

曾相：“他叫什么？”

曾煜：“白无用啊，他原来叫白庭。”

曾相呆住了，一脸的不可置信：“原来是他……”

曾煜不解地看着曾相：“父亲您……认识他？”

曾相起身踱步到窗前，一边看着窗外景致一边回忆道：“三年前我主持科考，其中一个学子的答卷让我记忆犹新。”

曾煜走到父亲身旁：“白无用的？他写的什么？”

曾相似乎没有听到曾煜的问话，继续喃喃自语着：“那学子的答卷不但文采卓绝、字字珠玑，而且讨论兴天下之策，针针见血、句句灼言，大胆至极。但他只写了一半就交卷而去。”

曾煜：“只写了一半？”

曾相："是啊，我颇为好奇，于是找到了他，就想知道他为何不写后半部分，更想知道他后半部分想写的是什么？"

曾煜注目聆听。

曾相感慨地微笑道："他当时身穿一袭青衣，自然洒脱地站在我面前，微笑着反问我——我写下去，您敢录用吗？抑或者，您敢看吗？"

曾煜思忖着："我有些明白了，白无用是对朝局不满，甚至，是对大家不满，这文章的下半段应该是针砭时弊，甚至抨击昏庸之道了。"

曾相看着曾煜，苦笑着摇了摇头："他所想的远超我等的认知。"

曾煜惊呆了，喃喃着："那他想写的是什么？"

曾相幽幽道："天下之人，皆把一切期望交由圣人。圣人出，我命贵，圣人没，我命贱。世间不公，人间困苦，皆望圣人救济。似是天生就该受人统属，等待恩赐。殊不知，人，应生而自立，圣人亦是千千万万人当中的一个，而这芸芸众生不是谁的奴仆，正是自己的君主。那才是人间盛世。再无刀俎鱼肉，人人安定，无冻馁之患，天地间便光亮永胜黑暗。若有一日，当为此景效力，赴刀山火海，再值得不过。"

曾煜听得瞠目结舌，一时无语。

曾相："他在我面前朗声说完这些后，微微施礼，一袭青衣飘然而去。那一刻，我这位相爷在这个布衣面前都自惭形秽。"

曾煜喃喃着："简直是惊世骇俗之言，人世间怎会有这样的世界？"

曾相："所以说，这个白无用真乃奇人也。"

曾煜回过神来，忙道："父亲，您既然如此赞赏他，正该收为己用。还请父亲收回之前的命令吧。

曾相注视着曾煜："你知道为父为何让你也参与这个计划吗？"

曾煜："还请父亲示下。"

曾相："此计划一旦失败，便是灭门之罪，你即便不知情也难逃一死，所以为父索性让你参与其中，也能助我一臂之力。我连自己的亲生骨肉都可以牺牲，何况一个白无用呢？”

曾煜默然无语。

七

汴梁八景之一的汴梁铁塔巍峨耸立，这铁塔登至第五层，便可看到汴梁城内街景，第七层可看见郊外农田和护城大堤，九层可看到黄河如带，到了第十二层便直接云霄，祥云缠身和风扑面，如步入太空环境。

白无用和韵哥此时正在铁塔的第五层，白无用凭栏而立，一袭青衫随风飘摆。韵哥站于一旁，举着望远器俯瞰着汴梁城。

韵哥：“公子啊，咱们在这儿待了半个多时辰了，风吹得太冷了。”

白无用：“这里能看到整个汴梁城，寻陆巡史的踪迹，这是最好的去处。”

韵哥无奈，只得拿着望远器继续搜寻着。

当白无用和韵哥在汴梁铁塔上登高瞭望之时，小御街上正发生着变故。

惊呼声惨叫声自小御街一侧传来，随着人流被分开，只见一名逃犯仓皇奔逃而来，他身后几名官府的衙役手持兵刃紧追不舍。街上行人纷纷仓皇避让，王婉贞也在人流中，惊慌地退到街边。在王婉贞身后不远处，一个背着药匣子的土郎中打扮的男人暗中跟着她。

逃犯被人流阻挡，几名衙役追上来，双方展开激斗。逃犯武功不弱，与几名衙役交手丝毫不落下风，数招过后将一名衙役击倒在地，趁机再度向远处逃窜。几名衙役继续追赶，受伤倒地的那名衙役则躺在地上呻吟不止。

众人七嘴八舌地在一旁围观，王婉贞和那个土郎中也在围观的人群之中，但土郎中更多的是注意着王婉贞的一举一动。

正这时，一个身材魁梧的男子带着几名衙役飞奔而来。这男子名叫陆东升，和李忠良一样是开封府的巡史，不过虽官阶相同，但陆东升的能力却远胜李忠良，开封府重要的案件非他莫属，可以说是开封府第一神探。

陆东升扶起受伤的衙役，忙问：“逃犯往哪里跑了？”

衙役指着远处：“往录事巷的方向跑了，弟兄们正追呢。”

陆东升：“是刘金厚还是麻梁？”

衙役：“是刘金厚，没看到有麻梁。”

陆东升吩咐身后的手下：“带他回开封府治伤。”

说罢，陆东升向录事巷的方向追去。

围观的百姓纷纷散去，王婉贞也快步走向另一条街道。但一直尾随着她的土郎中却停住了脚步，事实上当那衙役口中说出“麻梁”二字时，土郎中便是一惊，此刻思忖片刻后撇下王婉贞，紧随着陆东升而去。

录事巷的街面上，刘金厚正和几个衙役在街面上激战。刘金厚本就有一些功夫，再加上此刻已是亡命之徒，更是豁命厮杀，数招过后便将一衙役击倒在地，衙役捂着脱臼的胳膊连连惨叫。其他几个衙役见状不禁面露惧色，招式放缓只图自保，刘金厚乘机夺路而逃。

陆东升带着几个手下奔到受伤的衙役身前：“刘金厚呢？”

衙役试图举起胳膊指方向，但一动之下便疼得惨叫不止。

陆东升见状，手法麻利地将衙役脱臼的关节复位。

衙役指着远处：“好像往东边逃了，但我看得不是很清楚。”

陆东升顾不得多问，施展轻功纵身跃到一户人家屋顶，接着数步便跃到更高的一处屋顶，向四处眺望搜寻，而后沿着一处方向纵身追去。

土郎中气喘吁吁地跑来，只看到陆东升的身影在几处屋顶飞纵，之后便消失不见。土郎中自知也没能耐再追上陆东升，不禁郁闷地呆在了原地。

陆东升紧追不舍，将刘金厚逼入一条小巷。陆东升对于汴梁街道熟络得很，心知这条小巷尽头是个死胡同，谅对方也无处逃窜，于是放慢了脚步，一边恢复些体力一边向刘金厚逼近。果不其然，刘金厚狂奔数步后被一堵墙堵住，虽是这一路跑得精疲力竭，但也只有硬着头皮返身扑向陆东升。但只几个回合之后，便被陆东升干净利落地击倒在地。

陆东升几个手下飞奔而至，见状大喜，忙将刘金厚捆绑起来。

陆东升整理着衣服，正欲带队离开，忽听得街边响起鼓掌声。

陆东升顺着声音看去，只见白无用和韵哥正站在不远处一堆看热闹的人里，白无用正鼓着掌笑嘻嘻地看他。

陆东升转头吩咐手下将刘金厚带回府衙，而后走到白无用面前，笑道："白公子，我的功夫你又不是没见过，不至于这样兴奋吧？"

白无用笑问："跑了几人？"

陆东升："三个，已抓回两人。"

白无用："另一个毫无线索吧？"

陆东升："你怎么知道？"

白无用："你刚才吩咐了——带回府衙立刻审问。如果有第三人的线索，你早去抓捕了，正因为毫无头绪，才要从这个逃犯口中搜集线索。我说的对吧？"

陆东升叹了口气："确实如此。想我在衙门办案多年，逃犯抓的数不胜数，从没像今日这样，几个时辰竟毫无线索。而且昨晚这三个犯人出逃也诡秘得很，现在也不知他们是如何逃走的。

说着，陆东升忽地想到了什么，白了眼白无用："话说回来，明知道我遇到难事，你笑什么啊？"

白无用："我是沾沾自喜，又谈成了一笔买卖。"

陆东升："什么买卖？"

白无用："我帮你查出那名逃犯的下落，你呢，带我去开封府查一具尸体。"

没等陆东升回话，白无用已笑吟吟地拍了拍他的肩膀："别寻思了，怎么说都是你划算。"

陆东升和白无用是多年好友，彼此自然了解，虽然白无用口中说着“交易、买卖”之类的话，但陆东升知道这是白无用在打趣，于是爽快地答应下来。不过对于白无用为何对这尸体感兴趣，陆东升颇为好奇，回开封府的路上忍不住开口相问。虽是好友，但白无用也用研究尸体之类的托词搪塞过去。此事过于诡秘，而且背后可能杀机重重，事情没查清之前，白无用不打算连累这个好友。

待到了开封府衙，陆东升及手下衙役押着刘金厚进去复命，白无用和韵哥在门外候着。

门房老吏将要关门之时，白无用走了过去，掏出一张纸递给老吏：“汤伯，多谢您的鸽子指路，这是我新设计的渔具，还有饵料的新配方，准保能钓上十斤的大鱼。”

汤伯这辈子没别的爱好，唯二喜欢的便是养鸽子和钓鱼，自从认识了白无用，便得到了不少诀窍，鸽子调教的是越来越听话，鱼钓的也是收获满满，此刻又得到新的法宝，除了笑着连连点头，话都顾不上说了。

白无用笑着小声道：“一会儿陆巡史出来时，麻烦您再小睡片刻。”

汤伯会意地嘿嘿一笑，转身进了府衙。

进了开封府后，陆东升将逃犯刘金厚交给手下，吩咐了几句讯问事项后便直奔验尸房而来。

验尸房里摆着三张停尸床，靠门停尸床上陈着无头女尸，中间床上蒙着白布，不知道尸体是何许人也，最里边的床上空着。

陆东升进来时仵作正检查着无头女尸，仵作回头见是陆东升，放下勘验器具，恭敬行礼：“陆巡史。”

陆东升：“仵作辛苦了，有件事还要麻烦你。”

仵作：“陆巡史请讲。”

陆东升：“刚刚抓获一名逃犯，不过此人受了些伤，还劳烦仵作处置一下。

我知道这本不该是你的职责所在，但昨夜逃走三个案犯事态紧急，这人的伤情如果出了状况，我怕再生出不必要的麻烦。”

仵作：“陆巡史放心，我这就去。”

陆东升笑着拱手施礼，带着仵作离开了验尸房。

开封府院子里几个衙役正百无聊赖地执勤，陆东升和仵作走过来，陆东升见状故意皱眉斥道：“你几个还在这里闲聊，快带仵作去给刘金厚验伤，好生守在一旁，别出了差池。”

几个衙役连声应是，带着仵作向牢房的方向而去。

见院子里已无人，陆东升又瞟了眼门房，只见汤伯正趴在桌子上酣睡，于是忙走向府衙大门，将白无用和韵哥带了进来。

陆东升三人走过门房后，趴桌酣睡的汤伯抬起了身子，展开白无用给他的那张纸，津津有味地看了起来。

陆东升带着白无用和韵哥快步来到验尸房门前。

陆东升：“就在里面了，靠门的一具就是你要找的，我去拖时间，不过最多也就半个时辰。”

陆东升走后，白无用忙吩咐韵哥：“你在门口把风儿。”

韵哥：“放心吧公子，有情况我就学蛐蛐叫。”

白无用打开验尸房的门，快步走了进去，来到陈着无头女尸的床前，缓缓揭开了蒙在无头女尸身上的白单。

韵哥在走廊里徘徊着，一会儿瞄瞄走廊，一会儿又焦急地看着验尸房的门，但没过一会儿，焦急的神色转为了痛苦的表情。

韵哥弯着腰走到验尸房门前，学了几声蛐蛐叫。

白无用：“什么事？”

韵哥苦着脸小声道：“公子，我想去趟茅厕，吃多了憋不住了。”

白无用：“真是懒驴上道，快去吧。”

韵哥赶紧捂着肚子向走廊尽头走去，但他的身影消失后没多久，脚步声在走廊里响起。片刻后，福满走了过来。

福满走到验尸房门前，瞥了眼没上锁的门，不禁疑惑：“哎？怪了，咋没锁门呢？谁当差啊？”

福满敲敲门：“有人吗？仵作？”

屋内没人应。

福满皱皱眉，推开门走了进去。

靠门的床上无头女尸没盖白布，其余两张床上各躺着一个，都盖着白布。

福满走到无头女尸前，帮她盖上白布，盖完后竟然还恭恭敬敬地作了个揖，紧张地小声道：“这位小姐，对不住了，让你死了以后还多遭一回罪。你可别怨我，我也一定给你多烧纸钱。”

念叨完毕，福满转身正要走，目光扫在另两张床上，脚步又停下了，自言自语着：“哎，三张床都满了。”

福满说着，走到中间的停尸床前，小声嘀咕着：“这二位又是谁啊？鬼节这日子还真够邪门的，验尸房还应着景儿热闹起来了。”

说着，福满小心地拉开白布，伸头一看，顿时大吃一惊。

只见这张床上躺着的是吴友翁的尸体。

福满：“哎呀妈啊，这不是、这不是吴讼师吗？这这这，早上还风湿疼，怎么几个时辰就死了呢？”

福满赶紧把白布盖在吴友翁的尸体上，而后福满哆哆嗦嗦地走到第三张停尸床前。

福满：“这又是哪位啊？”

说着，福满伸出一只手去拉白布的一角，但刚拉起一些，福满哆嗦着就把白布放下了。

福满：“今儿这日子太不吉利了，爱谁谁吧，神仙爷爷我也不看了。”

说罢，福满转身向外走去。

门关上的一瞬间，第三张床上的“尸体”胸部剧烈起伏着，显然白无用被憋得够呛。他掀开白单，一边大口喘着气一边摸到门口，听外面没什么动静，忙开门而出。

白无用走出开封府大门，向左右看了看，却没见韵哥的身影，便靠在墙边一边等韵哥一边低头琢磨着。

突然，一个身影沿着墙根向白无用身后潜来，白无用闻声欲回头之际，来人已一掌劈中白无用脖颈。白无用晃了两晃，颓然倒地。

八

宣和二年七月十三，第一日。

这是间简陋的房舍，靠窗摆着一张床榻，旁边是一副桌椅，在墙角立着一个衣柜，每样物品都老旧得很。虽然简陋，但屋内收拾整洁，一尘不染，窗台上还摆着几盆平凡的花草，给这个陋室增添了几丝鲜活的气息。

桌子上摆着一些散碎的银两和几串铜钱，王朗和秀儿坐在桌旁仔细地清点着。

秀儿从自己的钱袋里又掏出一些碎银，递给王朗："算上我这个月的工钱，有二十贯钱了，明天你去谢库存起来吧。剩下这些，我掂量着给你做床新被子，你八成是着凉了才生病的。"

王朗轻叹一口气："好，我明天就去存。今年年景不好，我的生意也差了好多，咱们的银子还差不少呢。"

正说话间，厨房传来水烧开的声音，秀儿忙起身走向厨房，炉灶上坐着的砂锅正呼呼地冒着热气。秀儿一边小心翼翼地拿下砂锅一边道："世道这样，咱们老百姓能怎么办？我在汪家干活时，听汪员外说起，当今大家准备和辽国议和，还将岁贡再提一倍呢。今年又是灾年，收成指望不上，交的税还丁点儿不减。街上的东西，没一样不贵的，盐都涨到两百八十文了。"

秀儿端着药碗走进来："好在空闲工夫我还能织几匹布去集上换换，多少也能贴补家用了。"

说着，秀儿将药碗放在王朗面前："快趁热喝了。"

王朗："你也别太辛苦了，这两天我手里的一处宅子就能交易，咱们手头就宽裕了。”

秀儿一边吹着手指头一边惊喜地连连点头。

王朗见状，心疼地道：“是不是手上烫的泡破了？跟你说不要给我洗衣服，沾了水不是更疼？你就是不听。”

秀儿忙把手放下，笑道：“厨娘被油溅到那还不是常事？这点儿水泡没事呀。你养好身子才是大事，快喝吧。”

秀儿说完，快步又走出屋子。

王朗无奈地叹了口气，看着秀儿的背影消失在门口，忙拿出几块碎银重又塞进秀儿的钱袋，然后才端起药碗喝起来。

王朗一边喝着汤药一边看向窗外，只见秀儿正在院子里晾晒衣服。夕阳洒在秀儿身上，将秀儿映衬得更加甜美可人。

秀儿一边晾晒衣服一边隔着敞开的窗户和屋里的王朗聊着天。

秀儿：“对了，我今晚得去西郊，明天下午才能回来，饭在锅里，明早你自己热一热。”

王朗：“每天不是早上去吗？今天怎么改了？”

秀儿：“哦，我忘了告诉你了，你给我介绍的常牙婆啊，果然办事妥帖。这才几天工夫，就给我张罗到新活计了。这户也在西郊，叫我今天去试工。”

王朗：“秀儿，要不这家就不做了吧，两份工太累了。”

秀儿笑道：“但也是双份工钱呀，累也值嘛。再说了，常牙婆知道我在西郊做工，特意寻的便利，这两家离着不远，找这么合适的活儿不容易，咱们不好负了人家的心意。你说呢？”

王朗：“那等会儿雇车去吧，还能少挨些累。”

秀儿：“雇一辆车少说也要五六百文，花那个钱做什么？前几日我发现，就在惯常走的那条驿道旁边，有个进山的小岔口。以前也是走人的，只不过如今修了官道，走小路的人少了，看着有些荒凉偏僻，但路程却省了一半。”

王朗："但走山路太辛苦了。"

秀儿："没事啦，试完工要是太晚，我就住在汪家，和小喜睡一晚。就是汪家小娘那个侍女，每次听她讲好玩的故事，累劲儿就过去了。上次她给我讲，汪员外给小娘弄来个叫什么报时器的新鲜玩意儿……"

王朗似乎没有听见秀儿的话，只是痴痴地看着。

王朗是个牙人，虽说只入行三年，但凭着精明和勤勉，半年前终于买下了眼下居住的这个房舍，除此以外还积攒了一百多贯钱。这对于一个外地人来说，可谓是不小的成就了。但他现在仍为银子苦恼着，想要将秀儿娶回家，就要给未来的岳夫岳母奉上五百贯钱。他知道这是秀儿父母狮子大开口，因为按汴梁城里正常的婚嫁费用，像秀儿家这样的小户人家，五十到一百贯钱是均价，即便是中等人家，三百贯钱的聘钱也足够了。但秀儿父母既然开口了，就算是还有希望，再加上秀儿善解人意，每个月也跟着省吃俭用把钱一起存到谢库，虽说日子过得辛苦，但眼见着距离五百贯钱的目标越来越近，也算是欣慰了。

但王朗却不知道，自己的厄运从七月十四日这一天开始了。

这天，王朗是从噩梦中惊醒的，他竟梦见秀儿夜晚赶路时遇见了歹人，那歹人将秀儿死死压住，狠狠地掐着她的脖子……

王朗惊醒后，好半天才回过神来。对于这个梦，他其实不害怕，因为这个场景在梦中已经出现过多次，甚至对于王朗来说习以为常了。梦里的那个歹人叫麻梁，是王朗藏的最深、也是最痛的一个伤疤，但麻梁已经死了，对于死鬼王朗是不害怕的。可这次梦里的受害者竟然成了秀儿，这让王朗心中涌起了不安。不过，很快王朗便把这个梦抛之脑后，拿上牙牌直奔仿春巷，前些日子他给一个买家介绍了仿春巷的一处宅院，约好了今日看房。

一路上，王朗算计着这次交割的佣金，越发激动。这个好心情一直延续到他带着买家参观宅院，看着买家满意的表情，王朗心中更有了底。但就当王朗将买家引入内堂一间客房，准备谈房产交割事宜的时候，意外的一幕发生了——客房的床榻上竟然染着好几处血迹。

王朗懵了，这宅院前日他便来打扫过，没想到一日没来竟然出了这状况。即便他百般解释，买家也把这宅院视作了凶宅，客套话都懒得说了，掉头匆匆离开。

即将到手的佣金彻底泡了汤，王朗郁闷地走出宅子，垂头丧气地转向街上。但没走多远，前方便乱了套，只见一个逃犯夺命狂奔，数名官府衙役呼喊着拼命追赶。街上的行人、路边的摊贩纷纷尖叫着惊恐地躲避。正混乱之时，天空突然连着几声闷雷，随即大雨倾盆而下。惊恐四散的人群和抓捕逃犯的衙役在倾盆大雨里混作一团。

王朗被裹在人群中进退两难，人头攒动的空隙，王朗瞥见陆东升飞快奔来抓捕逃犯。但人潮拥挤，等王朗再看过去时，却见逃犯已劫持了一个模样俊俏的少妇，一手持匕首紧紧抵住少妇的脖颈，另一只手指着对面的陆东升，歇斯底里地叫嚣着："让开，放我走，要不然我就杀了她！"

这场面让之前慌乱奔逃的人群渐渐静了下来，一个个在大雨中都目不转睛看着这一幕。

陆东升于大雨中纹丝不动，紧盯着逃犯："我的能耐你清楚，你即便跑得出这条街，你跑得出汴梁城吗？"

逃犯紧张地喘息着，手中的匕首也在微微颤抖。

正这时，由远及近的惊呼声传来，紧跟着稍才平静的人群炸营了一般四散开来。王朗顺着惊呼声看去，顿时大惊失色，只见一辆马车正从街道另一端横冲直撞过来。

驾车的小吏拼命勒着缰绳，但却无济于事。福满骑驴在后面狂追，边追边扯着脖子大喊："快让开，马惊了！"

众人惊恐地四散，王朗也跌跌撞撞地被挤到一旁。

马车呼啸而过，随着剧烈的颠簸，一具女尸竟被颠出车外，滚落在地。王朗和街边路人见一具无头尸体跌落车下，大骇着惊叫连连，场面愈加混乱。

王朗被挤得东倒西歪，好容易站定，再看过去时，只见陆东升已不知何时已将逃犯扑倒在地，那个少妇也被撞倒在一旁的泥水里瑟瑟发抖着。而在街的另一端的街角，马车歪歪扭扭地停在路边。

这短短的时间事态倏忽大变，王朗及周围的行人惊魂未定地纷纷注目。

只见陆东升指挥手下将逃犯捆得结结实实，而后将泥水里的少妇拉起来，一同带往街边的一个茶楼。

围观的众人渐渐散开，大雨瓢泼中街道上只剩下几个小吏忙着搬运跌落在地上的尸体，另外两个陆东升的手下则帮着修理着马车，而领头的福满则像是被吓傻了一样，呆呆地站在泥地里一动不动。

王朗见状，好心地上前帮着套马，身边几个衙役的对话也清清楚楚地进了耳朵里。

“幸亏陆巡史逮住他了，要不然咱们可惨了。”

“是啊，这小子太狡猾了，我们昨晚上一夜没睡找他，他可倒好，找间空宅子躲了一宿，巡夜的人能发现才怪。要不是陆巡史机警，还抓不住他呢。”

王朗听到此处，猛地愣住了，随即恍然大悟，原来要卖的宅院里的血迹竟是这么回事。他随即拔腿欲走，但衙役接下来的一句话又把他生生定住了。

“你想得美，这才一个，刘金厚和麻梁还没抓回来呢。”

听到“麻梁”二字，王朗如同被一计重拳猛击，神色顿时一变，思忖片刻后掉头向茶楼走去。不远处，福满正蹲在地上整理着鞋子，但看起来紧张兮兮的样子。王朗哪还有心思观察福满的神色，快步而过直奔茶楼。

进了茶楼，王朗拉住店小二，低声问：“刚才几位官爷呢？他们的东西掉了，我送上去。”

店小二也没多疑，指指楼上：“二楼第二个包间。”

王朗点点头，迈步上楼，快到第二个包间时王朗放慢了脚步，四处打量见周围无人后，这才快步走到窗户前，悄悄捅破窗户纸，向里窥视。

只见那个逃犯被绑着塞在椅子里，陆东升坐在他对面讯问着：“说说吧，怎么跑出来的？谁帮的你们？”

逃犯：“陆巡史怎知有人帮我们？”

陆东升耐着性子冷笑道：“营地里有兵卒轮班值守囚车，没人相帮，你们三人有天大的本事也跑不出去。”

逃犯苦笑道：“陆巡史错了，还真就是自己动的手脚，昨夜不知为何，麻梁最先从囚车脱身，然后又把我跟刘金厚也放了。”

陆东升不禁愣了，忙问：“那麻梁是怎么从囚车里跑出来的？”

逃犯：“这我真不知道，后来我们三人各自逃命，就跑散了，更不知道麻梁去了什么地方。”

王朗听到此处，心中不禁既喜又忧，喜的是麻梁没有被官府抓到，忧的则是这麻梁究竟跑到了什么地方？王朗略一思忖，决定赶紧去找人商量，于是掉头下楼。不过，还有人更为心急，王朗刚下了楼，便有一人从楼梯上匆匆跑下来，险些将王朗撞倒。王朗一个趔趄，闪身去看，只见急匆匆跑出去的竟是之前被陆东升救下的那个少妇。待王朗走出茶楼，只见那少妇冒着雨正在街上找寻着什么东西，娇弱的身子在雨中显得格外无助。王朗自然没心情关注她，抬头看了看如注的大雨，咬咬牙顶着雨跑了出去。

九

秦家脚店位于汴梁城的西门附近，脚店只有二层，一层的一半区域是大通铺的客房，另一半的地方摆上了八九张桌子，给住宿的客商提供些简单的餐食和酒水，二层是十几间稍微上了些档次的客房，脚店老板秦大实和他娘子也住在上面。

秦大实今年三十五岁，三年前来到汴梁后便在这家脚店做厨子。当时这家脚店还叫丁记脚店，老板叫丁德，有个女儿叫慧娘，刚刚出嫁。本来，丁德这日子眼见得越过越顺当，没料想女儿出嫁只一年便红杏出墙，被夫家逮了个正着。经官的话，按大宋律例，这慧娘要入刑两年，丁德只好哀求亲家私下和解，最后以两千贯的价码才算了事，慧娘拿着一纸休书回了娘家。这两千贯钱不但耗尽了丁德的家底，还拉上了五百贯的饥荒，只有靠着这家脚店艰难为继，幸亏这时有秦大实在店里吃苦卖力地打理，脚店才得以苦苦支撑下去。这慧娘回了娘家后，自知惹得家里倾家荡产，便也安分许多，和秦大实一起支撑脚店，日子久了倒也生出些情感。不过丁德经过这番折腾，心神交瘁，一年后便撒手人寰，临终时丁德为了女儿的将来，便与秦大实商量，撮合他和慧娘成婚，并将这脚店转给他。换作别人，可能不会答应，因为这慧娘不但是被休过之人，而且有过水性杨花的那段经历，谁敢保证以后会不会故态复萌？而且转让脚店听起来占了便宜，但实际上这时脚店还欠着三百贯外债。不过秦大实也有自己的主意，他作为一个外来户，能有机会得到一个脚店的产业自是求之不得。脚店之前虽欠着五百贯的外债，但秦大实用一年的时间已经还了两百贯，他自认只要再辛苦经营一两年，欠债就能彻底还清，到那时自己就实打实地有了买卖。至于对慧娘的担忧，秦大实自然也有，但一来这一年他和慧娘确实生出不少情感，二来不管怎么说也等于白捡个老婆，秦大实便答应下来，于是这丁记脚店便更名成了秦家脚店。

这一日因为天降大雨，店里住宿的客人无法外出，自然把闲暇时间和银钱用在吃喝上，而外面的行人也有不少因为进来避雨而顺道吃杯茶或者喝杯酒。眼见今日能小赚一笔，秦家娘子心情越发的好，不过，一个在偏僻角落里自斟自饮的客人却让她心生厌恶。

这个男子穿着一个半旧的长衫，一副穷困潦倒的样子，面前的桌子上摆着一小碟花生米，一盘杂丝小炒和一壶只值七十文的下等酒。桌子旁竖靠着一根竹竿，竹竿上挂着一幅脏了吧唧的卖药的旗招，旁边的一个凳子上放着一个破旧的药箱，显然是个寒酸的行走郎中。

这土郎中虽说寒酸，但自斟自酌着倒显得有几分悠然。喝一口酒，夹一口菜，咂摸半天才咽下去，有滋有味。一杯水酒端起来呷上好几口才再续上，而且一边给自己倒酒，一边自我沉醉地哼唱着曲子。

秦娘子在柜台前招呼客人，但不时瞄着远处角落里的土郎中，忍不住冲身旁的秦大实抱怨起来：“钱药三怎么那么烦人呢？哼哼唧唧的，谁能听懂唱的啥啊？”

秦大实闷着头，低声道：“那是苏青青的曲子。”

“我还不知道是苏青青唱的？问题是，人家苏青青是什么人呀？汴梁八美。钱药三是啥货色呀？在咱们的店里白吃白喝，穷的连换洗衣服都没有，还唱苏青青的曲子，还真把自己当个人物了？”

秦大实小声劝着媳妇：“哎呀，别说了，好歹那也是跟我磕过头的兄弟。”

秦娘子白了一眼秦大实：“兄弟就得一辈子照应啊？没事儿就叫他来，回回不给钱。咱这店是救济堂啊？”

秦大实：“哎呀，你小点儿声行不行啊？他日子不好过，十天半个月才来一次，吃的都是素菜，费不了几个钱，再说也是我叫他来的。”

秦娘子：“对，就你大方，请客要请王朗这样能帮得上生意的朋友。可钱药三呢？就是一块窝窝囊囊的狗皮膏药。”

秦大实心中憋闷，但也无法在此时发火，只得耐住性子劝道：“行了，你就少说两句吧，我们三人一起来的汴梁城，互相扶持的事情总是要有的。”

秦大实话还没说完，秦娘子白了他一眼，一甩袖子，往后厨去了。

秦娘子对王朗和钱药三是截然不同的两个态度，因为王朗能照顾到脚店的生意。住在脚店的有不少是外地客商，来时都带着货物来汴梁发卖，返程时又要带些货物回去，这其中就需要和牙人磋商交接。因为王朗时常来脚店和秦大实相聚，所以住在脚店的客商便近水楼台，不需四处寻找牙人和买家，从王朗这里便能将生意上的事打理清楚。因为秦家脚店有了这个便利，来此住宿的客商也日渐增多。而王朗也颇为大方，每次谈成一笔生意，都从自己的牙人佣金里抽出一成给秦大实夫妇。秦家娘子对王朗越发欢迎的同时，也只好忍住对钱药三的厌烦。王朗、秦大实和钱药三毕竟是朋友，如果赶走了钱药三，王朗不再光顾脚店，那就得不偿失了。

钱药三在角落自斟自饮着，偶尔抬眼向柜台瞥去几眼，虽然听不见秦大实和秦娘子的对话，但秦娘子的嫌弃之色清楚地映入眼帘。钱药三脸上的无奈苦涩之意不禁多了几分，浊酒也喝得更甚了。

正这时，浑身已湿透的王朗快步走进脚店。王朗向室内扫了几眼后，快步走到钱药三的桌子旁，将钱药三的破箱子放到桌子上，一屁股坐在凳子上，一边倒了碗茶大口喝着一边向柜台方向的秦大实招手，示意他过来。

钱药三看着浑身湿透的王朗，疑惑道：“下这么大雨你也不知道避避？”

王朗打了个寒战，拿起钱药三的酒杯一饮而尽。

秦大实拿着一壶上等酒走过来，拉了个凳子坐在一旁：“怎么浇成这样？”

王朗向周围看看，压低声音道：“他来了。”

秦大实边给二人倒酒边问：“谁啊？”

王朗的声音又压低了一些：“麻梁。”

听到这两个字，秦大实呆住了，正倒着的酒也停了下来。

钱药三喉结动了几下，硬是没发出声音，眼中尽是恐惧之色。

麻梁是王朗、秦大实和钱药三三人共同的心结。

三年前这三人还没来到汴梁，那个夏天几乎都在亡命奔逃中度过，和他们一起的还有这个麻梁。事发的那一天，四人在山里被辽兵追杀，麻梁跑得飞快，却一不留神摔倒滚到了旁边的悬崖处，大半个身子掉到悬崖下面，只剩下双手死死抓着崖壁的枯藤挣扎。王朗和秦大实忙奔过去，各拉着麻梁一只胳膊往上拖拽，钱药三则趴在地上死死抱着王朗和秦大实的腿，以免二人吃不住劲被麻梁拖下去。但山崖边苔藓遍布，三人虽拼尽全力，一时间也难以将麻梁拉上来，而辽兵却越追越近，眼瞅着就要将四人撵上。

麻梁急得大喊，但气急败坏中喊出的一句话却让王朗三人都浑身一颤。

“你们他妈的要是敢撒手，老子就把那件事儿抖落出来，咱谁也别想活！”

眼见追兵将至，这边麻梁还骂骂咧咧地要挟着，钱药三见状不妙，先松开了手，转身便跑。王朗和秦大实没了钱药三的助力，立时被麻梁的重量带得向山崖滑动。

麻梁身子吊在悬崖下面，哪知道上面的事情，口中骂得更狠。而这骂声让王朗和秦大实越发胆战心惊，两人稍一犹豫间，身子又被麻梁带得往悬崖下近了几分。两人惊恐地对视一眼，不约而同地松开了手。

伴着惨叫声，麻梁坠落下去。王朗和秦大实忙向悬崖边向下望去，只见麻梁重重地摔在悬崖下面的一块岩石上，而后一动不动，俨然已经死去，鲜血从头部汩汩流出。

自此以后，三人对这件事乃至麻梁这两个字都讳莫如深，但其实谁都知道，这是他们永远摆脱不掉的一个阴影。但好在麻梁已经死了，这阴影即便沉重也不会伤害他们。可是此刻，麻梁还活着的消息传来，让三人几乎都崩溃了。

沉默良久后，钱药三先打破了沉默，压低声音道："不可能吧？难道他没死？"

秦大实："我和王朗看了啊，确实是不动了。这个逃犯会不会和麻梁是同名啊？"

钱药三："天底下能有几个叫麻梁的？怎么会那么巧？"

王朗紧紧攥着酒杯思忖道："现在说这些没意义了，我们只能往最坏处打算，如果这个逃犯真就是麻梁，他一旦被官府抓到，那我们的事，他肯定会吐露出来。"

秦大实："他能那么坏吗？"

钱药三："有什么不能的？他一个死过一次的人，有什么豁不出去的？"

秦大实喃喃着："即便他不被官府抓住，这家伙会不会找我们来寻仇啊？"

王朗和钱药三紧张地对视一眼，没言语。

钱药三琢磨片刻，冲王朗小声道："你刚才说除了麻梁，还有一个也没抓到，那他们是不是同伙啊？一个麻梁就够我们受的了，再多一个可怎么办？"

秦大实闻听更是紧张："药三，你可别总吓唬我们。"

钱药三："你别忘了，麻梁是怎么离奇逃出来的？搞不好同伙不止一个呢！"

钱药三说完这句，三人更加紧张警惕起来，不禁下意识地向四周观望。只见周围的酒客看起来都很正常，但坐在靠窗的一张桌子的一男一女却有些古怪，貌似吃着桌子上的几样饭菜，却神神秘秘地小声商量着什么，而且还暗中观察着周围的人。

王朗看了几眼，忽然觉得这男人似曾相识，寻思片刻后猛然想起这男人叫徐非，是住在秦家脚店里的一个江淮客商，半月前和几个同伴来汴梁做生意，几日前王朗刚给他们联系了一批汴绣。

王朗低声问秦大实："大实，那人是不是住在这里的一个江淮客商？"

秦大实看后点点头："对，叫徐非。我还奇怪呢，他的几个同伴昨晚就带着商货回去了，可徐非却单单没走。"

两人正小声说着，一旁的钱药三紧张地喃喃道："坏了，肯定出事了。"

秦大实忙问："怎么了？"

钱药三悄悄指了指和徐非同坐一桌的妇人："那个妇人是开封府巡史李忠良的娘子。"

王朗："你认得她？"

钱药三："李忠良夫妇有个孩子，从小就患了血症，前不久没了。之前这两口子四处寻医问药，在我那儿也买过几服药。"

王朗皱眉道："李巡史的娘子和徐非怎么在一起呢？"

钱药三："你们刚才不是说，这个徐非的同伴都走了，他却单单没走吗？会不会是李巡史命他在脚店暗中查访啊？"

秦大实一惊："你的意思是李巡史抓到麻梁，怀疑到咱们三个了？"

王朗思忖着摇头道："不应该啊，就算麻梁招出咱们三个，他也不知道咱们现在住在那儿啊？"

三人正胡乱猜测时，只见王婉贞站起身向脚店外走去。秦大实忙捅了下王朗："那娘子要走了，怎么办？"

王朗略一思忖，吩咐道："药三，走，咱俩跟着她，看看究竟。大实，你在店里盯着徐非，找机会探探他。"

秦大实点头之际，钱药三忙抓紧时间又夹了两口菜，这才起身随王朗而出。

十

雨还未停，王朗和钱药三也顾不得挨浇，紧随着撑伞而行的王婉贞。转了一条街后，见王婉贞进了一家谢库，王朗和钱药三也忙跟了进去。

王朗和钱药三走进来，只见王婉贞正在柜台前将钱契递给谢库老板。王朗自然地走到钱柜另一侧，将钱袋子搁在柜台上，招呼伙计称银子。

伙计正忙碌之间，谢库老板取了银子回来，将银子装好递给王婉贞："李家娘子慢走，今日下雨，小心路滑。对了，怎么今日你来取？平日都是李巡史来啊。"

王婉贞："噢，西郊山路上发生一起命案，我家相公一早就去了驿道那边，还不知何时能回来，所以我就自己来了。"

王朗闻听这话忽地一怔，不由得想起昨天秀儿说过正要走那条山路。若是平常，王朗可能还不会太紧张，可今天不同往日，先是夜里梦到麻梁对秀儿行凶，继而逃犯竟在即将要交割的宅院里躲了一晚、搞得生意泡汤。如果仅仅这两件事，还能归结于巧合，可是西郊发生命案却是真真切切的，秀儿今日做工回来势必还要走西郊山路，万一遇到歹人可如何是好？

王朗发呆之际，王婉贞已拿着钱袋离开钱铺。钱药三见状忙捅了捅王朗，却见王朗竟呆立不动，面色也变得煞白。

钱药三又捅了王朗一下："怎么了？"

王朗这才回过神来，一把从伙计手里拿回银子："我今日有事，不存了。"

说罢，王朗匆匆把碎银装回钱袋子，拽着钱药三快步而出。

王朗从钱袋里掏出几块碎银塞给钱药三："药三，我有件急事要立刻去办。”指着远去的王婉贞的背影，“你受累盯着她，这些银子你拿着路上需要时就用。不管有没有发现，两个时辰后咱们在大实店里碰面。”

钱药三一边把碎银揣进怀里一边问：“出什么事了？你怎么一下子急成这样？”

王朗顾不得解释：“唉，以后再细说吧，我先走了。”

说罢，王朗急急地向前奔去。

钱药三疑惑不解地看着王朗的背影，但片刻后就急切地把那几块碎银从怀里掏出来，馋馋地摩挲了几下才又揣回去，快步紧跟王婉贞而去。

王朗则就近寻了家鞍马店，赁了匹马向城西疾驰而去。王朗为了生意有时也赁匹驴子，但极少租马，毕竟租一头驴一天只要三百文，而租一匹马则要五六百文。但今日不同，王朗心急如焚地想早点儿见到秀儿再把她接回来，自然也就不再省钱。那鞍马店的店主也看出王朗心急，不但把租金涨到了七百文，而且还选了一匹跛脚的马，王朗直到出了城门才发觉这马一条腿跛了，但也没工夫回去找老板理论，只能多催几鞭快马赶路。

待王朗赶到汪宅时雨势已弱，王朗下了马，正往下马石上系缰绳之时，远远地见汪家小娘的车轿回来，接跟着汪宅大门开启，小喜撑着伞陪着白无用和韵哥正走出大门。

王朗见状也不便上前，于是从马背上取下草料袋子一边给马喂食，一边远远地看着，而几人的说话声自然也传进了耳朵。起初他还没在意，有一搭无一搭地听着，只等抽空上前询问秀儿，但当汪小娘和小喜的一句对话响起时，王朗顿时呆住了。

“原本还打算在庙周围逛逛的，这不是下雨了吗，索性就早些回来了。对了，秀儿今天做什么菜呀？这一路赶回来还有些饿了。”

“小娘，不知怎的，昨天秀儿没来，今天也没来。不过白先生来了，把报时钟的声音调了，叫的声音像喜鹊，喜庆着呢。”

秀儿昨晚竟然没有来汪家！这究竟是什么情况？难道回了父母家？王朗正胡思乱想时，白无用的声音传进了耳朵。

“但我总觉得两者之间有着莫名的关系。走，让驴子多挨些累吧，回城后咱们多走几处地方，把这案子查清楚。”

王朗心里暗暗嘀咕，这男人口中所说的是什么案子？会和秀儿有关吗？但转念一想，自己应该是想多了，秀儿只是昨晚没来汪家，怎么会牵涉进什么案件之中？况且这男人刚从汪宅出来，如果这案子和秀儿有关，那个丫鬟刚才也不会对汪小娘说秀儿没来之类的话，早该告诉那男人才对。想通这一层，王朗心里稍安了一些，见白无用和韵哥往汴梁城的方向而去，王朗便也上马跟在后面，他寻思既然这二人也是回城，那就不妨跟随一段路。

王朗跟随白无用主仆二人一路进了汴梁城，这一路上虽然眼见这二人不时窃窃私语着什么，却碍于距离较远，根本听不见二人谈的内容。王朗于是打算转头去秀儿家，正犹豫之际却发现这二人竟来到了曾相府邸。王朗颇为惊讶，这男子究竟何许人也，竟然和相府还能攀上关系？于是也便驻足停留再探究竟。这一停让王朗听到了令他心惊的消息，原来这个叫白无用的男子是为了女尸来找曾煜，而且那女尸竟是今早在西郊驿道口发现的！之前听王婉贞说起李忠良去西郊查命案，王朗还没往秀儿身上想，只是担心秀儿今天回来的路上会不会安全。但现在的情况不同了，秀儿昨夜便没去汪宅、西郊驿道上今早发现了女尸，这两者联系起来让王朗不寒而栗，他再也无心关注白无用和韵哥，上马直奔秀儿父母家而去。

王朗快马加鞭，不到一炷香的工夫便奔到了秀儿父母家，没等马停稳，王朗便跳下了马背，一边快步向院门走去，一边向院子看去，只见秀儿父亲正在院子里拾掇着杂物。

秀儿父亲见王朗站在院子外，皱了皱眉走了过来，在院门里瞥着王朗：“你来做什么？”

王朗焦急地向敞开的屋门里张望着："伯父，秀儿回来了吗？"

秀儿父亲："没，这时辰还在汪家呢，你又不是不知道。"

这时，秀儿的母亲也从屋里出来，远远地白着王朗，口中指桑骂槐地故意大声道："这个不孝的东西，父母之命也不听，一个姑娘家整天往不三不四的人家里跑，脸都叫她丢尽了！"

秀儿父亲无奈地叹了口气，冲王朗道："你快走吧，纳彩的钱没攒够就别来了。"

秀儿父亲话音未落，秀儿母亲在门口更大声地骂道："自己没有本事，就不要耽误人家姑娘。纳彩的钱出不起，还要秀儿跟你一起奔命似的攒钱，这都多久了？秀儿跟着这种人哪天才能过上好日子？不光好日子过不上，还得倒贴！"

王朗脸涨得通红，但也顾不得被秀儿母亲指桑骂槐，仍焦急地追问秀儿父亲："伯父，秀儿真没回来？"

秀儿父亲点了点头。

王朗脸色更加惨白，这一瞬间又想起几个时辰前看见官府衙役驾的马车受惊，一具无头女尸从马车上滚落下来的场景。他越寻思越觉得那女尸的身材和秀儿十分相近，再也无心和秀儿父母多言，转身骑上马便走。

见王朗二话不说竟走了，秀儿母亲在屋门口气得大骂："你说说他，什么东西啊？连句话都没有掉头就走了！"

这骂声和着风声灌进王朗耳朵，但他哪还有心思去怄火，一路疾奔来到秦家脚店。王朗进店时，钱药三已经到了，正和秦大实小声商量着。秦大实之前在店里盯着那个叫徐非的客商，可那人吃完饭以后便回房休息，再也没出来，秦大实一时间也再查不出什么问题。此刻见王朗急匆匆进来，两人忙上前询问，听完王朗所说的情形，两人也不禁愁上眉梢。

秦大实叹了口气，宽慰王朗道："你也别乱想，秀儿不见得就出事儿了，兴许有什么事耽搁了。”

王朗苦闷地摇了摇头：“秀儿从来不会如此，从不叫人担心。”

钱药三忽地想到了什么，紧张地道：“我之前跟着李巡史的娘子，正遇上衙门的人抓了一个逃犯，但不是麻梁。我在旁边偷偷听了几句，好像麻梁昨晚就是从西郊小路逃走的。”

秦大实瞪了钱药三一眼：“说秀儿的事呢，你提麻梁做什么？”

钱药三急了，小声道：“你怎么没明白？西郊小路啊！秀儿昨晚不就是从那里走的吗？假如真出了事，那会不会是麻梁干的？”

王朗闻听更是心乱如麻。

秦大实也想不出别的什么办法，无奈道：“那要不然，报官吧？”

话音刚落，钱药三就脱口而出：“不行！”

在柜台前的秦娘子闻声，狠狠地向钱药三瞪过来。

钱药三忙避开秦娘子的目光，冲秦大实小声道：“你动脑子想想，如果真是麻梁干的，一旦报官，官府查起来，咱们的事不是露馅得更快？”

秦大实一凛，不言语了，无助地看向王朗。

王朗思忖片刻后有了主意，他从包裹里拿出两锭银子，分别递给秦大实和钱药三：“大实、药三，麻梁的事我本该和你们一起查，但我现在满脑子都是秀儿，查麻梁就拜托你们俩了，这点银子你们先拿去使。”

闻听这话，钱药三一边点头一边将银子拿过来：“你放心，我走街串巷肯定能查出些消息。”

秦大实将银子推给王朗：“哎呀，麻梁的事关系到咱们仨，你张嘴吩咐就是，拿银子做什么？”

正这时，远处柜台处的秦娘子故意咳嗽了一声。

秦大实闻听，手不禁颤了一下。

王朗苦笑一下，又把银子塞给秦大实：“咱们兄弟还用在银子上客套吗？”

说着站起身，“那我就先走了。”

钱药三急着小声道：“可不能报官啊。”

王朗点点头：“我知道。我去寻一个人。放心，他不是官府的，不过可能知道些消息。”

王朗要去的地方是开封府，而他要寻的人正是白无用。刚才他无计可施之时，忽然想到在曾相府门前听白无用说起要通过陆巡史搞那具尸体，于是心思一动，何不通过白无用查询细节？

半个时辰后，王朗赶到了开封府，在附近的一条小巷里隐藏起来，目不转睛地瞄着开封府大门。不过，对于白无用是否会来开封府，王朗并没有十足的把握，这是眼下他能想到的唯一一个办法了。王朗寻思，即便守不到白无用，在开封府附近或者也能探听到关于那具无头女尸的消息。

煎熬等待了许久后，白无用果然从开封府里走了出来。只见白无用出了开封府大门后，向左右寻着什么人，而后又踱步到墙边，皱着眉低头思忖着什么。

王朗喘息了几口气，小声念叨着：“这事实在万不得已，我也不想这样。无冤无仇的，这位白先生，对不住了。”

一番自我开解之后，王朗彻底鼓足了勇气，蹑足快步冲向白无用身后，趁其不备，一掌劈向白无用后颈。随后，王朗忙将被击昏的白无用拖到小巷子里，而后装进麻袋驮上马背，一边警惕地瞄着周围的情况一边牵着马向小巷深处而去。

十一

韵哥拉完那泡屎，神清气爽地出了开封府，但四下一看便傻掉了，他心心念念的白公子竟然寻不见了。韵哥在周围几条街寻了一遍，又扯脖子喊了一遭，却仍没见白无用的身影冒出来，更加的心慌。好在开封府就在旁边，韵哥忙又找到陆东升求助，陆东升闻听白无用突然不见踪影也是一惊，但转念一想，这白无用平日里闲散惯了，一时一个想法，或许这工夫自己已经溜达回家了。于是让韵哥暂且回家，自己则带人去附近街面上再去寻找。

同样“惦记”白无用的还有曾煜，他深知这个朋友的本事非同小可，即便从女尸入手查不到什么线索，但从别的渠道查出也未可知。

曾相坐在书案前，一边喝着茶一边品味着曾煜的这个担忧。

曾煜：“如果白无用查出这女子是厨娘，下一步就可能查出她是苏青青的人，我们计划里这枚重要的棋子就暴露了。”

曾相放下茶杯，缓缓道：“若是死了一个厨娘就能顺藤摸瓜查出苏青青，那再死一个女子呢？”

曾煜反应过来：“如今世风日下，汴梁城中流民甚多，作奸犯科杀人之举也比平日多了不少，死几个女子也只是茶余饭后的谈资，不会有人将这种事和苏青青扯上关系的。只是哪里有这么合适的死者？”

曾相淡淡一笑：“我已经派陈康办此事了，今晚会再死一个女子。”

曾煜不忍道：“父亲打算以此来迷惑办案视线，可死的是无辜之人，是普通百姓。我们做这一切，本是为了他们，现在却屡屡要用他们的命——”

曾相冷冷地打断：“他们是无辜，但为了更多的人，再死几人又有何妨？”

曾煜垂眸不作声。

曾相注视着曾煜，沉声道：“煜儿，你要牢牢记住，做大事者需不拘小节，更不能有妇人之仁。人生而便有贵贱，那些布衣百姓无非都是草芥、蝼蚁而已，他们的生死只是命数，没有资格去选择什么，而我们这等人才是有能力改变命运的，也唯有我们这样身份尊贵之人才有能力做改天换地之事。”

曾煜默然无语，曾相则面无波澜地又端起了茶杯。

曾相所说的陈康便是之前陪在曾煜左右的那个黑衣男子，此刻他正站在一座装饰华美精致的青楼前，那青楼牌匾上“凝香院”三个字耀眼醒目，门口几个浓妆艳抹的妓女正柔情蜜意地招揽客人。看着这几个妓女，陈康厌恶之色溢于言表，但还是走了进去。

凝香院内歌舞升平，气氛欢悦。舞女翩然起舞，姑娘抚琴奏乐，宾客在一旁饮酒作乐，气氛欢悦。更有打扮富贵的客人，由看中或相熟的姑娘陪着上楼梯，往二楼的雅间走去。

见陈康进来，凝香院的鸨母忙迎上前，眼睛里似笑非笑，嘴上热情地招呼着：“陈官人又来啦！”

陈康面无表情地点了点头，目光在一楼的数个妓女脸上扫视着。

鸨母自是明白陈康要找谁，抬手指了指楼上的方向，笑道：“还挺巧，蝶飞在二楼呢，刚走了个客人，今晚雅间正好空着。”

陈康掏出一锭银子，往鸨母手里一放，转身径直上楼。

鸨母收起银子，脸上现出几分鄙夷之色，小声嘀咕：“每次就是十两银子一壶茶。”

陈康每次来凝香院都找这个叫蝶飞的妓女，既不留宿、也不用蝶飞抚琴相陪，只要她泡上一壶茶，静静地陪着就行。一壶茶十两银子，足可以赶上秦家脚店半个月赚的，若是买地可以买到三亩上田，砍砍价两头牛也能买下来，这壶茶水可谓价格不菲。不过对于妓女来说，这只是小钱而已，因此每次陈康到来，蝶飞虽是笑脸相陪，但心里早就巴望着陈康早一些把那壶茶喝完。

陈康不是善解风情之人，哪能从蝶飞的笑脸中看出她的内心？他只是坐在一张圆桌旁，目光痴痴地盯着蝶飞。

蝶飞端着一个带着盖的茶杯、扭着小蛮腰过来奉茶，口中寒暄道："公子这些日子没来，气色怎么不太好，忙什么去了？"

陈康仍痴痴地看着蝶飞，直到蝶飞将茶杯置于桌上才反应过来，僵硬地笑了笑道："你只管去弹琴。"

蝶飞应了一声，转身向琴桌走去，背对陈康时禁不住不屑地撇了撇嘴，不过等到她坐下去面向陈康抚琴时又神色如常。

陈康痴迷地看着蝶飞，半晌后才掀起茶杯盖子，但一看之下顿时怔住了，只见杯内是满满的红彤彤的汁液，如鲜血一般。陈康禁不住大口喘息着，端着的茶杯也随之颤动，里面红颜色的液体剧烈荡漾着。

蝶飞不知所措地看着陈康："公子，你怎么了？这是我泡的酸梅茶。"

陈康仿佛没有听见，只是惊恐地看着杯中红色的液体，手越发颤抖不止。片刻之后，茶杯跌落在地杯子，红色的汤汁飞溅了一地。

蝶飞忙出去招呼人打扫，陈康则呆坐着，陷入了痛苦的回忆之中。

作为杀手，陈康不可能晕血。刚才的失态是因为在那一刻陈康想起了翠翠的惨死。

翠翠是陈康心爱的姑娘，蝶飞长得和翠翠竟有八九分相似，这也便是陈康来妓院的原因。每当失意彷徨时，有蝶飞相陪，陈康就仿佛是翠翠在身边一样。

陈康没有见到翠翠最后一面。当他赶过去的时候，地面上一大滩血液已然凝结，翠翠纤细的胳膊垂落在床边，手腕上是深深的一道割破的伤口，翠翠的脸上虽然还残留着笑容，但已无气息。

陈康跪在床前，盯着翠翠的脸，泪流满面，耳边反复回荡着翠翠父母悲戚的述说。

“自从幽州兵败的消息传来，那个高员外知道你逃离战场正被缉捕，便打上了翠翠的主意，我们小户人家怎么躲也躲不过去……”

“那天晚上翠翠就疯了……泡在冷水里不停地洗……整整一晚上……到了早上，好容易劝她上床睡下，可就是两个时辰没在她身边，翠翠就寻了短见……等我们发现的时候，血都快流干了……翠翠却笑着说……娘，血流没了，我就干净了……”

陈康从痛苦的回忆中回过神来，见妓院杂工正收拾着地上的茶杯茶壶，而蝶飞并不在室内，于是起身走出了房间。

陈康在走廊刚走了几步，忽听到一个房间里传出蝶飞的声音。

“也不知怎么的我就这么倒霉，每次就是十两银子一壶茶，我还得赔着笑脸好生伺候着。每回他来，我都得找由头出来透透气。我今儿故意给他倒了酸梅茶，鲜红一杯。你们猜怎么？吓得他茶杯都摔碎了。对了，等会儿得告诉妈妈，叫他赔。”

陈康听着，不禁默默地长叹一声，若不是蝶飞长得酷似翠翠，以他的性子早就冲进去怒骂了。就在陈康郁闷地呆立之时，蝶飞和另几个妓女的聊天声接着传了出来。

“每次来，多余的钱也不给，就是死盯着我一直看，真叫个晦气。”

“这人莫不是喜欢上了你吧？”

“算了吧，我跟你们说，这人是个傻子。他有个小相好的，长得像我，可是后来死了，于是每次来找我，就像傻子一样盯着我看。你们说说，拿我当替身，还是个死了的女人，这是拿我寻开心还是给我找晦气呀？”

“哎呀，别琢磨那么多了，赔着笑脸哄他便是，咱们也不知道人家身份，万一有大来头，小心吃不了兜着走。”

“得了吧，我问过许多次了，他也不肯说。上上下下来的客人，我打听过了，没人认识他，估计也没什么大来路。我想好了，今晚就陪他吃最后一盏茶，以后再也不伺候了，我蝶飞是什么人呀？凝香院的头牌，凭什么伺候他那个傻子呀？”

闻听这话，陈康瞬间便呆住了，心中悲戚不已。他并不在意蝶飞把自己看作傻子，让他心如死灰的是蝶飞不再接待他了。

陈康正发呆时，门开了，蝶飞走了出来。见陈康立于门外，蝶飞一惊之后忙又赔出笑脸：“公子怎么出来了？”

陈康痴痴地看着蝶飞：“你……不再陪我了？”

蝶飞的笑脸渐渐凝固：“公子，你既然听到了也好，姑娘我呢，是真的没心情再陪您了，以后您就不要再找我，好吗？”

陈康看着蝶飞，视线中又出现了翠翠的样子，不禁啜道：“翠翠没了，看着你，我就又能看到她了……这是我唯一的念想了。你要是觉得十两银子少，那一盏茶我付二十两银子。”

蝶飞闻听，冷笑道：“哎哟，叫你一声公子是抬举你，你还真把自己当个人物了？十两银子涨到二十两，亏你也说得出口，你把我蝶飞当成什么人了？集市上为了几十文钱斤斤计较的商贩呀？你来瞧我，不过是因为我与你那什么翠翠姑娘模样长得相似。蝶飞不缺客人，你这十两银子往后就省了吧。真是可笑，还拿我和什么翠翠相比，翠翠这名儿听着就像村姑，她配吗？！”

这些羞辱翠翠的话灌进耳朵里，陈康瞬间便被激怒，他一把揪住蝶飞的衣领吼道：“不许你这么说她！”

蝶飞顿时大惊失色地呼喊起来，陈康下意识地更加用力，扼住了蝶飞的脖子。但随即看着眼前这个和翠翠如出一辙的女人，陈康禁不住忙把手松开。

蝶飞终于能喘上一口气，猛劲儿咳嗽。鸨母带着几个打手也奔过来，蝶飞见状，扑到鸨母身上边哭边指着陈康骂道：“这人每次来，就是把我当他的翠翠，他是做什么呀？为了一个孤魂野鬼，到咱们这里凭吊来了？妈妈，这明摆着就是给咱们寻晦气来了嘛！”

鸨母闻听大气，吩咐左右的打手：“这是什么人啊，给我轰走！”

几个打手得令，立刻扑向陈康。陈康下意识地伸手相抗，轻而易举便将冲到他面前的一个打手推了个趔趄。

鸨母大怒：“这小子敢在这撒野，给我打！”

几个打手撸胳膊挽袖子一拥而上。

陈康则似乎根本没注意这些，只是悲戚地看着蝶飞：“蝶飞姑娘，我什么也没做，你怎么可以这样说我？看到你就能想到翠翠，那是我唯一的寄托了，求你不要毁了她。”

蝶飞指着自己的脸，冲陈康嘲讽地大笑：“你的寄托是吧？那你看清楚了，我是翠翠，但我现在不喜欢你了，我是凝香院的头牌了！我对任何人都能笑，还能和任何人睡，但就是对你，不会再有丁点儿的笑脸！”

这番话击碎了陈康仅存的梦想，身上所有的气力在这一瞬间也消失殆尽。

几个打手的拳脚接连不断地向陈康袭来，陈康却毫无还手之意，只是呆呆地看着蝶飞，视线中蝶飞的相貌变成了翠翠的样子，但却渐渐模糊乃至于混乱，直到被几个打手拖拽到门口扔出来。

陈康一动不动地趴在地上，口鼻中的血不住地流淌。他悲戚地惨笑着，而后忽然想到，这个场面他几年前曾经历过。

那一日他从翠翠家出来就直奔高员外府，从一进门便开始挥剑斩杀，连同高府的护院、家丁，连杀十四人后冲进了内室，却寻不见高员外的身影，只有他怀孕的老婆跪在他面前苦苦哀求。

看着高妻隆起的腹部，陈康不忍地放下了手中的剑。但就当他转身欲向外走时，一把长剑从床榻下猛刺向他的后背。陈康返身与高员外厮杀，但重伤之后渐渐不敌，只得忍痛而逃。不知在小路里逃了多久，陈康气力消耗殆尽，终于支持不住栽倒在地，而身后官府衙役的脚步声和叫喊声也纷至沓来。

当时陈康就如现在一样颓然无力地趴在地上，他知道一切都结束了，最为遗憾的不是自己搭上了一条性命，而是没能给翠翠报仇。

而后陈康被官府的追兵抓到，扔进了死牢，但就在问斩的前一天，他的救命恩人来了，那人便是曾相。

曾相对他的底细调查得很清楚——陈康是少林寺俗家弟子，练就一身功夫，四年前从军后隶属于禁军健硕营旗下的三都，三都负责军事侦察，陈康的能力在这个斥候部队里首屈一指，每次重大战役之前，率部在前沿侦察、刺探敌军情报的重任非陈康莫属。四年间陈康经历过大小战役七次，毙敌五十四人，按军功至少可以做到七品的武义郎了，但逃离战场前仅仅是个无品的进武校尉，管辖二十五个兵卒而已。

曾相知道这些，陈康并不觉得意外，因为这些在军籍记录中都有底档可查。让陈康惊讶的是，曾相还知道他军旅生涯的一些细节，甚至包括他逃离战场的缘由——虽然陈康的侦察无论从情报搜集到绘制敌军兵力部署图纸都详尽准确，但上报之后经常不被重视，即便按照侦察所得进行部署规划，也往往是三五日之后的事情。战场上风云变化莫测，迟延几个时辰都可能天壤之别，更何况是几天的时间？久而久之，陈康已然失去信心。这次出征侦察，情形进展和之前如出一辙，眼看着战机错过，再按之前的部署交战肯定是命丧沙场，陈康被逼无奈、索性逃离了战场。

曾相审视着陈康，说出了他的条件："我了解你这诸多情况，是因为我知道你不是逃兵，而是一个可造之才，跟着我做事，不但可免一死，而且还可以施展抱负。”

但这番话丝毫没引起陈康的兴趣，他摇了摇头苦笑道：“你既然对我的履历如此清楚，自然也会知道我大宋朝兵事混乱腐败，每一次征战其实都是无端牺牲兵卒的性命，我早已看透这些，再也无心为这样的朝廷卖命。”

曾相并没觉得诧异，轻飘飘地又说了一句话，而这句话让陈康僵住了，眼神中猛然闪出光芒。

“我还知道你的仇人躲于何处。”

陈康自那日起便成了曾相手下的秘密杀手，他所杀的第一个人也让他终生难忘。

那是他伤势痊愈之后的第一日，曾相将一张纸交给了他，那是他的仇人高员外隐匿之处。

陈康激动地施以大礼：“只要能报得此仇，陈康此生此世——”

他的话还没说完，便被曾相打断了：“不用许这些诺言，我能放你，自然也能杀你，你的命早已不属于你自己了，你要做的只是听命而已。”

陈康明白这话的意思，但仍禁不住犹豫道：“坏人我杀。”

曾相抬眼看了眼陈康，微微一笑：“何为好坏？你之前在仇家连杀一十四人，对你而言，这十四人是坏人，但对于他们的父母子女而言，如何称得上是坏人？”

陈康愕然无语。

曾相看着陈康，收起笑容：“所谓善恶，立场不同而已。你所认为的善恶毫无价值，我所认定的善恶才是你行事的标准。你如果想不透这层道理，我用你也无益处。”

曾相说罢，便欲将那张写有陈康仇家下落的便笺撕掉。

陈康急道：“属下明白了！”

曾相摇了摇头，指着陈康身后：“你杀了她，才是真的明白。”

陈康转头看去，顿时呆住了，只见两名侍卫正拖着一女人进来，这女人腹部隆起，正是怀有身孕的高员外妻子。

陈康不忍地看向曾相：“为什么要杀她？”

曾相：“当时你若没有犹豫一刀杀了她，便不会被袭击，仇便也报了。如果你能回到当时，虽然她是无辜之人，但你一定会杀了她。”

陈康垂下头，啜啜着：“但如今……”

曾相冷笑一声：“如今她仍是无辜之人，但我要她死，你杀还是不杀？如果给出一个理由的话，你杀了仇人后，这女子和她腹中的胎儿日后便会成为后患，我断然不会让后患存留于世上。”

陈康面色发白，胸膛起伏，握着剑柄的手骨节都已泛白，却迟迟没有将剑抽出。

曾相注视着陈康，催眠一般柔声道：“我知道你现在是最痛苦的时候，但你不杀了她又如何给你的女人报仇呢？不能报仇，那接下来的几十年你就是过着生不如死的日子，你永远都无法解脱。”

这句话把陈康彻底摧毁了，从那一刻开始，他觉得自己已经死了，哪怕他手刃仇人时，也没有得到想象中的释放。他以为报仇以后能面对翠翠的亡灵了，但之后几年翠翠只有一次在他的梦中出现过，否则他又怎么会把银子花在一个妓女身上。而现在，仅存的这个可悲的幻想也被打破了，陈康忽然觉得万念俱灰。

在妓院门前的地上趴了许久，陈康才踉跄着起身，他现在想去找一个人，那个人可能会让他重新活过来。

十二

王朗回到家时已是黄昏时分，他先将装着白无用的那个大麻袋置于青砖地上，却并未着急解开，而是拿出一块布将脸遮住，仅露出眼睛。蒙好面部后，王朗点燃了一盏油灯，这才蹲下身去解系在麻袋口的绳子，但解开以后却死活也拽不开麻袋口。

王朗正纳闷之际，白无用的声音从麻袋里传出来："哎，别较劲了，我在里边拽着呢。有什么话咱们隔着麻袋说就好，咱们谁也别见谁，这样都放心，你说呢？"

王朗没料想这个叫白无用的竟然还有这一招，不禁又气又笑，哼了一声道："放心吧，你出来也看不见我的脸。"

麻袋抖动了几下后，白无用钻了出来，见王朗蒙着脸，笑着松了口气。四下打量了一下后，白无用指了指桌子旁的椅子："好汉，我能坐下说话吗？"

王朗点了点头，但目光一直冷冷地盯着白无用："你什么时候醒的？"

白无用拍了拍身上的土，坐进椅子里："有一炷香的工夫吧。"

王朗："那你怎么不喊人？路上遇到过几个人的。"

白无用笑道："喊什么啊？你又不是坏人。若不是事出有因，也不会冒险在开封府附近打晕我，我说的对吧？"

王朗对面前这个男人越发好奇："你怎么知道我不是坏人？"

白无用指了指地上的麻袋："你虽然把麻袋口系上了，却很松，显然是为了让我多吸几口空气。”

王朗哼了一声：“我是怕你半路被捂死了，就没用了。”

白无用微微一笑，继续道：“这一路，你驾马而行很是急切，但有一次突然拉住缰绳，差点撞倒，而后我就听见了小孩儿的声音。应该是你为了避让孩童才勒住缰绳吧？”

王朗：“那又如何？”

白无用：“这说明你为人心善，即便是如此急迫的情况下也没丢了善念。”

油灯灯光的掩映下，王朗的眼里现出一些暖色。

白无用继续道：“途中你虽然着急得很，却歇了三次，而且喘息声很重，刚刚我还闻着一股药味儿，说明你正生病。如果你绑我是为了谋财害命，怎么会傻乎乎地找个自己生病的日子做这事？”

王朗默然未语，但目光里现出一丝钦佩之色。

白无用：“既然在病中都要绑我，那对你来说一定是遇到了天大的事情。所以，别愣着了，快说吧。”

王朗这才回过神，压低声音道：“你刚刚是不是去查尸体了？”

白无用：“两具尸体，你问哪个？”

王朗皱了皱眉：“那个女子的尸体。”

白无用：“女尸无头，但从肌肤看应是年轻女子，身长在五尺一寸至五尺二寸之间，要是头颅在，能推算得更准确。”

王朗心中顿时一沉，这身高和秀儿颇为近似，难道真是秀儿？他焦灼地思索片刻，猛地想起秀儿的手刚被油溅伤，忙追问道：“她的手有伤吗？比如烫的泡？”

白无用摇了摇头：“当时时间紧急，我只是粗粗看了几眼，似乎是没见有血泡。不过那女子的拇指、食指、中指都有些茧子，应该是劳作导致，或许是女佣、厨娘一类的身份。”

王朗闻听呆住了，急火攻心之下不禁大口地咳嗽起来。

白无用打量了一下王朗家简陋的陈设，开口问道："你要找的这个女子穿着打扮如何？"

王朗："她就是寻常人家的女子，走的时候穿的是粗布衣裙。"

白无用："那就不是了。被害的这个女子衣着华丽精致，用的丝帕料子也属上乘。"

闻听此言，王朗顿时心里一宽，咳嗽竟也止住了。

白无用见状，心里也暗暗松了口气。虽说他闲云野鹤一般什么事情都看得淡泊，但现在自己落在这人手里，关乎性命之事他也不敢造次。见已经将这男人安抚下来，白无用继续劝道："或许你要寻的女子已经回家了，再或者去了朋友家留宿都有可能。再不济的话，我明日去开封府再帮你探听些消息，这都不是难事。但你现在一定要冷静下来，否则关心则乱，做出唐突的举动后悔就晚了。"

王朗自然听出了白无用的话外之音，其实他原本也没有要伤害白无用的念头，现在得到了他想要的消息，就更无为难白无用的必要了，于是指了指麻袋："我送你回家。"

白无用躬身施礼，随后便美滋滋地往麻袋里钻，边钻边道："若是明日还没回来，你换匹马再寻吧，这匹马跑了一天，脚力已经不行了。"

王朗边系麻袋的绳子边应了一声，白无用却还没说完，在麻袋里又加了一句："听你咳嗽应该是生病了，药里再加一味朱砂吧。朱砂安神静心，你好好睡一觉才有精力寻她。"

王朗心中不禁感叹，这位白先生真是洒脱，虽是遇到性命攸关的场面，不但方寸不乱，思维还如此缜密，自己比人家真是差了不止一个层次。想到此处，王朗不禁拍了拍麻袋："多谢。"

一个多时辰以后白无用回到了家，早已如油锅里煎的韵哥欣喜若狂，撇下一旁的陆东升直奔白无用面前，前言不搭后语地追问起来。韵哥确实憋闷坏了，特别是一炷香前陆东升回来，却没有带来丝毫线索以后，韵哥急得便如同热锅上的蚂蚁一般。当得知白无用竟被歹人绑架后，韵哥的欣喜立刻被义愤填膺所取代，这时他才想起大名鼎鼎的开封府陆巡史就在旁边，忙一把扯住陆东升的衣袖："陆大人，你快给我家公子做主啊！"

白无用忙笑着拉过韵哥："没事儿，虚惊一场。绑我这人极为有趣，跟我聊了以后客客气气把送我回来了。"说着，白无用掏出一锭银子递给韵哥，"公子给你压压惊，明日带上小喜开开心心地去逛一天街。"

韵哥愣了："公子，绑你的人咱们还没抓到，你让我逛街做什么呀？"

白无用笑道："我家韵哥还记得这个大事，那就一边逛街一边找绑我的那个人吧。"

韵哥一脸苦相："公子啊，你连他长什么模样、大概住在什么地界都不知道，让我咋找啊？"

白无用瞅了眼陆东升，只见陆东升一副若有所思的样子，于是冲韵哥道："好好求求陆巡史，想必他快琢磨出来了。"

韵哥忙看向陆东升。

陆东升却看着白无用，思忖道："你后来和那人说的几句话听起来貌似随口，但细想却藏着心思。"

白无用微笑颔首。

韵哥却没明白，急道："陆大人，您倒是说明白些啊。"

陆东升："你家公子以安神静心为由劝那人药里加一味朱砂，他若是听了，你明日去各处药铺探查一番买朱砂之人，不就轻而易举得知此人下落了？"

韵哥恍然大悟："是啊，我怎么没想到这一层！不过，万一那家伙没去买朱砂呢？"

陆东升：“你家公子还下了第二招棋，就是建议那人换马。”看向白无用，“想必那马匹有蹊跷之处吧？”

白无用点点头：“那马的左后蹄跛了。”

韵哥：“那我懂了，明日我就去各处的鞍马店，查找昨日租赁出去、左后蹄跛了的马匹，接着就能查出是何人租赁了。”

白无用笑道：“不错，我家韵哥越来越聪明了。”

韵哥闻听不禁得意，但片刻后就愁上眉头：“公子啊，汴梁城这么大，药铺和鞍马店得有好几百家吧？我查不过来啊。”

白无用指着韵哥手里的银子：“所以赏你五两银子，雇辆马车、再带上小喜，好好地在汴梁城逛上一日。”

韵哥这才恍然大悟，美得合不拢嘴了。

陆东升却眉头未展，思忖着道：“白兄，绑架你这人行为逻辑奇怪得很啊，听你所说这人并不算是奸恶之徒，他只是想知道他失踪的女人是否是西郊被害的那个女子，那他直接去开封府报案认尸就是，何必绑架你、通过你来探听消息呢？”

白无用：“是啊，所以我说这人有趣得很，这背后一定有蹊跷的故事。”

王朗并没有去买朱砂，现在他全部心思都在秀儿身上，哪还顾得上自己的身体？将白无用送到家门口后，王朗掉头直奔秀儿父母家。等他到时天色已黑，王朗看着夜空，双手合十虔诚地祈祷着：“上苍保佑，秀儿已经回来了。”

然而，等来的还是失望。王朗趴在门口听了一阵，只听得秀儿父母在家里也是担心地胡乱猜疑，秀儿母亲更是认定是王朗拐了秀儿，然后贼喊捉贼，明日如果秀儿还不回来，两口子就要去开封府报官了。

王朗越听越是焦虑，正六神无主之际，忽然想到了一个人，顿时眼睛一亮，掉头直奔宽府街的瓦肆而去。

王朗要找的这个人姓常，是个牙婆，一向热心得很，秀儿新找的这个厨娘活计就是常牙婆牵的线。那常牙婆除了介绍活计抽取佣金外，平时还在宽府街的瓦肆里摆摊，靠着手工编织的草编每个月也能赚上三两贯钱。王朗心想，既然秀儿没去汪宅，或许昨夜就住在了新主人家中，于是决定去瓦肆找常牙婆，要来那户人家的地址。

陈康也在宽府街的瓦肆里寻觅着，他要找的人也是常牙婆。瓦肆里虽是人流如织，但陈康的眼力非同常人，不久后便远远地望见在一个摊位旁，常牙婆正和一个女子交谈着。看着常牙婆的身影，陈康不禁露出了微笑。

陈康认识常牙婆是在一年前，那一夜他奉命刺杀曾相的一个政敌，一番厮杀之后陈康将此人和几个保镖杀死，但自己也身负重伤。不过陈康仍强挺着奔向路旁的一辆马车。那马车里是那人的妻子，必须斩草除根。

当陈康掀开车帘的一瞬间，顿时愣了。只见那人的妻子已身怀六甲，紧紧护住隆起的腹部惨笑着喃喃道：“翠翠，这结局也好，去了那边，我还能做你娘。”

陈康闻听一惊，手中的刀不禁颤抖了几下，盯着女人的腹部：“翠翠？”

女子惨然看着陈康：“郎中说我怀的是女儿，我便给她取了小名叫翠翠。”

陈康呆住了，眼前浮现出翠翠的样子，以及仇家妻子临死前的面貌，和眼前这个女子的脸交织在一起，时而清晰、时而模糊，这一刻他无论如何也下不去手了。

当放走了这女子之后，陈康再也坚持不住栽倒在地，当闭上眼睛的那一刻他觉得这样死了也挺好的，他的翠翠虽然死了，但救了另外一个翠翠。

那晚，陈康被常牙婆救下了。人之将死其言也善，但遇到生机时，人性的另一面就尽显无遗。陈康苏醒后，虽然连拔刀的气力都没有，但已下定了决心，必须将这个牙婆杀死以绝后患。几日后，恢复了一些体力的陈康准备动手了，就当常牙婆端着药碗走到他床边的时候，陈康也已将刀柄紧紧握住，但随后常牙婆的话却把陈康的杀意打消了。

常牙婆看了眼陈康，却并未恐慌，轻轻苦笑道：“我知道你们这行的规矩。”

“那你为何还救我？”

“如果你没放走那怀孕女子，我断然不会救你。但你放了她，我就知道你心存善念。”

“善念？我早就不知道什么叫善念恶念了，放过那女子，只是她腹中胎儿叫翠翠罢了。”

“你什么心思我自然不知，但我知道你在那一刻做了善事。就像我，我也怕死，原本是打算把这些药给你带来就逃走的，但我也不后悔当时救了你，对我来说，做的是善事就够了。”

陈康忽然间觉得有一丝暖意在身体中流淌。

常牙婆幽幽叹道：“孩子，我不知道你是因何变成这样子的，也不知道翠翠是你什么人。但不论怎样，以后多想想翠翠，那是你心里仅有的善念，别让那一点火苗也灭了。否则，你和行尸走肉又有什么区别呢？”

陈康握着刀柄的手松开了，眼泪禁不住流了下来。

那一夜，陈康和常牙婆说了很多心里话，常牙婆如慈母一般默默地听着，而后柔声告诉他：“孩子，再遇到挨不过去的时候就来寻我，我帮你开解，去宽府街的瓦肆也能找到我。”

那一晚，陈康梦到了翠翠，那也是唯一的一次。

陈康将思绪收回来，但抬眼再看，远处常牙婆的摊位旁竟已不见她的身影。陈康不禁苦笑，或许人世间的机缘就是如此吧，当他一心想要找常牙婆排解忧愁的时候，恍神之际人就看丢了。

陈康四下张望寻找着常牙婆的身影，正心焦之时，旁边的几个人更是把他的心情搅得更糟。

离陈康不远处，一个书生模样的男子正焦灼地左顾右盼，时不时还走到一些女人身旁打量，似乎是在寻什么人。

被孙成龙挡住的游人不耐烦地推了他一把："哎呀，你瞎找什么啊？丢钱了还是怎么？"

书生嗫嗫着："就是，找人，找我娘子……穿着一身青色的锦缎衣裙，头上还插着一根簪子，蝴蝶那种花样……耳朵、耳朵上没戴坠子，不胖不瘦的，大概就这么高。"

书生一边焦急地说着，一边笨拙地伸手比画着，这一出不禁惹来身旁人的揶揄。

"你一大男人，连媳妇都弄丢了啊？"

书生更加窘迫地连连摆手："我们不是一起来的，我是跟踪她来的。"

这话一出，旁边几人哄堂大笑。

"哈哈，这位兄台倒也实在，跟踪娘子这话怎好在大庭广众之下说出？"

"跟踪娘子，莫不是她跟那个小白脸跑了？哈哈。"

周围的人闻言，纷纷露出好奇、同情、看热闹的神色。

书生又羞又气，满脸通红地争辩道："你们信口胡说！我娘子只是没告诉我要去何处，所以我才跟来，怎么还扯到腌臜之事上了？"

"哎哟，你真是个书呆子啊，不告诉你去哪里，这不不言而喻了嘛。"

哄笑声中，书生委屈得满脸涨红，扒开人群向远处搜寻而去。

看着这幅场面，陈康不禁心中默默叹息这书生的可悲，但随即便想到自己也刚刚被妓女羞辱，不也是可悲可怜之人吗？想到此处，一股莫名的恨意油然而生。

正这时，远处一个女子的身影映入了陈康的眼中，只见这女人穿着一身青色的锦缎衣裙，面目被面纱遮着、慌里慌张地向瓦肆一个偏僻的角门而行。这女子的穿着打扮正是刚才那个书生所描述的，而从她的举止行为来看，显然是心虚背德之状。

陈康正将不屑的目光收回来，忽然一念之间想到了曾相的命令。

“再杀一个女人，何人都无妨，混淆视线、扰乱局面就好。”

陈康盯着那女子的背影，冷笑着喃喃道：“既然不是贤妻良母，那就死有余辜了。”

陈康不远不近地尾随着那个穿青色衣裙的女人，只见那女人出了瓦肆的角门后走向更为偏僻的一条小巷。陈康见状更松了口气，这正是下手的好去处，于是快步进了小巷，见小巷里只有那女子一人，陈康箭步冲上前，那女子还未来得及呼喊，便已被陈康扭断脖子。

陈康将这女子缓慢放倒在地，但当看到这女子的面目时，陈康顿时惊呆了，浑身禁不住颤抖起来。

这女人竟是常牙婆。

十三

宣和二年七月十四。第二日。

曲巧七打理完卧房后，便在衣柜前挑选着衣服。衣柜里只有一件青色的锦缎衣裙，其余的都是粗布衣裙。曲巧七寻思片刻后，将那件锦缎衣裙拿出来展在身前，在铜镜前比量了半晌，但还是不舍地重新叠了起来。

曲巧七的丈夫孙成龙正从床头拿起一本书准备离开卧房，见状随口道：“喜欢就穿嘛。”

曲巧七看着窗外阴沉的天空：“要下雨了——”

话还没说完，孙成龙就草草地“哦”了一声，拿着书木讷地走了出去。

看着丈夫的背影消失在门口，曲巧七失落地叹了口气，转头又看了眼窗外，幽幽道：“要下雨了，会被泥水弄脏的，就这么一件妍绣庄的衣服，我可舍不得穿出去。”

曲巧七越说声音越轻，最后叹了口气后走到窗前的桌子旁坐下，拿起绣品默默地绣了起来。

曲巧七嫁给孙成龙已经三年了。孙家是书香门第，不过到了孙成龙父亲那一辈家道就开始中落，孙父一直没考取进士，无奈下寻了个学堂教书，每个月好歹还有十贯钱的进项。但在曲巧七嫁过来的第二年，孙成龙的父亲便过世了，这个小家的日子顿时捉襟见肘。幸好曲巧七擅长刺绣，每月起早贪黑绣上两三幅绣品也能卖出十几贯钱，再加上平日里精打细算，勉强能支撑一家人的开销。

孙成龙是孙家的独子，自然被父母寄予了金榜题名的厚望，孙父去世后，孙母更加督促儿子的学业，事事不需他操心，恨不得把儿子塞进书堆里。只是孙成龙虽一门心思读书，却越读越退步，三年前好歹还在太学的内舍生里，现如今竟退到了外舍生的行列。要知道太学分为上舍生、内舍生、外舍生三个级别，只有在上舍生的行列，才有机会释褐授官，或者免礼部试、免谢试。现在孙成龙只混在太学最低的行列，自知是功名无望了，也便越发的消沉，只是碍于母亲的谆谆教诲和自己的面子，每日不得不强打精神念书备考。

天下的父母莫不如此，都认为自己的子女是人中龙凤，曲巧七婆婆更是坚信只要照顾好儿子，孙成龙总有一天能出人头地。这一日早上，曲巧七婆婆特意去了几条街外的一个便宜的杂果铺子去买杂果，不过那价格还是让她心疼，原本六文钱一两的橄榄涨到了八文，党梅也涨到了十文钱，儿子最爱吃的红盐荔枝更是涨到了三十文。曲巧七婆婆虽是心疼，但为了儿子还是咬牙各买了几两。回到家后，曲巧七婆婆见儿媳妇在房中刺绣，便忙不迭地把红盐荔枝拿进了儿子的书房，看着孙成龙一边温书一边吃起了荔枝，这才心满意足地去了厨房。

但到了厨房后，曲巧七婆婆犯难了，米袋子里的大米所剩无几，案板上也只有少许的青菜和几块豆腐，肉食是丝毫不见。这时候她想起儿媳妇了，忙拿出一个碟子，装上一些橄榄和党梅去了儿子儿媳的卧房。

曲巧七在房中正仔细地绣着绣品，绣品上的花鸟鱼虫活灵活现，只差最后几针就大功告成。

见婆婆进来，曲巧七抬头笑道：“马上就绣完了，一会儿我就去妍秀庄。”

曲巧七婆婆将桌子上的那碟果子往曲巧七面前推了推，欲言又止。

曲巧七明白婆婆的心思，轻声道：“您放心吧，上次就和妍绣庄老板说好了，这幅绣品按十贯钱收。”

曲巧七婆婆松了口气：“那这个月的米面就有着落了。不过下个月就是中秋了，日子就更紧了。”

曲巧七：“我知道，给那些翰林和咱们家那些旧识的礼物我都准备了。上个月腌的脂麻辣菜再有半个月就好了，提前几天我再做些粉羹，再熬熬夜绣几幅绣品，这些物件虽说不值什么钱，但都是咱们实心实意亲手做的东西，礼轻情意重，不会缺了礼数的。”

曲巧七婆婆又松了口气，但更小声地道：“只是礼部那个田侍郎……听说他的小妾下个月要生产了。”

曲巧七微微皱眉：“娘，那个田侍郎和我们家非亲非故的。”

曲巧七婆婆：“但每年科考的考场都是他管理，只要他吩咐一句话，看管咱们成龙的手下就能和善点，成龙答卷的时候心也就不慌了嘛。”

曲巧七无奈地道：“娘，且不说那个田侍郎能不能有心帮我们，单说科考，这本就是成龙该承担的压力呀。他也不是孩子了，您得让他自己去面对这些呀。”

曲巧七婆婆叹了口气：“话虽如此，但在娘心里，成龙永远都是孩子嘛。而且，他肩负着我们孙家的期望，咱们得事事为他考虑才对。”

说着，曲巧七婆婆将那碟果子递给曲巧七：“巧七，吃几个果子歇歇，娘特意给你买的。”

曲巧七自然明白婆婆的用意，叹了口气道：“娘，我知道了，我这些日子多绣些绣品就是了。”

曲巧七婆婆这次彻底松了口气，起身道：“我就知道巧七你知书达理，最懂得疼惜我们成龙了。对了，千万别忘了买些米面回来。”

曲巧七吃着党梅，点了点头，但其实是借着党梅的酸涩掩饰一下无奈之色。待婆婆心满意足地离开，房门关上之时，曲巧七的一声叹息才缓缓吐出。绣完了最后几针、收拾停当后，曲巧七去了书房，往日里她并不打扰孙成龙温习，可今日事情实在繁多，她一个人有些忙不过来。但当曲巧七提出让孙成龙陪她一起去妍绣庄卖绣品时，孙成龙的眉头立刻皱了起来。

“我一读书之人去商贾之处和他们讨价还价，岂不成了笑柄？”

曲巧七苦笑道：“是面子重要还是日子重要啊？多谈出一贯钱，咱们的饭桌上就能多添一些肉食。”

“道理我知道，可是，我不是那种出头露面之人，你去不就行了嘛。”孙成龙说着，眼睛仍没离开书本。

曲巧七拿出一张字条，递向丈夫：“那你去找一下这个牙人，行吧？”

孙成龙这回抬起了头，疑惑地问：“牙人？”

曲巧七：“前日不是和你说了吗，我让常牙婆联系了一个牙人，看看能不能把咱们家西厢房租赁出去，这样咱们每个月多少也能有点儿进项。这是那个牙人的地址。”

曲巧七这边详尽地解释完，却只换来孙成龙的一句话，“你不是要去卖绣品吗，那顺路去就是了。”说完，孙成龙又捧起了书。

曲巧七幽幽地叹了口气：“你呀，终日里就知道看书，都看成书呆子了。唉，里里外外就指望我一个人，你倒不怕我累。”

孙成龙闻听，赔笑道：“我怎么不知道你辛苦，等我得中之日，娘子就不用这么操劳了。”说着，孙成龙指着桌子上的荔枝，“你吃几个荔枝再去吧。”

看着荔枝，曲巧七顿时反应过来，原来婆婆的好心其实是偏心。曲巧七越寻思越是憋闷，忍不住怼了一句：“那是娘给你买的，我哪有福气消受啊。”说罢，曲巧七郁闷地掉头而出。

曲巧七以为今日的烦心事到此为止了，但哪里知道她的噩梦才刚刚开始。到了妍绣庄，曲巧七便又遇到了打击，原本谈好的十贯钱一幅绣品，却被老板降到了五贯钱。老板也是一肚子委屈，现如今汴梁城里物价飞涨，百姓手里的银钱都拿去囤买米粮，除了那些高门大户的，没几个人愿意买绣品这些物件。看在和曲巧七熟络的份上，老板拿出几块散碎银子作为薪资，曲巧七掂了掂，这几块碎银有三两，合六贯钱，显然是老板有意借此补偿。曲巧七忙口中道谢，但心里仍是苦楚，她原本按十贯钱来盘算家中开支，现在少赚了将近一半，这个月如何挨过去都是个难事。

从妍绣庄出来，曲巧七站在街头，正思量去米店买米时，前方路口突然传出骚动声，紧接着一个身穿囚服的男人从路口狂奔而出，数名官府衙役在他身后呼喊着穷追不舍。一时间，整条街混乱异常，过往的百姓纷纷闪身躲避，曲巧七也惊恐地跟着街上的行人退到路边。

正这时，天空突然响起几声闷雷，片刻之后大雨倾泻而至。街上的场面更加混乱，惊恐四散的人群和抓捕逃犯的衙役在倾盆大雨里混作一团。曲巧七撑着油纸伞，虽挡得住雨水，却挡不住身边混乱的人流，被挤得跌跌撞撞。曲巧七正慌乱之时，一只手猛地抓住她的胳膊，没等她反应过来，已被拽出人群。

曲巧七刚抬眼看去时，脖颈处已经被一把匕首抵住。曲巧七顿时蒙了，身子颤抖着，大气也不敢喘。

逃犯手持匕首抵着曲巧七的脖颈，冲着对面追捕而来的衙役怒吼：“都别过来！谁敢过来我就杀了她！”

大雨如注，数名衙役站在曲巧七和逃犯前面，一时间不知所措，而周围慌乱的人群瞬间就鸦雀无声，所有人都紧张地看着这一幕。

曲巧七瑟瑟发抖之际，只见陆东升分开几个衙役，走到了逃犯面前十几步远的地方，陆东升的目光扫了曲巧七一眼，随即又盯到逃犯脸上，冷笑道：“我的能耐你清楚，你即便跑得出这条街，还能跑得出汴梁城吗？”

逃犯的呼吸更加急促，顶在曲巧七脖颈处的匕首也微微颤抖着。

正这时，由远及近的惊呼声传来，周围的人群再一次炸开。紧接着，一辆马车从街道另一端横冲直撞过来。

福满骑驴在马车后面狂追，边追边大喊着：“快让开，马惊了！”

逃犯下意识地向马车冲过来的方向看去，抵在曲巧七脖颈处的匕首也稍稍松了一下，说那时迟那时快，陆东升抓住这稍纵即逝的时机纵身直扑过来，一把将逃犯扑倒在地。

曲巧七虽然也被带着摔倒在泥泞的泥水中，但总算是福大命大逃过此劫，她以为否极泰来了，但被带到茶楼协助官府取证词的时候，她猛然发现装着那三两散碎银子的钱袋竟然不见了！曲巧七顿时蒙了，没了这三两银子，一家人这个月的生计如何是好？曲巧七心急如焚地跑出茶楼，出门的时候还几乎将一个男人撞倒，但眼下她哪还有心思施礼道歉，顶着雨在刚刚摔倒的地方焦急地寻找起来。但曲巧七几乎将这周边的泥地都翻遍了也没看到钱袋，她呆呆地立在雨中，泪水混着雨水从脸上不停地滑落。

曲巧七是个心灵手巧、遇事颇有主意的女子，虽然突遭变故但很快还是冷静下来，那三两银子自然是丢了，再去琢磨也无济于事，眼下要紧的是先找朋友借些银钱或是米面，将这个月的生计维持下去。她平日和常牙婆关系熟络，可是常牙婆每天晚上才在宽府街的瓦肆出摊，自己哪有时间等那么久？思来想去，曲巧七决定去寻另一个好友，那好友嫁给了一个姓吴的讼师，日子虽不算富贵但也还宽裕，至少借几升米救急是没问题的。

一个多时辰后，曲巧七赶到了吴讼师家门前，只见门口围着数个百姓正纷纷议论着，原来这吴讼师竟忽然死了。

曲巧七忙挤了进去，刚进前堂，吴家娘子的哭喊声便从卧室传出。紧接着又传出一个男人的声音：“赶快进来个妇人！”

曲巧七闻听，忙疾步走进卧室，正见一个身穿官衣的男人正托抱着晕厥的吴家娘子。

那官人见曲巧七进来，忙道：“劳烦扶她出去缓一缓。”

曲巧七忙上前去搀扶吴家娘子，此时吴家娘子微微有些意识，在曲巧七的搀扶下抽噎着向门外走去。临出卧室转身之际，曲巧七目光无意中扫向那个官人，只见他正抬起吴友翁尸体的手指，将吴友翁的手指收拢、变成了握拳的姿势。

曲巧七愣了片刻，忙搀扶着吴娘子走出卧室来到隔壁的客房。

吴家娘子目光呆滞地半靠在榻上，眼泪不住地流淌。曲巧七坐在她身边，拿着手帕给吴家娘子擦着眼泪。

吴家娘子前言不搭后语地喃喃着："友翁那药让我给丢了，我笨啊……屋里头那盆花，友翁最喜欢，今天忘浇水了。巧七，你快帮我浇浇水。"

曲巧七应了一声，正欲起身，吴家娘子看着她，又神志恍惚地问道："巧七，你什么时候来的？"

这种情况下曲巧七自是没法再提借钱接米之事，于是轻声道："没事儿，我就是路过，想着来看看你。"

吴家娘子应了一声，禁不住又抹起了眼泪。曲巧七虽是自身麻烦缠身，但此刻也不忍离开，全心安慰着吴家娘子。

不久后，开封府几个衙役赶到，将吴友翁的尸体拉走。曲巧七也从衙役和刚才那官人的对话中得知那人竟是开封府的巡史李忠良，曲巧七更加纳闷，既然是开封府巡史，那查案更应该遵守规矩，为何这李巡史还把吴友翁的手改变了姿势？

曲巧七本想把这个发现告诉吴家娘子，但看她那悲悲切切魂不守舍的样子，也就不忍再给她添乱，况且自己也只是疑惑、并不清楚官府的办案规则，于是便把这疑惑咽进肚子里，照料吴家娘子休息后匆忙赶回了家。

十四

曲巧七婆婆翘首期盼，没想到等来的却是鸡飞蛋打。虽然心里知道这事怪不得儿媳妇，但嘴上仍是止不住地抱怨。

“你再好好想想，银子丢哪儿了？要是找不回来，咱家这个月的日子可怎么过啊？唉，你说你，钱袋子还能丢了。”

曲巧七欲言又止，但还是强强忍住。

孙成龙见气氛有些不对，赶忙打圆场：“娘，人没事儿就好，就当是破财免灾吧。”

见儿子说话了，曲巧七婆婆便闭上了嘴，转身向自己房间走去，但仍是忍不住嘟囔着留下一句话。

“人是没事儿了，可米缸见底了。”

这话把曲巧七的眼泪勾了出来，坐在床边轻声啜泣起来。

孙成龙坐在曲巧七身旁，耷拉着脑袋，叹了口气道：“事已至此，银子是找不回来了，要不……你再多绣几件绣品？”

曲巧七无奈地看了孙成龙一眼：“你就不能出去找个营生，帮我一下？这是咱们的家，不是我一个人的家啊。”

孙成龙嗫嚅着：“我，我说了，娘不让，她说——”

曲巧七：“还要你备考是吧？”

孙成龙无语地点了点头。

曲巧七哀怨地看着丈夫：“我又何尝不想你金榜题名？可是你在太学里已经考了五年，这里面的门道你难道没看出来吗？银子使不够，怎么可能录用你啊？”

孙成龙叹了口气：“万一今年的主考官是个清明廉政之人呢？”

曲巧七无奈地看着丈夫：“这天上掉馅饼的事，你觉得可能吗？就连街上的小贩都知道当今的朝堂上乌烟瘴气，哪有几个好官？”

孙成龙被说得无语，只得岔开话题：“哎呀，莫论国是嘛。”

曲巧七：“你既然要走应考入仕之路，怎么可能不关心国是啊？我看你是学得呆了。”

孙成龙被噎得无语，尴尬地起身：“我还是回书房看书去了。”

看着丈夫的背影消失在门口，曲巧七禁不住哀怨道:“书能填饱肚子吗？”

说着，曲巧七忍不住趴到床上，无声地呜咽起来。

待到夜幕降临之后，曲巧七拿定了主意，她从床榻下拿出个小包裹，而后起身走到衣柜前，将舍不得穿的那套青色衣裙取了出来。

曲巧七虽然偷偷摸摸地离开了家，但曲巧七婆婆耳朵尖得很，听见门口有响动便倒着小碎步出来，虽没堵到儿媳妇，但也知道曲巧七人走了，她立时直奔书房，急切地问儿子：“成龙，你媳妇儿做什么去了？饭也没做，穿的花枝招展地就出去了。”

话音刚落，她看着儿子一问三不知的样子，更确定曲巧七是背着她们娘俩偷偷溜出去的，气得跺脚道：“白天说银子丢了，我就将信将疑，现在大晚上的又往外跑，心里肯定有鬼，说不好就是外面有人呢。”

孙成龙憋闷道：“娘，你这说的是什么话？无凭无据的话可不敢乱说。”

曲巧七婆婆：“好好好，我不说。但你别愣着了，快跟着看看去啊！”

孙成龙急切地跑出来，在周围两条街踅摸了一圈后终于远远地看见了媳妇的背影，于是沿着街道悄悄尾随而去。

曲巧七是快到宽府街的瓦肆时发现后面有人跟踪的，她时不时故意放缓脚步，并故意在路边摊驻足，小心地向后面观察，而后看见丈夫的身影混在身后的人群中一闪而过。曲巧七心中愈加焦虑，不但加快了脚步，而且故意拐了几个弯，最后小跑着进了瓦肆。

瓦肆是汴梁城内独特一景，无论平时还是战时，无论丰年还是灾年，大大小小的瓦肆都热闹非凡。宽府街的这个瓦肆也不例外，两旁的棚子上悬挂着各色彩招花帘。演杂剧的、傀儡戏的、说书的、杂耍的、卖药的、卖卦的……诸多小贩的摊棚和摩肩接踵的百姓将瓦肆里塞得拥挤不堪。

曲巧七挤到一个卖草编物件的摊子前，急切地招呼摆摊的婆子："常婆！"

常牙婆见是曲巧七，不禁一愣："巧七，你怎么有空来了？是为了租赁房子的事吧？还没消息呢，你放心，有了信儿我就告诉你。"

曲巧七脸微微一红，小声道："是那种绣帕的事，我都绣好了，劳烦常婆带我去吧。"

常牙婆又看了两眼曲巧七穿的锦缎裙子，笑道："哦，怪不得你今晚穿得这么漂亮。"

曲巧七难为情地道："您就别打趣我了，您不是说了吗，那地方看人下菜碟，我要是穿的寒酸，他们自然就会压价。"

常牙婆一边点头一边收拾着摊子："你等我一下，我收拾完摊子咱们就去。"

曲巧七四下打量着，急切道："那您快些，成龙在后边跟着我呢。"

常牙婆一怔："你怎么把他带来了？"

曲巧七郁闷道："我哪能带他来呀，是他偷偷跟踪我。"

常牙婆："被你婆婆和他发现了？"

曲巧七一边警惕地看看周围的人，一边急道："一会儿再细说。这样，您收拾着，我去西边的角门等你。"

常牙婆点点头，转身快速收拾着摊子，曲巧七则快步向瓦肆西角门而去。

曲巧七躲在角门后面焦灼地等着，过了一盏茶的时间，常牙婆急匆匆过来。

常牙婆边喘边道：“哎呀，好悬，刚才我过来的时候还看见你家相公了。”

曲巧七急道：“那他跟上来了吗？”

常牙婆：“那倒没有，不过四处找你呢。巧七，今晚你还能去万花楼吗？要不改天吧？”

曲巧七：“不行，再不去，家里就揭不开锅了。这样吧，常婆，咱俩把衣服换了，分头走，到万花楼门前见面。我家成龙就算认出了衣服，也是认错人。”

常牙婆叹气劝道：“巧七呀，你何必偷偷摸摸呢？要不就跟家里人实话实说吧。”

曲巧七摇头：“我婆家书香门第，要是让我婆婆和成龙知道我去妓院卖绣品，绣的还是春宫图……那怎么得了啊。听我的，就这么办吧。”

常牙婆无奈地点点头，两人手忙脚乱地换了外衣后，急匆匆地分头而行。曲巧七哪里想到，这一别便成了阴阳两隔。当她在万花楼妓院门前焦急地等待常牙婆的时候，常牙婆的尸体已经横陈在小巷子里。

常牙婆穿的那件青色的锦缎衣裙被夜风吹得微微飘动，陈康呆呆地跪在常牙婆的尸体旁，眼中噙满了泪水。他已经没心思去想这件锦缎衣裙怎么就穿到了常牙婆的身上，他的心已然冻成了一团。常牙婆给了他心里仅存的一丝火苗，但他却亲手把这个火苗掐灭了。

呆跪了半晌，陈康才想起曾相还派了个任务给他，于是起身踉跄地离开。但骑在马上，陈康仍是心绪难平，直到看见那个曾养过伤的民宅时，才意识到竟心神恍惚地来到了常牙婆家附近。陈康长叹一声正欲掉头离开，忽然见一个男人从另一条路来到常牙婆家门前，当陈康看清那男人模样时顿时愣住了，那人竟是负责查花船案的开封府巡史李忠良。

陈康心中狐疑，李忠良来常牙婆家做什么？难道这么快官府就发现常牙婆的尸体并且确认身份了？

陈康忙潜身于隐秘处远远地窥视着李忠良，只见李忠良敲了几下门后，一个年轻人开门相迎，两人交谈几句后那个年轻人似乎得到了什么好消息，满脸堆笑地送李忠良离开。

见此情景，陈康放下心来，虽不知二人什么关系、谈的是什么，但从表情上看绝对和常牙婆之死无关。陈康刚松了口气，猛地想起曾相的命令。

“再杀一女子后，将其尸首移到西郊第一具女尸处，同时也要切下头颅，做成和第一起命案一致的线索，这样才能混淆视听。”

陈康懊恼不已，自己刚才误杀常牙婆之后情绪大乱，竟然忘记了曾相的嘱托！想到此处，陈康急忙上马折返而去。

李忠良来寻的这个年轻人不是别人，正是福满。

福满心情好得很，刚才李忠良告诉他，这几天不用跟着他办案了，全力调查吴讼师被害一案，若是案子破了，赏金都归福满。福满大喜过望，他着实没想到一向对他冷言冷语的李忠良竟这么器重他，这么晚还亲自上门交代案子。

送走了李忠良，福满看着桌上摆的一只油汪汪的卤鸭，心里更是美。这是八福楼的卤鸭，一只要一贯钱才买得下来，往日福满只是衙门发了薪俸后才舍得买上一只孝敬老娘，不过今日他发了笔小财，除了买下这只卤鸭，手里还剩二两多银子，足够他肆意消费一个月的了。

说起这笔小财，福满心里还隐隐有些愧意。今日他带着押送尸体的马车进城没多久，马便受惊了，连女尸都颠出车外，直到马车撞到路边的一根桩子，这才歪歪扭扭地停在路边。

福满忙和小吏搬运掉在地上的尸体，正忙碌时，他无意中瞥到一个小钱袋正陷在他身旁的一处泥地里。福满忙向四周打量，只见行人纷纷四处躲雨，陆巡史正带着一个女人走向茶楼，两个小吏抬着尸体向马车走去，根本无人留意他这里的情形。福满见状，忙抬脚踩住了那个钱袋，随后蹲下身子一边假意提鞋一边更仔细地观察着周围，趁机飞快地把钱袋捡起来揣入怀中。

此刻，福满一边闻着卤鸭的香气，一边数着小钱袋里的散碎银子，喃喃地自言自语着："你丢了银子，但捡了一条命，算破财免灾。要说巧，也是老天爷安排的，别人没看到，偏我捡到了，那就是老天爷给我的，都是注定的。"

自我开解一番后，福满心里舒坦多了，他将碗筷摆好，坐在饭桌旁，一脸幸福地等待着老娘回来。

十五

宣和二年七月十四。第二日。

夜色降临之时，曾相带着曾煜来到了礼部尚书高秉的府邸。从下轿的一刻开始，曾相那张阴沉的脸就没放过晴。

高府管家在前面引路，一路上谦卑地连连赔礼："相爷亲自前来探病，我家大人特意吩咐我来迎……我家大人比昨日强了些，但还是下不了地。庞安石先生正在给我家老爷诊病。"

曾相恍若未闻，只是阴着脸背手而行。曾煜紧随在曾相身旁，始终暗暗观察着周围的情况。待到周围无人时，曾煜附在曾相耳边小声道："父亲，入府后一路未发现异常人等。"

曾相未语，只是微微点了点头，随着高府管家走进了内堂。

高府内室里，一脸病容的高尚书虚弱地半卧在床榻上，一名鹤发童颜的老者坐在一旁正给他诊脉。曾相坐在稍远处的一张八仙桌旁，一言不发地注视着，脸上的不愉之色显而易见。曾煜则立在曾相身旁，关注着老者的一举一动。

这老者名叫庞安石，乃是闻名京城的名医，不过因为年事已高已不坐堂问诊，在汴梁城外的庄园里潜心著书立说，寻常人家不用说找他诊治，就是庞神医的住处也不得而知。

高尚书瞄了一眼曾相，小声对庞安石道："庞先生，劳烦您快一点儿，曾相看起来心情不悦。”

高尚书声音虽小，但曾相也听进耳中，冷哼一声后将带来的几份公文随手撇到桌上：“既然知道我心中不快，为何这几份公文拖了三日还没看？”

高尚书无奈地向曾相解释：“前几日下官陪同辽国四王子游览汴梁城时受了些风寒，没想到这两日竟重了许多，这才请庞先生来给我诊病。”

曾相揶揄道：“区区风寒而已，就请来名满汴梁的庞先生诊治，高尚书未免小题大做了些。”说着，曾相点了点放在桌上的公文，“这些公文，我替高大人带来了，明日派人来取走，高大人今夜务必看完。”

曾相这冰冷的言辞让高尚书颜面实在挂不住了，不禁反驳道：“曾相何出此言？难道以为高某是小病大养？前几日汴梁气温骤降，你又不是不知。况且那辽国四王子也染了风寒，想他是北国之人都病倒了，何况我这六旬之人了？”

曾相哼了一声：“那辽国四王子出使我朝，大家赐宴那日我也在场，看那四王子身体健硕，怎会轻易染病？”

高尚书的火气彻底被激惹出来，冷冷地瞥了眼曾相：“难道我是骗相爷不成？辽国使团已经知会我礼部，说四王子染病，这几日的行程安排延后。曾相若不信，自去询问便是。”

曾相也勃然变色：“你倒是会指派本官！”

庞安石见这两位重臣吵得不可开交，苦笑一下插言道：“两位大人莫争论，那位四王子确实是病了。”

曾相一怔，看向庞安石。

庞安石继续道：“在下昨日刚被辽国使团请去给他诊脉，确是染了风寒，不过并无大碍，只要稍加调养，不出几日身体便可康健。”

高尚书松了口气：“幸好庞先生去诊了脉，否则我还真是有口难辩呢。”

曾相尴尬地岔开话题：“庞先生，那高大人的病情如何？”

庞安石此时也已诊脉完毕，起身向曾相微微施礼后回道："高大人脾虚肺热，肝火过旺，加之染了风寒这才病倒的。在下这就为高大人开一副方子，按时服药、养身安睡，几日后便可恢复了。"

庞安石既然说出如此肯定的话，曾相和高大人便也不再就这个话题纠缠下去，待庞安石开完了药方，曾相更是主动地让曾煜亲自送庞神医出府，有了这个台阶下，高大人的脸色这才和悦了一些。等到庞安石和曾煜离开了卧房，曾相和高大人的脸色更是大变，二人脸上都洋溢着会心的微笑，和之前冷若冰霜的面孔简直是天壤之别。

曾相拿出一个药盒递给高大人："你先用着，老毛病不能总拖。这药用了若是有效，过两日我再命人多送些来。"

高尚书笑道："我这病有八九成是装出来的，你又不是不知。对了，说正事，你觉得庞安石的话可信吗？"

曾相从桌子上摆的各色蜜饯果子里手挑了一颗放进嘴里，边吃边道："我方才仔细观察了，庞安石回复的时候神色语态都很正常，看来辽国四王子生病一事不假。"

高尚书略微松了口气："之前我们怀疑这位四王子的病来得太过蹊跷，为何早不生病晚不生病，偏偏就在这两日染上了风寒。看来是我们多虑了。"

曾相颔首："另外，据我安插在辽国使团的眼线报告，四王子这两日食欲不振，倦怠乏力，确实与庞安石所说的风寒之症对得上。"

高尚书："但事关重大，我们还是不可大意，仍需谨慎行事。若是辽国四王子起了疑心，那他很可能再把庞安石找去，以诊病为由询问我们这里的情况。"

曾相微微一笑："我们之前演的那一出交恶的戏还不够完美吗？四王子即便知道了今晚这里的情形，也不会怀疑你我联手设计于他。而且我已派人盯着庞安石了，如果辽国四王子联系他，我们很快便会知道。"

高尚书点了点头，但仍面露忧色。

曾相自然知道高尚书的担忧从何而来，因为即便是他自己，自从一个月前的那次密谋开始，心头的重负就没有减轻过一丝一分。

那次密谋只有四个人参加，但这四人都是重臣。曾相、礼部尚书高秉、刑部侍郎张昶和开封府府尹曹全。他们四人赌上的是身家性命，目的只有一个，除掉即将出使大宋的辽国四王子。

自澶渊之盟后，大宋一直向辽国岁贡，每年绢三十万匹、银二十万两，百年以来已成不堪重负之势。而且燕云十六州一直被辽国占据，使其疆域扩展至长城沿线，大宋受其威胁已一百六十多年。其实当今辽国已不复当年之勇，天祚帝昏庸无道，耶律章奴和高永春先后叛乱，辽国内乱丛生。而北方崛起的金国近几年对辽国攻势凶猛，三年前占领了东京辽阳府，如今又大兵逼近上京。这等局面下，曾相几人一直上书主张大宋和金国联手抗辽，一旦取胜，不但可以免除岁币的重负，还可以借机一举收复燕云十六州。只是徽宗皇帝心中畏战，只想以岁币换取太平，这让曾相等人越发无奈和忧虑。前不久，得知辽国四王子将出使大宋，而主要目的竟是联宋抗金以后，曾相等人已经不是无奈和焦虑，而是痛心疾首、寝食难安了。一旦徽宗答应下来，宋辽联手能否战胜金国暂且不论，大宋势必更会被辽国制衡于股掌之中，据宫中传出的消息，一旦达成合约，大宋支付的岁币还要再翻一倍，曾相几人清楚，如果再不采取行动就悔之晚矣了。

一个月前的那个晚上，曾相四人一致决定除掉辽国四王子，如此一来大宋与辽国的关系势必紧张、甚至是破裂，徽宗这才能定下心与金国结盟。

但同时，他们也为如何除掉辽国四王子主意不定。因为单单除掉四王子自然是容易，只要一武艺高强之人行刺、甚至安排一个厨娘在鸿胪寺里暗中下毒就可以办到。但那样做的话，人为谋杀的痕迹显而易见，势必会引起轩然大波、甚至会引火烧身，只有不露痕迹地除掉辽国四王子才算稳妥。

其他三人无计可施之时，曾相抛出了一个精心设计的计划——辽国四王子对汴梁八美慕名已久，这次出使大宋，必然不会放过猎艳的机会。汴梁八美轮流于汴河中游湖，辽国四王子无论选择哪个女子，地点都会在汴河的花船上。届时，双管齐下，一方面布下迷阵让所有人看来那花船是升入夜空中燃烧殆尽，与此同时将那艘花船沉入河中，并且在巧妙机关的施力下将沉下去的花船移至几里外的一片水下。

辽国四王子就此神秘失踪，很容易被渲染成遭到天谴。徽宗皇帝崇尚道教，对这类说法定会信以为真，更能相信是上苍的旨意，也就能坚定他联金伐辽的决心。而且，既是天谴那就自然排除了人为作案的可能，辽国方面找不出任何谋杀的证据，只能接受这个说法。

曾相将这个计划一抛出，礼部高尚书击掌叫好，接待外来使团的鸿胪寺归礼部负责，高尚书很容易便能掌握辽国四王子的出行安排。但刑部侍郎张昶和开封府府尹曹全却心存忧虑，因为这计划虽说缜密，但按照惯例开封府和刑部必须要对花船案进行调查，而且汴河周边的区域正归陆东升管辖，两人担心能力颇强的陆东升会查出端倪。但曾相微微一笑后说出的两句话让张昶和曹全茅塞顿开。

“张侍郎，你从刑部找出一些流窜案犯的下落，发函至开封府，曹大人自然就可以派陆东升去缉拿逃犯。”

“调走陆东升后，曹大人再选一个平庸之人去调查花船案，如何查得出线索？”

那一夜筹划之后，曾相等人各自准备，待辽国四王子出使大宋那日，各项事宜都已万事俱备，只等辽国四王子光顾花船。但万万没料到的是，辽国四王子昨夜突然临时改了行程，竟没有去杜月娘的花船。

此刻，曾相微笑着宽慰高尚书：“原本我们担心辽国四王子有所察觉才没有去花船，看来是我们多虑了，他应该是因为患了风寒而没有去。”

高尚书仍是有些不放心："那他后天去苏青青的花船，这个消息准确吗？"

曾相："苏青青花船上的厨娘已准备了后天的食材，均是辽国四王子喜欢的。不过那个厨娘口风不是很严，我已派人将她灭口了。"

高尚书这才松了口气，但马上又想起一件事，皱眉道："之前我们把陆东升调走抓捕逃犯，可没料到他竟然很快就将差事办完了，那后天的案子岂不是又要归他查办？"

曾相自信地笑道："那个陆东升号称开封府第一神探，我怎么会轻视他的能力？我昨天已经派人把他抓捕回来的囚犯放走了三个，那陆东升现在正忙不迭地满汴梁城抓捕逃犯，根本无法抽身了。"

高尚书彻底放下心来，脸上绽出了笑容。

十六

曾相胸有成竹，但曾煜却没有父亲这般的自信，他对于这个计划充满了信心，但是陈康的状态让他隐隐觉得有些不安。

送庞安石出了高尚书府后，曾煜便一直小心翼翼地尾随庞安石的马车而行。这是曾相特意交代的一个任务，这两日严密监视庞安石，一旦辽国四王子与他联系便能及早发现。原本这个差事是由陈康和他一起去办，但刚才出来时曾煜却没看见陈康的身影，直到跟着庞安石的马车快要到位于西郊的庞宅时，陈康才急匆匆地赶了过来。

没等曾煜发问，陈康忙解释说是处置新的女尸耽搁了时间。曾煜将信将疑，因为他清楚陈康办事一向不拖泥带水，今天这个差事对他来说毫无难度，怎么会耽搁将近两个时辰？但转念一想，就连花船一事都出了意想不到的状况，也就不再多责问陈康了。不过在监视庞宅的期间，曾煜发现陈康目光时有游移不定，似乎有心事的样子，于是还是忍不住细问缘由。

陈康迟疑了片刻，犹豫着开口道："我只是在想之前办的几件事，或多或少都出了些纰漏。"

曾煜心头一紧，忙问："放逃犯那件事有没有纰漏？"

陈康原以为曾煜会盘问他这两个时辰去了哪里，正寻思如何作答，忽听曾煜问到放逃犯的事情，心里倒是松了口气，于是便将昨夜的情形细细向曾煜道来。

昨夜陈康赶到陆东升押解逃犯的驻地时正赶上衙役埋锅造饭，于是陈康先寻了处隐蔽的角落潜伏下来，也趁机观察情况。这个临时驻地位于一个山坡的空地上，几个帐篷前燃着篝火，将十几辆囚车包绕在中间。陈康扫视着各个囚车里的犯人，同时也盘算着放哪几个家伙跑路。正打量间，一辆囚车里的囚犯吸引了他的注意力。

这个囚犯正口若悬河地跟周围的囚犯胡侃离奇古怪的故事，聒噪的声音显得与周围其他安静不语的犯人格格不入。不过，这家伙胡侃的同时，一双贼溜溜儿的眼睛四下里扫个不停，更多的时候是将目光盯在衙役的饭碗上。

几个衙役被这家伙吸引过来，靠着囚车旁坐下，一边听着胡扯，一边吃着饭，渐渐地也有一搭无一搭地攀谈起来。

“我说麻梁，怎么不着急不知道愁呢？还有心情讲故事。”

麻梁赔笑道：“嗨，几位爷陪我们走这一趟，受累了，我讲讲逗趣的事儿解解闷，也是应该的。再说了，我什么苦没吃过，什么罪没遭过，这算什么呀。我刚逃难出来的时候，死人堆里也睡过，什么脏累的活计都做过。您知道我以前是做什么的吗？”

“做什么的？”

麻梁眼睛盯着衙役饭碗里的残羹，反问道：“哎呀，我说了半天，口干舌燥的，肚子也叫了。您二位吃饱喝足了吧？我看还剩下不少呢——”

麻梁话还没说完，衙役的鞭子已经抽了过来。

“你个王八东西，叫你讲就讲，敢跟老子谈条件？别以为老子看不穿你的心思，跑到我面前蹭吃蹭喝了？找抽呢吧？看我不抽得你皮开肉绽！”

换作别人，挨了鞭子早就抱头缩在一角了，可这麻梁竟还赔着笑脸朝抽打他的衙役竖起大拇指：“就是就是，官爷实在是火眼金睛，我想什么一眼就看穿了。您做做善事，发发善心，可怜可怜我，肉吃不了明日就坏了，不如就赏给我吧，小人吃饱了就有力气给您接着讲故事了。”

衙役竟被麻梁这一出逗笑了，将残羹剩饭从囚车门的缝隙递了过去，麻梁千恩万谢地接过去，一边往嘴里塞着饭一边讲着："我以前在纸马店学手艺，天天跟死人的东西打交道。一开始，老板根本不想教我。但是纸马店的活计，想学手艺的人许多都嫌晦气，又累又不受待见，不愿意做。我偏不这么想。到哪儿拜师父学手艺不要钱？我天天求着纸马店老板教我手艺，打扫铺子，招呼客人，啥能干的活儿，我都一个人干了，我跟老板说，我学手艺这段时日管吃管住就行，再给他白干两年。两年之后，我出师。其实，半年一过，我学会手艺就跑了。谁给他白干两年啊？那不是傻子吗？！"

"别吹牛了，就你这样的穷光蛋一个，学会了手艺又怎么样？不还是再找一家铺子编纸马吗？"

麻梁："我开个自己的铺子啊。要不是被抓了，这会儿没准我的铺子都开张了。没本钱不要紧，我麻梁没别的优点，就是嘴能说腿利落脑子活，汴梁城的达官显贵那么多，我给人跑跑腿办办事儿，先做个涉儿，从中间借点利，花不了多少力气，租铺面的本钱不就有了吗？等我出去了，就这么干！"

陈康远远地看着这一幕，心里有了人选，这个麻梁一肚子鬼心思，把他放走才能更耗费陆东升的气力。待到了午夜时分，看守和囚犯都已昏昏大睡之际，陈康机敏地溜进驻地，将麻梁和另外两个身形高大、身上带些功夫的囚犯放走。

听完陈康的讲述，曾煜觉得整个过程并无纰漏，原本的些许担忧烟消云散，全神贯注地监视起庞安石的宅院。而陈康悬着的心也放了下来，自己的那个秘密如果被曾煜察觉，那就万劫不复了。

在白无用家中，白无用和陆东升也惦记着这个狡猾的麻梁。

陆东升从抓获的那两个逃犯口中获得了一些关于麻梁的消息，原来昨夜这三人是被一个神秘男人放走的，然后就一路沿着西郊山路逃窜。另外两个逃犯慌不择路，但麻梁却有心机，主张逃往汴梁城。用麻梁的话说——"汴梁城地界大，三教九流的人又多又杂，我们更容易改头换面混迹其中。即便是被官府发现了，那汴梁城大街小巷的，咱们也容易躲藏和逃跑。”

另外两个逃犯不禁犹豫起来，麻梁见状又抛出了一个诱饵：“事到如今，我也不瞒你们了，我一定要进汴梁，还有一个原因。有三个欠我银子的就在汴梁，只要你们跟着我干，拿了银子我们再离开汴梁也不迟，到时候手里有了钱，去哪里都能风光享福。”

这个诱惑足够有吸引力，另外两个逃犯瞬间变成了麻梁的跟班，跟着他往汴梁逃窜。不过三人的美梦只做了不到一个时辰，不久后三人便被追捕的衙役追上，激斗中三人相继失散，分头逃进了汴梁城。

叙说完大概情形，陆东升叹了口气道：“我在汴梁城内抓了两个，但那个叫麻梁的至今还没归案。”

白无用遐思着，忽地一笑：“有趣，这个麻梁当真有趣得很。”

陆东升郁闷道：“你要是觉得他有趣，就想想办法抓到他，到时候我把审讯的机会都给你，让你好好解闷。”

白无用笑道:“如果那两个犯人的供述属实的话,那麻梁肯定还在汴梁啊,不是还有三个欠他钱的主吗？”

陆东升：“就算是属实，可汴梁城这么大，如何找那三个人去？”

白无用摇了摇头：“你不找，这三人和麻梁才会冒出来。”

陆东升愣了,寻思片刻后忽然反应过来:“麻梁来汴梁是为了找债主要钱,我如果搜捕太紧，他必然不敢露面。我这就将人手分散开，多调人去谢库和钱庄蹲守。”

白无用笑着给陆东升续上茶水，然后指着摆在青砖地上、他一直苦心研究的那具尸体骨骼：“世上的难题，就如同人身上的骨头，每块骨头都有它自己的位置。每个解不开的谜，也只有一个答案而已。我们发现了麻梁逃来汴梁的目的，就离抓住他不远了。”

不过，纵是白无用神机妙算，也算不出绑架他的王朗就是麻梁要寻的三人之一，更想不到王朗三人会把麻梁事件搅得天翻地覆。

王朗在宽府街的瓦肆寻了好几遍，却没见到常牙婆，只得悻悻而归。回了家后，王朗一屁股跌坐进椅子里，无力地喘息了一阵才点燃油灯。但随即脸色一变，只见桌子上竟摆着一封信。王朗忙把信拿起来仔细看去，只看了几眼便惊呆了，手也禁不住颤抖起来。

这是一封勒索信，信里写明秀儿在他的手上，明日要王朗拿一百两银子去西郊驿道赎人。而落款是赫然醒目的两个字：麻梁。

王朗认得麻梁的字，这确实是他的笔迹，惊惧之下顿时觉得周身寒彻。

正这时，门外忽然传来窸窸窣窣的声音。王朗一惊，忙迅速熄灭油灯，蹑足走到门边，顺手抄起门边的一根木棍。门外细微的脚步声越来越近，听得对方已到了门口，王朗猛然打开门，一个男人猝不及防，一头栽进来。王朗抬手就是一棍，将男人打翻在地，第二棍正要挥下去时，那男人抱着脑袋大喊起来："上啊！"

王朗一愣，这声音听起来竟是钱药三的动静，他稍一愣神的工夫，秦大实已冲了进来，挥拳便要往王朗砸来。

王朗忙拦住秦大实："秦大实？"

秦大实闻声忙收住拳头，而钱药三这时也捂着脑袋爬了起来。

王朗看着二人，气恼道："你们俩来我这里还鬼鬼祟祟地做什么？"

钱药三揉着脑袋呻吟着道："我们本想敲门的，可是怕麻梁在屋里，就寻思悄悄地先看看情形。"

王朗："你们怎么会以为麻梁在我这里？"

秦大实关上门，紧张地小声道："你不知道，我俩收到了麻梁的勒索信。我俩一商量，麻梁勒索我们，也肯定饶不了你啊，所以就赶紧过来了。"

王朗看着这两个难兄难弟，苦笑道："没错，我也收到了，麻梁说秀儿在他手上，要一百两赎金，约我明天早上在西郊驿道和山路的交叉口见面。

秦大实掏出一封信递给王朗，一屁股坐在椅子里：“也管我要一百两银子，说要是不给他，就把当初的事儿都告诉我老婆，还要报官。”

钱药三也掏出一封信：“麻梁说，不给钱就要杀我，神不知鬼不觉地让我消失。可我、可我哪有一百两啊？”

秦大实郁闷道：“可是不给不行啊，麻梁要是把那件事报给官府，我们三个就是死路一条了。”

这句话让兄弟三人都沉默了，那件事是埋在他们心底的一个秘密，来到汴梁后他们没再提一个字，甚至觉得哪怕想想都会大难临头。

他们三人和麻梁都是逃兵。

三年前的那个夏天，他们所在的健硕营和辽兵一场厮杀之后溃败，四个人结伴落荒而逃。这一日他们逃至一个村庄，本想能有个歇脚的去处，也能讨要些饭食，没想到进村一看，村子里竟是人迹皆无，整个村子一副被清洗过的残破景象。

四人不甘心地四下寻找，终于在村子边的一座土地庙前看见几个村民模样的躺在地上。四人忙快步跑了过去，只见庙门前的几个村民都受了外伤，已奄奄一息。

王朗忙把钱药三叫过来，但钱药三检查后一声长叹，两手一摊。钱药三在健硕营是医官，他都束手无策，王朗也就更没办法了。王朗正遗憾时，一个村民喃喃着告诉四人庙里还有人，王朗闻听，忙抢步冲进庙里，钱药三和秦大实紧随其后，但麻梁却没动地方。

三人跑进庙里，只见里面横七竖八地躺着数十具被辽兵杀害的百姓尸体，王朗不甘心地一一查看，但一番检查之后也没找到一个喘气的。

王朗不禁悲从心起，伤感道：“咱们歇一歇，把他们埋了吧。”

话音刚落，麻梁疾步走了进来：“咱们自己都顾不过来呢，哪有工夫管死人？”说罢，麻梁走到几具尸体旁，从死人衣服里翻着东西。

钱药三：“麻梁，你做什么啊？”

麻梁边翻边道：“找些吃的和值钱的东西，再换上老百姓的衣服，跑啊。”

钱药三犹豫着蹲下身，正欲搜刮死人身上的东西，已被王朗喝住：“药三，找找有没有药，先把外面的人救了。”

麻梁脱口而出：“都死了，救什么救？！”

王朗一愣，拔腿冲出庙。

麻梁也没理睬王朗，回头招呼钱药三和秦大实：“你俩还愣着做什么啊？等着辽兵追上来啊？”

钱药三忙蹲下身，和麻梁一起搜刮起来。

秦大实：“麻梁，你这是要当逃兵啊？”

麻梁：“你不想当逃兵，好啊，那你去找辽兵打啊？咱们营丢了要塞，我们已经是戴罪之身了，等着咱们的就是刺配流放，还不如舍了这身衣服，寻个营生安稳过老百姓的日子。

秦大实犹豫之时，王朗气愤地冲了进来，直扑向麻梁：“麻梁，你为什么把外面的老百姓杀了？！”

麻梁一边与王朗厮打，一边吼着：“他们眼看着就不行了，我是让他们少遭些罪！”

王朗大骂：“胡说八道，你就是要掠人钱财所以才杀他们灭口！”

两人边骂边厮打在一起，秦大实和钱药三忙上前奋力将二人拉开。

麻梁喘着粗气骂道：“你们别好赖不知，我这么做是为了咱们四个好！咱们几个人不都说好了吗，打完这一仗，去汴梁做个小买卖讨个营生，现在不是最好的机会吗？”

王朗：“那你也不能做下这样伤天害理的事情！”

麻梁鄙夷地一笑：“谁证明外面的人是我杀的？要我说，那是咱们四个人一起杀的。”

秦大实急了：“麻梁，你这不是讹人吗？”

麻梁不屑地哈哈笑道：“反正人已经死了，你们别想赖在我一个人头上。这事儿就是咱们四个一起干的，谁也别想把自己摘出去。”

这话一出，王朗三人都傻了。

麻梁瞥着三人，冷笑道：“怎么样，想明白了吗？要么，从现在开始就闭嘴翻篇儿，谁都别再提这件事了，咱们在这里寻些银子去汴梁过我们的小日子。要么，咱们就去官府，一起上刑场。”

从那一天起，王朗三人对麻梁是又恨又怕，直到那日麻梁跌落山崖摔死，他们才觉得压在心头的那块巨石被掀走了。但现在，看着桌子上的这三封勒索信，三人知道厄运和死亡就在不远处等着他们。

王朗死死地盯着勒索信，恨恨地喃喃着：“他就是不让我们好过。”

秦大实叹了口气：“你就别念叨了，赶快商量商量怎么办吧？”

钱药三无奈地哼了一声：“还能怎么办？信都到咱们手上了，麻梁肯定已经把咱们三家查得清清楚楚了，更何况秀儿在他手上，不给钱也不行啊。”

秦大实：“可他要的不是小数目啊，就算凑齐了一百两，我那小脚店也完了，到时候家一样散。”

钱药三：“你们俩这些年好歹还有点积蓄，我呢，十两银子的银锭都没摸过……麻梁不会把我杀了吧？要不、要不咱们先凑一百两，跟麻梁见了面再商量商量，让他先放了秀儿，剩下的钱慢慢给他？”

王朗一直听着，始终默然不语。

秦大实：“王朗，你不会为了钱不管秀儿吧？”

王朗：“你把我想成什么人了？别说一百两银子，就是一千两银子，我砸锅卖铁也得救秀儿啊。我只是担心，麻梁这人你们又不是不知道，心狠手辣，是个不讲信用之人，我们这次给了银子，那以后呢？”

秦大实："你说得对，麻梁这家伙心太狠，什么事儿都能干出来。他来汴梁就是找我们寻仇来了，给了钱也不见得有我们好日子过。"

秦大实这句话把气氛又带入沉默之中，三人面面相觑，愁容满面。

十七

宣和二年七月十四。第二日。

整个白天王婉贞都是在煎熬中度过，终于熬到夜色降临时，王婉贞又被悲伤和痛苦包围了。她呆呆地坐在床边，双眸含泪悲伤地看着青砖地上的那堆白骨，直到李忠良推门进来，王婉贞才回过神来。

李忠良小心地关上门后低声道：“我看过了，外面没人。”

王婉贞闻言又看向那堆白骨，泪水禁不住流了下来。

李忠良：“夜长梦多，今晚就得拉走。”

王婉贞没应声，仍是呆呆地看着白骨。

李忠良叹了口气，宽慰道：“你放心，地方我都找好了，就在西郊，日后也方便去看。”

王婉贞自言自语着：“在哪儿都不重要了，往后就把他搁在我心里了。”

说着，王婉贞已泪流满面。

李忠良不忍再看，一边转身往外走一边轻声道：“我先去雇辆马车，你别出屋了，在家等着。”

李忠良出了家门，只见街上仍有不少行人，于是边走边观察着周围的情况。隐隐约约地，他感觉身后似乎有人在暗暗跟踪，但几次回身巡视却见街上的行人并无异常之举，思量片刻后李忠良快步转入一条偏僻的街道，随后放慢了脚步，更加仔细地探听身后的动静。

果然，片刻后一阵细碎的脚步声从李忠良身后传来，他忙闪身躲于偏僻处，小心翼翼地向后面窥视，只见一个女子的身影从后面的一个巷子口一闪而过，却再无动静。

李忠良忙蹑足向巷子口潜去，待快到时，李忠良屏住气息，悄悄地探头看去，却猛地一愣，只见陆东升和两个衙役正在稍远处的巷子口，陆东升正向衙役吩咐着：“街面上的巡查可以宽泛一些，但几个城门和码头一定要严加盘查，除了往来行人，更要关注马车、船只。”

闻听陆东升这般命令，李忠良不禁皱起眉头，思忖片刻后快步往家的方向而去。

见李忠良心事重重地回来，王婉贞知道出行不顺，忙问缘由。

李忠良关上门后直奔到窗户前，一边小心地观察吴讼师家的窗户，一边问：“吴家娘子在家吗？”

王婉贞：“没注意啊，到底怎么了？”

李忠良小声道：“刚才我出去，有一个女子跟踪我。”

王婉贞一惊：“你是说……吴家娘子？”

李忠良：“我没看到那女子长什么样，但是……吴讼师临死前指着咱们家院子，显然他知道我们的秘密，那他会不会告诉他老婆？”

王婉贞一时也没了主意，紧张地问：“那现在怎么办？”

李忠良寻思了片刻，“走，去她家探探口风。”

说罢，李忠良拉上王婉贞直奔吴讼师家而去。和吴家娘子见了面后，自然是一番宽慰和同情的话语，而聊的同时，李忠良则一直暗暗观察着吴家娘子的神情和反应，只见吴家娘子病恹恹地半躺在床上，满脸泪痕，看这样子倒是一副悲痛欲绝的丧夫之状，并没什么异常。

李忠良正琢磨着，吴家娘子楚楚可怜地看向了他：“李巡史，我们家友翁死得太冤了，你可得替我家相公报仇，下辈子我当牛做马报答你！”

李忠良忙道：“嫂子说的哪里话，我本来就在衙门做事，办案是我的本分。再说，我们邻里之间还有多年的情分，我肯定加倍用心破案的。”

吴家娘子这才略微欣慰了一些，而李忠良则偷偷向王婉贞递了个眼神，王婉贞心领神会，问道：“嫂子，你好好想想，这几天有没有发现什么不对劲的人和事？”

吴家娘子思忖了一阵，摇了摇头。

李忠良见状，忍不住抛出了最想问的话：“那吴讼师有没有和你说过什么可疑的事情？”

说着，李忠良暗暗观察着吴家娘子的表情和反应。只见吴家娘子并无异常的反应，和之前一样悲悲切切地琢磨着，而后摇了摇头道：“我家相公整日里就忙着写讼状，别的事情什么也不上心。”

王婉贞和李忠良对视一眼，均暗暗松了口气。

正此时，吴家娘子突然又道：“对了，要说古怪，我倒想起来一件。”

李忠良忙问：“什么事？”

吴家娘子：“咱两家附近那个茶饮摊上，这两日总坐着个面生的人，时不时地盯着咱两家院子看。有一次我路过，听他的口音是外地人……对了，就和婉贞的口音很像。”

李忠良急忙追问：“那这人还有什么异常的举动吗？”

吴家娘子正思忖间，王婉贞道：“可能是路过的生意人吧，累了坐下喝碗茶，歇歇脚，这也是寻常事。”

吴家娘子：“嗯，那倒也是，我几次见那人都是呆呆地坐着喝茶，倒没其他什么举动。”

吴家娘子刚说完，王婉贞已起身道：“嫂子，我们先回去了，你安心养身体。”

对于王婉贞的举止，李忠良虽稍觉诧异，但该打听的也已打听到，李忠良也怕言多必失，于是和王婉贞起身告辞而出。走出吴友翁家后，李忠良低声道：“看来吴家娘子并不知道。”

王婉贞点点头，但却仍眉头紧锁。

李忠良：“今晚开封府抓捕逃犯严查进出城的人，我虽然是巡史，但也别在这个节骨眼上雇车出城了。但明日必须把尸骸运走，不能再拖了。福满明天肯定要跟着我办案，那小子机灵活络，不好糊弄，我得去趟他家，提早把他支走。明天一早我就去雇马车把尸骸运走，这两年提心吊胆的日子就能终了了。”

看着李忠良离去的背影，王婉贞露出一丝苦笑，喃喃着道：“是啊，该结束了。”

王婉贞的痛苦来自两年前中元节的那一日。

那天傍晚时分，李忠良拎着三斤肉回了家，这让王婉贞又惊又喜，因为这两年家中的银钱都用在给小宝求医问药上了，每日都是粗茶淡饭，偶尔有些肉食也都可着小宝吃，那也只是半斤一斤地买，啥时候这样出手阔绰过。

李忠良欣喜地告诉妻子，当今大家开恩，不仅发放各府衙门所欠的俸禄，还要广发赏赐，仅开封府就拨发粮食一千石、猪肉五百斤。有了这个做底气，李忠良便向好友陆东升借了十两银子，今天先买了三斤肉回来改善下伙食，剩下的银两足够两个月的花销了，因为这两日同胞兄弟李仕达就将来到汴梁准备应考，做哥哥的自然要花些银钱帮弟弟打理这件大事。而且好事还不仅这些，刚才回来的路上正遇上一位仙风道长，李忠良一打听才知道，这道长竟是名闻汴梁城的紫虚真人。这位紫虚真人常年云游四方，据说手里有仙药，不管生的什么疾患，药到病除十分灵验。上个月真人游历来到汴梁，随即便被徽宗皇帝请进宫中，商谈甚欢龙心大悦，这紫虚真人在汴梁城中顿时名声大噪。李忠良遇上这位真人，顿觉是上天恩赐的机遇，平日里他花三十五文吃一碗煎鱼饭都觉得心疼，此刻却毫不吝惜，心甘情愿地奉上五两银子从真人手中求得了一服神药。

闻听这件喜事，王婉贞也心中欢喜，忙不迭地熬药。天黑时分，药已熬好，李忠良端着药碗去卧房给小宝吃药，虽然小宝不肯吃药的哭闹声随即传出，但王婉贞听着却第一次没觉得闹人，反而觉得眼前遍是曙光，一边切肉煨肉一边听着丈夫哄小宝吃药的话语声，笑意写满了脸上。但片刻之后，卧房里忽然传出摔倒声，紧接着小宝的尖叫声刺耳地响起，王婉贞忙跑进卧房，顿时被眼前的景象惊呆了。李忠良倒在地上四肢不停地抽搐着，鲜血从嘴角和鼻孔里喷涌而出。

十八

李仕达是两年前中元节那一天的傍晚到的汴梁，他顾不得欣赏繁华热闹的汴梁夜景，按照哥哥信中给的地址一路向哥哥家寻去。

李仕达和胞兄李忠良已经三年没有见过面，但兄弟之情反而更亲了。这三年来，无论是老家的生计还是李仕达的学业，都靠李忠良的薪俸支撑，李仕达心怀感激、也更加思念胞兄。他这番来汴梁应试，其实做了两手准备，考上自然是天大的喜事，如果能谋得一官半职更是能让整个家族改头换面。如果没有得中，李仕达便准备在汴梁找个营生，和哥哥一起把这个家的重担挑起来。

怀着这些憧憬和即将见到亲人的喜悦，李仕达来到了哥哥家院门前，他激动地上前叩门，但半晌过后，却无人应答。李仕达试着推了推院门，见院门没关，便推开院门走了进去。但快走到房舍时，小孩阵阵的啼哭声从屋内传了出来。李仕达疑惑地推门而入，顺着声音走到卧房门口，顿时便呆住了。

只见哥哥一动不动地躺在地上，面色发黑，七窍流血，显然已气绝身亡。在哥哥的尸体旁边倒扣着一个药碗，残余的药汁洒了一地。而王婉贞抱着小宝呆坐在地上，小宝在王婉贞怀里哭啼不止，但王婉贞如同傻掉了一般，只是任凭泪水流淌。

李仕达踉跄几步，扑通一声跪倒在李忠良尸体前，哽咽着道："这是怎么了？！"

王婉贞呆呆地看着酷似丈夫的李仕达，这才从迷茫状态恢复过来，哇的一声哭出声来："这是什么神药啊，刚试喝了几口就中毒了……"

王婉贞话音未落，小宝忽然急促地喘息不止，小脸也憋得通红。王婉贞见状大惊，忙使劲掐着小宝的人中。李仕达此时也顾不得死人，忙不迭地帮着嫂子看护小宝。一番忙碌救治之后，小宝的病情总算稳住，躺在床榻上昏睡起来，虽说小脸仍还苍白，但气息还算平稳。

王婉贞双眼通红，呆呆地坐在床边看着小宝，默默垂泪哽咽道："之前因为要服用那个新药，就把原来一直喝的汤药停了一顿，没想到这病情立刻就重了。"

李仕达叹了口气道："嫂子，小宝的病只能慢慢来治，咱们先商量一下我哥的后事吧。"

王婉贞未及开口，眼泪又夺眶而出。

李仕达知道此时嫂子早已乱了方寸，也就不再商量，开口道："我出去买些丧葬的用品。只是……从老家一路过来，我身上没剩多少银两了。"

王婉贞明白了李仕达的意思，打开身后的一个箱子，拿出一个钱袋。将里面的几块散碎银两拿出来，但迟疑了片刻后，只分了一半递给了李仕达。

李仕达看着这几块散碎银子，面露难色："嫂子，这点儿银子在我老家置办丧事都不够。"

王婉贞叹了口气，无奈道："家里就这些积蓄了，还得留点银子给小宝抓药，她一天都离不开药啊。仕达，拣便宜的丧葬品买吧。"

李仕达："可是，人就生一回，死一回，怎么能让我哥这么寒酸地走呢？"

王婉贞泪流不止："我知道这样对不住你哥，可咱家的情况就是这样啊，钱得先紧着活着的人用啊。你哥已经没了，小宝不能再出事儿了。"

李仕达急道："我不同意。小宝抓药的银子，等给我哥发了丧，我再去想办法。"

王婉贞苦笑着幽幽道：“你刚到汴梁，人生地不熟的，能有什么赚钱的门路？”

李仕达一时语塞，知道再说也是无益，心想现在天色已晚，置办丧葬用品怎么也得等到明日，便将哥哥的尸体搬到客房为哥哥守灵。

这一晚，李仕达痛苦、悲伤、无助……被这诸多情愫所折磨，直到天擦亮时才微微打起了瞌睡，但刚迷糊了片刻，门外突然传来急促的脚步声，接着敲门声响起。

李仕达乍醒，迷迷糊糊地脱口而出：“谁啊？”

门外传来男子的声音，“李巡史，是我啊。”

这时，王婉贞也从卧房里出来，小声告诉李仕达：“是你哥的一个手下，叫福满。”

话音刚落，福满的声音又传了进来：“李巡史，咱们快点走啊。早去早领银子，去晚了可就剩碎银子啦。”

两人正准备开门时，小宝的痛哭声猛然间从卧房里传出，王婉贞和李仕达忙跑进卧房，只见小宝的病情又发作起来，正浑身抽搐着哇哇痛哭。

王婉贞忙抱起小宝，使劲儿捋着孩子的胸口，但还没捋几下，小宝已抽搐得没了气力，面色青紫似乎连气都喘不上来了。

李仕达忙道：“快去医馆找郎中吧，不能再耽搁了。”

王婉贞惊慌无措地点点头，但刚起身就一个踉跄几乎摔倒，李仕达忙扶住嫂子，也顺便抱起小宝，向门口奔去。

李仕达跑到街上，迷惑地左右看着，下意识地问跑在后面的王婉贞和福满：“医馆、医馆在哪里？”

福满指着街道一侧：“那边啊，李巡史你都急糊涂了。”

李仕达顾不上答话，抱着小宝向福满所指的医馆方向跑去。

这世上很多事情像是巧合，又似乎是上天注定了一样，几个决定性的因素哪怕增减一分都是天壤之别。就比如此时此刻，小宝的突然发病让李仕达和王婉贞根本无暇向他人告知李忠良已死，而福满在这个紧急情况下也没觉得眼前这个李巡史和以往有什么不同，即便是刚才李仕达询问医馆在哪里，福满也只认为是李巡史情急之下乱了方寸而已。

其实不光是福满，就连医馆的郎中也没察觉这个李巡史已经换了人，将小宝抢救过来以后，郎中一边收拾着诊疗器具，一边对李仕达道："李巡史，我记得你上次来，我就嘱咐过你了，孩子的药万万不能断，哪怕差一天病情都可能生变。不是我吓唬你，如果再有一次，华佗再世也难保小宝的命了。"

见李仕达只是呆呆地点头，郎中叹口气接着道："我再开个方子，不过有几味药价格贵一些，我知道李巡史你家也不宽裕，酌情去买吧。"

李仕达与王婉贞对视一眼，眼中均是苦楚之色。

福满看在眼里，冲李仕达小声道："李巡史您不用上火，今日咱们开封府补发薪俸啊。有了银子，小宝的药就不是难事了。"

李仕达茫然无措，不知如何作答之际，王婉贞眼中一亮，抢先道："忠良，快回家把官服换上，和福满去领薪俸吧。"

李仕达虽不清楚补发薪俸之事，但王婉贞的意思他或多或少也明白了几分，显然是为了这救急的银子让他暂时充当李忠良的角色。李仕达也不敢多语，抱着小宝跟在王婉贞身后急急地回了家。

将福满留在门外以后，李仕达忙问王婉贞："嫂子，这样行吗？不会被别人发现吗？"

王婉贞看了一眼和丈夫一模一样的李仕达，悲从心起，忙扭过头去，擦了擦眼泪后才道："那个福满终日和你哥在一起，他都没发现异常，别人更不可能分辨得出。"

李仕达为难道："可是……衙门里的那些事，我什么都不懂啊。"

王婉贞："又不是让你真的去办差，只是去领薪俸呀。有了这笔银子，你哥的后事、小宝的药钱就都解决了。要是现在把你哥的死讯说出去，这笔薪俸还能给吗？”

看着病恹恹的小宝和满脸泪痕的嫂子，再想着尸骨未寒的哥哥，李仕达咬咬牙将这个弥天大谎应了下来。不过，当他带着福满来到开封府门前时，意想不到的变故就发生了。

陆东升带着十几个衙役正急匆匆奔出来，见李仕达正在外面，陆东升大喜道：“忠良，你来了正好，快随我去抓捕暴民。”

李仕达愣住了，下意识地避开陆东升的视线，看向福满：“不是说今日领薪俸吗？”

福满也是一愣，冲陆东升道：“陆大人，出什么事了？哪里来的暴民啊？”

陆东升：“唉，今日发放粮肉赏赐的事情不知怎的都传遍了，汴梁城里的流民聚集在各处衙门哄抢呢。”

李仕达满脑子想的仍是薪俸，脱口问道：“那、那薪俸何时能发啊？”

陆东升急道：“忠良啊，都什么时候了你还惦记俸禄的事，眼下抓捕暴民这差事若是办不好，我们身上的这层官衣都得丢。”

李仕达不知所措地呆住了。

陆东升急切地拉着李仕达便走，边走边道：“你今日是怎么了，磨磨蹭蹭的？整个开封府，数你我功夫最好，现在更是用人之际，快走啊！”

李仕达被陆东升拽着，无奈地紧随其后。等到了这次办差的地点，李仕达更是心中叫苦不迭，只见这个衙门门前停着几辆装着粮食的马车，众多衣衫褴褛的穷苦百姓正肆无忌惮地哄抢着。陆东升指挥衙役四散开来抓捕流民，但流民也不示弱，双方厮打纠缠在一起，一时间场面大乱。

混乱之中，李仕达已寻不到陆东升的身影，愈加无措，握着佩刀的手也发抖。正紧张之际，李仕达瞥见街角一条小巷空荡荡的看似无人，便装作前去探查的模样，小跑而去。李仕达溜进小巷，强装的镇定瞬间没了，不由得长出一口气，但刚一转身，却见福满正躲在他身后不远处。

李仕达一愣，正欲措辞，福满已可怜兮兮地开口：“李巡史，你知道的，我啥功夫也没有，出去就是挨揍的份儿。”

李仕达一时不知如何接话，只是尴尬地点了点头。

外面的厮打声不绝于耳，福满猫在巷子口向外窥探着，口中还絮叨不止：“这得打到啥时候算完啊？李巡史，咱开封府除了陆巡史，就属你功夫高，要不劳您大驾出去助助阵？”

福满唠叨着，却一直没有回音，不禁疑惑地回头看去，只见李仕达仍站在原地，紧紧握着刀柄，竟似乎在微微发抖。

福满疑道：“李巡史，您怎么了？”

李仕达这才反应过来，干咳了两声掩饰道：“虽说是抢劫粮食，但那也都是穷苦百姓走投无路之举，还是不要当暴民一般对待吧。”

福满：“对对，还是李巡史您心怀仁义。咱们就在这待着，等陆巡史平息了事态再出去。”

暂且将福满糊弄过去，李仕达心里稍安，又过了半个多时辰，陆东升率领手下渐渐控制住了局面，先后将数名抢夺粮食的流民抓捕，其余的流民见状不妙四散逃走。见此情景，李仕达才带着福满从小巷子里跑了出来，但正这时，一名开封府官员骑马而至，在马上冲李仕达和陆东升抱拳道：“李巡史、陆巡史，府尹大人有令，今后五日全城戒严、继续缉拿暴民，开封府所有官吏不得回家，需留在府衙中随时待命。”

陆东升向来人施礼领命，回过头却见李仕达一脸愁容地愣在原地，忙小声问道：“忠良，怎么了？”

李仕达回过神来，掩饰着不安：“没事没事，我就是……担心小宝的病。”

陆东升感慨地拍了拍李仕达的肩膀：“没办法，穿了这身官衣，就得听上方差遣不是？放宽心，弟妹在家里会照顾好小宝的。”

李仕达默默地点了点头，但脸上愁容不减，心里乱成一团。

之后的几天，李仕达可谓度日如年，强强熬到第五天头上，李仕达几乎崩溃了，他看着院子上方四角的天空，如同被关在牢笼里一般，愁眉不展。

福满拿着两个馒头跑过来："李巡史，你早饭还没吃呢，我给你拿来了。"

李仕达郁闷道："不是说好了全城戒严五日吗？怎么还没结束？"

福满一愣，笑道："李巡史，您这当官的都不知道，我更不晓得了。"

李仕达自觉失言，忙接过馒头边吃边掩饰着尴尬。正此时，陆东升带着几个衙役从开封府大堂出来，向府门直行，看似要出去执行任务。李仕达心念一动，快步迎了过去："陆巡史，你这是去哪儿？"

陆东升："旧曹门街有暴民出没。"

李仕达拉住陆东升："这差事交给我吧。"见陆东升有些发愣，李仕达又解释道："你昨夜出去办差，一个时辰前刚回来，还是好好歇息一下吧。"说着，不等陆东升答话，李仕达已转头急切地吩咐福满："福满，别愣着了，跟我走！"

福满被弄得丈二和尚摸不着头脑，但也不敢不听差遣，只得随着李仕达带队向旧曹门街疾行。路上，福满寻机小声问："李巡史，这差事明明是陆巡史的，您抢过来做什么？这几天暴民的行径更加嚣张，咱们躲还来不及呢。"

李仕达冷冷地瞪了福满一眼，这一眼把福满瞪的浑身发冷，之前他从没见过李忠良有这等眼神，以为自己今日彻底惹毛了李巡史，忙把嘴闭上再也不言语了。等到了旧曹门街，李仕达刚下达完抓捕的命令，福满就一马当先冲向混乱的人群中，他决定要以实际行动换回李巡史对他的信任。

看到众衙役冲了上去，李仕达这才稍稍松了口气，见前方已乱成一片，于是趁机飞快地跑向附近一条小巷。进了巷子以后，李仕达见周围无人，忙从墙角找了一块废砖头，他拿起砖头鼓了半天勇气终于下定了决心，抻着脖子冲外面声嘶力竭地大喊："快来人，福满，福满！"

喊完之后，李仕达咬紧牙关，狠狠将砖头拍向自己的额头。

李仕达醒来的时候发现自己正躺在府衙里的一张床榻上，守在一旁的陆东升和福满见他睁开眼睛，不约而同地松了一口气。

李仕达看清了二人，呻吟着道：“我这是怎么了？在哪儿呢？”

福满：“哎呀，李巡史，您可吓死我们了，听见您的呼救声，我第一个跑过去的，可惜打您的歹徒早跑了，没抓到。”

李仕达虚弱地喘息了几口气：“我怎么什么都不记得了？”

福满一惊，忙问陆东升：“李大人会不会脑子被打坏了啊？”

陆东升安抚着李仕达：“忠良，你头部受了伤，脑子会有些混乱，不要急，好生调养些日子就能恢复如初。我已经跟府尹大人禀报过了，准你回家将养。”

李仕达吃力地抬起手欲抱拳致谢，但只抬起一半便无力地垂了下去。

陆东升拍了拍李仕达：“这时候了就别客套了。福满，赶快套辆马车，把李大人送回家。”

福满忙应声去准备，李仕达则暗暗松了一口气，虽然受了皮肉之苦，但他终于可以回家了。但当福满架着马车将他拉到家门前时，眼前的一幕把李仕达惊得几乎崩溃了。

只见一个校尉带着十几个官兵包围了李忠良家的院子，看架势正准备冲进去。

福满也是一惊，没等李仕达开口，已跳下马车上前询问。李仕达挣扎着下了车，向院子踉跄奔过去时，也听清了事情缘由，原来这伙官兵是抓捕暴民而来，现正挨家挨户地搜查。

李仕达如五雷轰顶，脑瓜仁都跟着疼起来，兄长的尸首就在家里停着，这些官兵进去都不用搜，抬眼一看便能看见！他忙忙冲带队的校尉道：“我们家就不用了，我是开封府巡史，家中不可能藏匿暴民。”

那校尉抱拳施礼：“这位巡史，你误会了，不是说你家藏匿暴民，而是怕暴民潜入进去。”

李仕达心里想着再找什么托词，可脑子一阵阵眩晕竟一时间全都成了空白。他正急迫无奈之时，嘴碎的福满竟然附和着开口道：“对对对，我家大人刚受了伤，要是家里有歹人如何是好？快搜啊！”

李仕达急火攻心，刚说了两声“不用”，便眼前一黑，晕倒在地。

等李仕达幽幽醒转时，只见福满和王婉贞正陪在床榻边，几个官兵正在屋子里四下搜寻着。李仕达惊惧不安地看向王婉贞，王婉贞犹豫着想要开口，但偷偷瞄了眼一旁的福满，无奈地又把嘴闭上。

李仕达绝望了，无奈地叹了口气，闭上双眼，只等着李忠良尸体被发现的那一刻。

随着急促的脚步声，校尉快步走了进来。

李仕达苦笑着看着校尉。

校尉向李仕达抱拳道:“李巡史,我等已查过,贵府并无歹人潜藏,告辞了,不过你们还要加倍小心才是。”

说罢，校尉带着手下官兵离开。

李仕达惊讶地看着官兵的背影，一时间竟说不出话，就连福满向他告辞都没反应过来。

王婉贞送福满离开后，回身看向一脸惊愕的李仕达，无奈地幽幽道：“你哥的尸首我埋在院子里了。”

李仕达呆住了。

王婉贞眼中含泪，默默道：“尸首已经有味了，我也不知道你什么时候能回来，街面上天天有官兵巡逻搜查，说不好哪天就会进家里来，不埋实在是不行了。”

李仕达：“可是，总归还要出殡下葬的。”

王婉贞：“但你哥是衙门里的人，办丧事的时候那些同僚势必前来，他们一眼就能看出尸体已经过了好几日了，到时候我们怎么解释？”

李仕达一时语塞，王婉贞也只剩下默默垂泪。

正这时，小宝欢喜地从院子里跑进来，小手颤颤地摸着李仕达的头：“爹爹，爹爹！你头上的伤还疼吗？小宝吹吹就不疼了。”

李仕达心中一痛，百感交集地看着小宝。

王婉贞搂过小宝：“爹的伤还没好，别打扰爹爹。”

小宝失望地垂下头：“我还想要爹陪我玩呢，爹好久都没陪我玩了。”

李仕达忍住哽咽，起身拉起小宝的手：“爹没事，走，咱们去抓蜻蜓。”

小宝开心不已，拽着李仕达和王婉贞的手跑向院子。

王婉贞含泪看着小宝，而后看向李仕达，小声道：“小宝的病刚有点起色，要是知道了……恐怕就……”

李仕达看着可爱的小宝，叹了口气道：“那咱们就再熬些日子，至少也得等到薪俸发下来再说。”

王婉贞瞅了眼埋尸体的院子角落：“那……怎么办？”

李仕达思忖着道：“肯定是不能发丧了，等过段日子，我就辞去官职，带着你们和我哥的尸骸回老家入土为安。”

王婉贞无奈地点了点头。

从那一日起，李仕达就变成了开封府巡史李忠良，他的容貌和哥哥如出一辙，这一点根本不会引起别人的怀疑。至于办案能力，原本是李仕达最担心露怯的地方，但挨的那一板砖倒给了李仕达灵感，从此以后开封府上下人等都知道李巡史自那次受伤以后，不但功夫尽失，脑子也比以前差了许多。再加上谁都知道李巡史家中有个久病缠身的孩子，所以对李巡史的“越发消沉”都充满了理解和同情，李仕达虽说是如履薄冰地扮演哥哥的角色，但两年来竟是没有露馅。

但这两天，花船案、无头女尸案、吴友翁被杀，这一连串事情都蹊跷地接踵而来，让李仕达越发觉得不安。特别是花船案影响颇大，府尹曹全难道糊涂了？怎么会把这等轰动全汴梁的大案交给他来办？李仕达办案不行，但是假冒哥哥身份的这两年他练就了一个本事，就是格外的敏感和敏锐，任何不合乎常理的现象他都能飞快地捕捉到，任何人处在他这样的境地都能迸发出想象不到的潜质。李仕达虽然看不透这花船案背后有什么阴谋，但第六感告诉他，自己似乎陷进一个危局里了。这次，他下定了决心，时刻准备辞官跑路，当然在这之前必须要把哥哥的尸首安顿好。

离开福满家以后，李仕达稍微轻松了一些，把这个小子支开以后，明天自己就能抽身将哥哥的尸骨带到郊外埋葬，既能了却心愿也能去掉心病。李仕达一路寻思着回到家，在院门口看着窗户透出的温馨烛光，不禁心生暖意。

这两年的时光让他不知不觉之中爱上了嫂子。如果说最开始假冒哥哥是迫不得已的话，到后来李仕达已经离不开这个家、离不开王婉贞了。

厨房里，李仕达和王婉贞一个切菜洗菜，一个烹饪菜肴，不时笑着聊天，和相敬如宾的夫妻没有什么分别；除夕夜，李仕达带着小宝在街道上燃放着烟花，小宝开心地牵着李仕达的手，王婉贞在一旁笑吟吟看着这一幕；李仕达和王婉贞带着小宝在热闹的街市上逛街，小宝美滋滋地骑在李仕达的脖子上，王婉贞自然地揽着李仕达的胳膊，全然是甜甜蜜蜜的一家三口之状……

如此多美好幸福的场景，李仕达不想最后只是变成回忆，他决定向王婉贞表白。思忖良久后，李仕达推开家门走了进去。

饭桌上摆着饭菜，王婉贞坐在饭桌旁等待着。见李仕达进来，王婉贞忙问："事情怎么样了？"

李仕达点点头："和福满说好了。"

王婉贞松了口气："那就好，你先歇歇，我把饭菜给你热热。"

李仕达并没坐下，而是看着王婉贞："别忙了嫂子，我有些话……想跟你说。”

王婉贞疑惑地看着李仕达。

李仕达迟疑片刻，鼓足勇气开口道：“嫂子，我哥出事以后，我代替他是迫不得已的无奈之举，当时想，过些日子我们就找机会离开汴梁，回归正常的身份。但之后小宝疾病缠身，我们的设想也越来越往后延迟。待到后来，我是真的喜欢上了你，也真心喜欢小宝，情不自禁地融入了这个家。我愿意为你、为这个家付出，只要能和你在一起，哪怕是被别人叫一辈子李忠良我也不后悔。”

面对着李仕达的深情诉说，王婉贞禁不住泪水噙满眼眶。

李仕达真挚地看着王婉贞：“我说这些不是为了让你感激我，我不要你的感激，我只想和你成为真正的夫妻，婉贞，答应我吧，我一定让你过上平安幸福的日子。”

王婉贞含泪看着李仕达，痛苦地摇了摇头：“你对我和小宝的真情我岂能不知？但我对你的感情只能埋藏在心里，我们这么做有悖伦理，你哥的在天之灵定不会答应。”

李仕达：“他已经不在了，我们活着的人该有自己的幸福。”

王婉贞苦笑着看着李仕达：“幸福？我已经不奢求了，我只想要一个真实、自由的生活。这两年来，我们过的是什么日子？在外面，我们要装着和夫妻一样，回到家里，你叫我嫂子，我叫你仕达，这是多么可笑可悲的事情？还要时刻担心你顶替你哥哥的事情败露……”

李仕达急道：“婉贞，我又何尝不是呢？等明日安葬完我哥的尸骸，我们离开汴梁，开始新的生活。”

王婉贞：“怎么可能啊？无论去了哪里，你都是你哥哥的身份，我们还不是一样过着如今的日子？你若是回归你的身份，那你哥哥之死我们又如何澄清？这种日子我再也受不了了。”

说罢，王婉贞端起桌上的饭菜向厨房走去，待快走到门口时，幽幽地又道：“明日埋完你哥的尸骸后，你给我写一纸休书吧，那样我才能真正解脱。”

李仕达忍不住急道：“婉贞，一纸休书能换得了平安的日子吗？你一个人在汴梁城里又如何过活呢？”

王婉贞叹了口气，走进了厨房，片刻后一句冷冰冰的话传了出来，“这个我想好了，正巧我这几日遇见了一个江淮老家的远房亲戚，等他做完生意能顺路捎我回去。”

李仕达呆呆地立在原地，原本美好的希冀彻底破灭了。但片刻之后，李仕达决绝地冲着厨房的方向道：“我不会写的！这辈子我最爱的人就是你，我不能失去你！”

厨房里再没话语传出，只有王婉贞嘤嘤的抽泣声。

十九

孙成龙在瓦肆里焦急地寻找着曲巧七，他其实全然不信妻子会红杏出墙，但他必须要找到她，这才能给母亲一个交代。对于家中的窘境、母亲和曲巧七之间的矛盾，孙成龙心里明白，但他不知道该怎样应对，偶尔的装聋作哑慢慢变成了习以为常。他读不进书，但读书又是他逃避这些困扰的最佳借口，于是便终日自欺欺人地钻进书卷之中。但平日里事不关已也就罢了，眼下这件事非他出面不可了，这让孙成龙凭空又生出许多焦躁和不安。

其实孙成龙以前并非如此，几年前他还是一个风度翩翩的有才书生，他和曲巧七相识也恰好在宽府街的这个瓦肆。

那一日，孙成龙一袭青衣，手执纸扇，翩然悠闲地在瓦肆里闲逛。前方不远处传来的吵嚷声吸引了孙成龙的注意，他快步走过去，只见一个富家公子模样的男人正和摆绣品摊的曲巧七起着争执。

富家公子紧紧抓着曲巧七的胳膊:“我好心跟你定制绣帕,但让大家看看,你绣的这是什么？”

说着，富家公子拿出一条绣帕展给围观的众人看：“诸位上前近观，好端端的一首杜牧的《清明》，竟然绣得驴唇不对马嘴！第一句，清明时节雨纷纷，这绣娘绣的是什么？清明时节雨，后面的纷纷竟绣到了第二行，这不是贻笑大方吗？”

众人纷纷上前围观，只见那条绣帕上绣的是唐诗《清明》和配图，绣者的落款正是曲巧七。而那首《清明》并没有按原诗的格式来绣，语句排列混乱不堪。

众人看罢，纷纷摇头。

曲巧七急忙解释道："这位公子，当初是您让我按这种语句排列的方式来绣的呀。"

富家公子冷笑道："什么？我让你这么绣的？你真是无中生有、信口雌黄！想我书香世家，怎么会把这首《清明》改得如此乱七八糟？"

曲巧七委屈得眼中含泪："这位公子，我只是一个小小的绣娘，都是按客人的要求来绣绣品，岂敢自作主张更改呀？"

富家公子："你不要找借口抵赖，今天你若是不赔我十倍的银两，那咱们就去开封府衙门说理。"

说着，富家公子上前便拽曲巧七，曲巧七慌乱地挣扎着，向周围的人投以求助的目光，但周围人等无人上前，或是纷纷躲避曲巧七的目光，或是窃窃私语着。

"这不是开封府府尹家的大公子吗，八成是看上这绣娘了。"

"听说他可是纳了三小妾了，这绣娘这么俊俏，怕是躲不过此劫了。"

"你们两个小点声，官府的人可开罪不得，当心飞来横祸。"

孙成龙见状，心中不忿，分开人群走到富家公子面前微微施礼后笑道："这位仁兄莫要生气，这位绣娘绣的并非是杜牧先生的诗句，各位请看，这绣帕上哪一处绣着杜牧二字？"

富家公子斜睨着孙成龙："你这不是强词夺理吗？虽说这帕子上没绣杜牧二字，但谁都知道这诗句就是杜牧的《清明》啊。"

孙成龙笑着摇摇头，拿过帕子展示给周围看客："诸位，那我就按照这位绣娘绣的诗句给大家念念？"

众人虽很疑惑，但纷纷鼓噪点头。

孙成龙清了清嗓子，更改了原诗的断句方式吟诵道：“清明时节雨，纷纷路上行，人欲断魂，借问酒家何处？有牧童，遥指杏花村。”

孙成龙吟诵完诗句，围观百姓愣了片刻，纷纷鼓掌叫好，曲巧七更是转忧为喜。

孙成龙将帕子递还给富家公子：“这位公子，不论你和这位绣娘当初是如何约定，但这首诗绣的不但没有错，而且还别出心裁、颇有意境。你这个绣帕可谓是巧夺天工之物了，换成我，高兴都来不及，怎么会向这个绣娘问罪呢？”

富家公子尴尬地接过了绣帕，一旁的曲巧七感激地注视着孙成龙，目光中已见柔情。

想着和妻子初识的场面，眼前却寻不到曲巧七的半点踪影，孙成龙不禁越发郁闷，索性从瓦肆里出来透气，但看着附近的行人以及相邻的几条街道，又不知再往何处寻找。孙成龙正茫然呆立之时，只见一个男人神色恍惚地从附近一条偏僻小巷里出来，脚步踉跄地向远处而去。

孙成龙心中不禁生疑，下意识地向那条小巷走去。等进了小巷，孙成龙环顾四周却并未发现有其他人，正欲转身离开之时，忽见在巷子远处的拐角处，随着夜风吹过，似乎有衣裙被吹起。孙成龙疑惑地向拐角走去，随着距离愈近，越来越清楚地看到地上竟然躺着一个女人，俨然已经死去，那女人面部朝下，看不清面目，但穿着的正是曲巧七那套青绿色的衣裙。孙成龙顿时手脚冰凉，但仍强强走了过去，颤颤地轻唤了两声后那女人还是没半点反应，孙成龙更是又急又怕，哆嗦着扳过女人的头看去，只一眼孙成龙便长出一口气，这女人不是曲巧七。但随即当他探了探女人的鼻息后，顿时筛糠般颤抖起来，随即惊恐地掉头便跑。

之后的一个多时辰，孙成龙便一直呆立在瓦肆附近的一条街口，找不到媳妇却撞见了杀人现场，平日里他整日宅在家里不问世事，现如今陡然遇上这两件麻烦事，顿时六神无主。他正无计可施之时，像是上天怜惜他一样，他偶然抬头的片刻，远处一个女子的身影映入了孙成龙的视线，那女子虽然没有穿着青绿色的衣裙，但身材却颇似曲巧七。

孙成龙急切地抢步过去，待到近前细看，果然就是妻子曲巧七。

孙成龙如释重负地长出一口气："总算寻到你了，你去哪儿了啊？急死我了。"

曲巧七避着孙成龙的目光，不知如何作答。孙成龙却没注意到娘子的神色，只是紧紧攥着曲巧七的手，生怕稍稍一松就再也寻不见了，激动地道："娘子，你倒是说话啊，你知不知道我有多担心你。刚才我在一条巷子里看到一个和你穿同样衣服的女人被杀，以为是你，当时我感觉天都要塌了。好在上天垂怜，你安然无恙，真是菩萨保佑！"

孙成龙说着，将曲巧七紧紧搂在怀中，但曲巧七却被孙成龙的这句话惊呆了，片刻后她缓了缓神，忙问："跟我穿一样衣服的女人被杀了？她长什么样子？"

孙成龙心有余悸地回忆道："我当时吓坏了，再加上天黑，实在是没看清，但看年龄四十岁左右吧。"

曲巧七听到此处顿时想到了常牙婆，腿一软几乎瘫坐在地上。

孙成龙赶忙扶住曲巧七："你这是怎么了？"

曲巧七急道："你快带我去那条巷子！"

孙成龙愣住了："出什么事了？"

曲巧七拽着孙成龙的手急道："你快带我去啊，路上我和你细说。"

孙成龙忙带着曲巧七向那个小巷子而去，路上也从妻子慌乱的言语中知道了大概情况，心中也不禁越发不安，但当二人来到小巷的拐弯处时，却愣住了。

那里空空如也，哪里有什么女尸？

孙成龙惊愕地道："就是这里啊，这尸体怎么还不翼而飞了？"

曲巧七急切地四下看着，"你确定那个被害的女人穿的衣服和我的一样？"

孙成龙："一模一样的，否则我怎会把那女子当成你？"

曲巧七瘫软在孙成龙怀里，哽咽着："那十有八九就是常牙婆了。"

孙成龙越听越是紧张，一边四下打量一边小声道："我遇到的那个神色异常的男人很可能就是凶手，那人身材魁梧健壮，一看就是有功夫之人。"

曲巧七喃喃着："可那歹人为什么要杀常牙婆呢？常婆为人善良厚道，不会和他人结仇的呀。"

曲巧七说着，看向孙成龙，却不由一惊，只见孙成龙正惊恐地看着自己。

曲巧七："成龙，你怎么了？"

孙成龙颤抖着道："那歹人要杀的会不会是你？因为你和常婆换了衣服，那凶手就把她当作是你了？"

这话一出，顿时把曲巧七惊得说不出话来。

孙成龙忙搂住曲巧七，宽慰道："我只是随口一说，未必如此。咱们先回家，然后我就去开封府报官。"

曲巧七不安地点了点头，但转身欲走之时，猛然间定住了，她死死抓着孙成龙的手，紧张地道："你说到开封府，我、我想起来一个人，常牙婆的死可能和他有关。"

孙成龙疑惑地看着曲巧七："谁啊？"

"开封府的一个巡史，叫李忠良。"

孙成龙难以置信地看着曲巧七。

曲巧七看了看周围无人，小声道："前日我去吴家娘子家，本想管她借些银子，没想到正遇上她相公吴讼师被杀。当时那个李巡史、对了，也是吴讼师的邻居，就在查案。我扶吴家娘子出房间的时候，无意中看见吴讼师的手指本来指着李巡史家院子的方向，但却被他偷偷把手改成了握拳的姿势。”

孙成龙思忖着：“他家院子一定有什么秘密，所以才掩盖线索。”

曲巧七:“这个咱们也不能胡乱猜测,所以这个细节我也没告诉吴家娘子，寻思多一事不如少一事。可是……现在回想起来，李忠良会不会察觉到我看到那一幕了？”

孙成龙:“所以,他要杀你灭口,却因为你和常牙婆换了衣服,杀错了人。”

曲巧七惊惧地紧紧拽着孙成龙：“成龙，咱们赶快报官吧？”

孙成龙摇了摇头：“刚才这些都是咱们的猜测，没有丝毫的证据啊。”

曲巧七：“你看见的那个男人很可能就是凶手，如果是李忠良的话，那不就是证据吗？”

孙成龙想了想，有了主意：“李忠良和吴讼师不是邻居吗？你快带我去他家，我趴窗户偷偷辨认一下。”

曲巧七点了点头，带着丈夫直奔吴讼师家而去。

到了吴讼师家附近时夜色已深，但街上仍有些行人经过。孙成龙和曲巧七躲在一条小巷口，远远地看着亮着油灯光亮的李忠良家。

孙成龙小声道：“等街上的人少一些我再悄悄过去。”

曲巧七担心地看着孙成龙：“你是不是害怕了？”

孙成龙确实害怕，但口中的话语却坚定得很：“怕是怕，但为了你，豁出去了。”

孙成龙这话一出口，曲巧七不由得呆了。

孙成龙纳闷地看着曲巧七：“怎么了？”

曲巧七微笑着摇摇头，没说什么。她刚才恍惚间又回到了和孙成龙第一次相遇的时候，孙成龙替她解围时也是那样的神色，让她忽然间就有种依靠的感觉。曲巧七又禁不住想起之前商议的时候，丈夫竟分析得头头是道，全然没有了以往的木讷和愚钝，心头不禁一阵阵热流涌动。

曲巧七正思绪万千之时，孙成龙突然将她往巷子里拉了拉，指着李忠良家小声道：“那人是不是李忠良？”

曲巧七忙向李忠良家看去，只见李仕达正走出家门，一边观察着周围情况，一边快步向远处走去。

曲巧七点了点头，小声道：“你看仔细了，在瓦肆巷子里的是他吗？”

孙成龙盯着李仕达的身影，摇了摇头。

曲巧七微微有些失望：“看来是我想多了。”

孙成龙寻思道：“那凶手虽不是李忠良，但也有可能是他派去的啊。”

曲巧七闻听再度紧张起来：“那……咱们怎么办？”

孙成龙盯着李仕达的背影：“他这么晚出门，还鬼鬼祟祟的，一定有隐秘事情。或许和那个杀手见面也未可知。还有，常牙婆的尸体不翼而飞，会不会被他们藏匿起来了？咱们不是没证据吗？跟着他可能就有了。”

曲巧七紧紧握着孙成龙的手，蹑手蹑脚地尾随着李仕达走进了一条巷子，但两人不敢距离太近，只得远远地跟随着。当转过一个拐弯后，前方巷子里却不见李仕达的身影。曲巧七快步走到另一条巷子口，刚闪出半个身子，便紧张地忙缩回身。

孙成龙一惊，小声道：“怎么了？”

曲巧七指着巷子：“他在里面，好像看到我了。”

孙成龙忙拉着曲巧七小步快跑到另一条巷子里，躲在僻静处屏息静听。细碎的脚步声由远及近地传来，在距离两人不远处的巷子口停了下来，孙成龙和曲巧七紧紧握着手，大气也不敢喘。片刻后，脚步声再度发出，不过却是渐渐远离。待听不见脚步声后，曲巧七和孙成龙才如释重负地长出一口气。

曲巧七抚着胸口，心虚地道：“怎么办，还跟不跟了？”

孙成龙：“他是开封府官差，抓贼防贼的本事自然比咱们强，再跟着恐怕就会被他发现了。不如先回家，商量一下再说。”

黑夜中，曲巧七深情地看着孙成龙，喃喃道：“你做主就是，我听你的。”

曲巧七的幸福感觉没持续多久，回了家后，婆婆的脸色把曲巧七的好心情搅得稀碎，她忍着眼泪冲婆婆施个了礼，委屈地回了卧房，但婆婆仍在门外向儿子抱怨着。

“怎么这么晚才回来？巧七怎么一点不知道心疼你，你休息不好明日还怎么温书？你要管一管才好，你媳妇越发不像话了，一个妇道人家哪有这么晚回来的？”

曲巧七不用听都知道丈夫会怎么回话，无非是唯唯诺诺地应声罢了，一想到这个，曲巧七便不由得叹了口气。但叹息声还没消散，孙成龙话语便出乎她意料地传了进来。

“娘，巧七是为了咱家的生计去卖绣品，这期间还受了不少委屈和辛劳，你不要这样说她。”

“那不是她做媳妇该做的吗，这点小事都办不好，还要打扰你休息。”

停了片刻后，孙成龙执拗的声音又传了进来。

“娘，巧七是我娘子，不是咱家买的丫鬟。之前我一直忙于读书，从不过问家事，今晚我想通了，从今以后，我和巧七一起分担家事，我要成为家里真正的顶梁柱。”

“你考取功名才是头等大事，怎么能因为这些琐事分神呢？”

“娘，您看看我们现在的日子，全家只有巧七一人支撑，我若不管不顾置身事外，哪里还有男人的担当？儿子若是这样的男人，即便考取了功名，在官场上也会被人诟病，不是吗？娘，我心意已决。您放心，读书和家事我都会处理好，从今以后，我孙成龙必要撑起这个家。”

曲巧七听到这里，已是泪如雨下，趴在床榻上抽噎起来。

孙成龙走进来，见状大惊，忙上前安抚：“巧七，不用担心今晚的事，你好好歇一晚，明天我去官府报案。”

曲巧七泪眼婆娑地看着丈夫，抽噎着竟笑了：“我不害怕的。”说着，曲巧七依偎在孙成龙怀里，“有你心疼我，比什么都强，天塌下来我都不害怕了。”

孙成龙紧紧搂着曲巧七，一肚子的话却不知从何说起。不过他心里明白，或许这就是因祸得福吧，之前凡事总是依靠娘子，变得习以为常浑浑噩噩。但今晚的事情不但涉及到生死，而且是曲巧七无法解决的，这一刻孙成龙没了依靠，反而如醍醐灌顶一般醒悟了过来。人世间最重要的莫过于亲人，如果亲人的安危都保证不了，自己就枉为一个男人。

这一晚孙成龙未曾合眼，待天色微亮，孙成龙细心地给曲巧七掖了掖被角后，蹑足走了出去。

他要像真正的男人那样撑起这个家，度过这个危机。

二十

宣和二年七月十五，第三日。

虽是清早，但街道上已经很是热闹了，各种小摊都已经支了起来，孙成龙一边紧跟着一辆马车，一边瞥了几眼路边卖早点的摊子，不禁咽了好几口口水。但他没空停下来买吃食，现在最要紧的是跟踪李忠良。半个多时辰前他到李忠良家，正看见这个李巡史出门雇了辆马车回来，而后又和妻子一起把一个大麻袋搬进了车里，再后来一个年轻的小吏也来到李忠良家，随后二人便驾着马车离开。孙成龙越看越觉得诡异，于是饿着肚子紧跟不舍。

这一路着实把孙成龙累惨了，他没想到马车竟然出了城，他把吃奶的劲儿都用上了，仍是被甩得越来越远。就在孙成龙几乎要放弃的时候，只见前方在驿道和山路的交叉口围着数十个老百姓像是在围观着什么，于是咬紧牙关奔到近前，向人群里挤去，而周围百姓的议论声也灌进了耳朵里。

“这两起案子，手法相似，恐怕是同一人所为吧？”

“官府都没定论呢，你跟着瞎起什么哄。”

“不管怎么说，这被害女子可太惨了，官府若不早日破案，恐怕还会有人遇害。”

听到这些，孙成龙心中一宽，既是命案现场，那李忠良十有八九就在里面了。他气喘吁吁地挤到最里面一层，向不远处的案发现场看去，只见那个李巡史带着仵作和衙役正在进行勘查，在他们附近的一片灌木丛里，赫然陈着一具穿着青绿色衣裙、但却无头的女尸。

看到那女尸所穿的青绿色衣服，孙成龙不禁呆住了，这女尸莫不是昨天的那具？可为什么又出现在这里了？

虽是纳闷，但孙成龙也无心琢磨这个，转而将目光投到李巡史身上，关注着他的一举一动。只见仵作指着女尸，向李忠良说着什么，而后李忠良一脸焦躁地对一旁的衙役扬了扬手吩咐着什么，随后几个衙役一起帮仵作收拾着验尸的用具，另外几个衙役则抬起了尸体，朝一旁放着的马车走去。

见此情景，围观百姓的议论声中愤怒之意越来越重。

“这还没到一炷香的时候，现场就勘查完了？分明是糊涂办案嘛！”

“查案查得这么草率，能破案就怪了！”

“这么办案不是糊弄人吗？抓不到凶手，我们老百姓不得提心吊胆地过日子啊？”

“我记得上次那具无头女尸就是这个巡史来查的，今日不能让他这么轻易地就走了，问清楚上个案子有没有眉目！要是他查不出来的话，咱们上开封府找府尹大人，让他换人来办案！”

周围人等纷纷点头称是，鼓噪声越来越甚。

孙成龙自是没心情关注这些，全神贯注地注视着远处的李忠良。只见一个衙役凑到李忠良身边低声嘀咕着什么，而后李忠良无奈地点头同意，那衙役见状，赶忙拦住抬尸体的衙役，将女尸放在地上再度检查起来。而李忠良则装模作样地勘查起了现场，但时不时偷偷地向稍远处的一棵大树瞥几眼。孙成龙顺着李忠良的目光看去，只见马车正停靠在树旁。孙成龙越发起疑，这李忠良不安心查案、心思显然都在那马车上，难道那车里有什么秘密？想到这里，孙成龙悄悄挤出人群，一边暗中瞄着李忠良的动静，一边故作自然地向马车方向走去。正当孙成龙快走到马车时，人群处传来阵阵躁动声，孙成龙忙躲到一棵大树旁，悄悄向人群处看去。

只见李忠良走到围观人群前，向众人大声宣布道：“各位百姓，这两起命案我正全力调查之中，我向诸位保证，一定会竭尽全力缉拿凶手。同时，也希望大家相助，如有提供重要线索、助开封府破获此案者，赏银一百两。”

围观百姓闻言议论纷纷，现场更为嘈杂热闹。孙成龙见所有人的注意力都集中在了案发现场，忙急走几步来到马车旁，见四下无人，掀开车帘钻进了马车里。马车里空空荡荡，堆在一角的一个大麻袋格外醒目，孙成龙忙上前小心翼翼地解开系麻袋的绳子，但往里一看顿时吓得魂飞魄散。

麻袋里装的竟然是白森森的尸骨！

孙成龙被吓得连着退了几步，却忘记了此刻正在车里，退了几步后一脚踩空，从马车里跌了出来。孙成龙摔在地上，还没来得及爬起来，李忠良的喊声已经从远处传来：“抓住他，别让他跑了！”

孙成龙惊愕地寻声看去，只见那个李巡史正气冲冲地伸手指着他，而几个衙役正向他这里飞奔而来。孙成龙吓得大惊失色，慌不择路地向山间小路逃去，他虽是全力狂奔，但书生的体力怎禁得住这种强度，没跑多久便气喘吁吁，而身后的追赶声却越来越近。惊惧之下，孙成龙的脚步更加凌乱，一不留神摔下了一个陡坡。孙成龙忍痛从灌木丛中爬起来，这才发现一侧身子被石块、树杈划破，衣服都已被鲜血染红。孙成龙还未来得及细看伤情，一个衙役已经追至，持刀扑了过来。

孙成龙面如死灰，吓得动弹不得。但正这时，一块石头斜刺里飞出来猛砸向衙役，衙役惨叫一声被击晕倒地。孙成龙顾不上探究原委，拔腿向密林深处跑去，而身后接二连三地又传来几个衙役的惨叫声。

西郊山麓下山清水秀，其间散落着数座宅院。

孙成龙脚步踉跄而来，但看到几处宅院都有家丁守护，而且宅院高大气派，便绕路而行。当走到位于偏僻处的一处宅院时，向院墙里看去，只见庭院里种植着数种药草，不但颇为幽静，而且并无家丁守护，孙成龙暗自思量这户人家如此雅致，主人也应该是知书达理之人，于是强撑着气力上前敲门。

半晌，并无人出来应答，孙成龙试着推了推院门，发现院门虚掩着，于是推开院门踉跄着向里走去，但没走几步便气力耗尽，一头栽倒在地。

孙成龙幽幽醒转后发现自己正躺在一张诊榻之上，左臂和左腿的伤处已被敷药包扎起来。孙成龙欠起身打量室内，无论从布局还是室内的物品看，这应该是一个郎中的诊室。但当他的视线投到靠窗的书案时，不禁惊恐地猛然坐起身。

只见书案上赫然置着一个女子的人头！

孙成龙惊得魂飞魄散，正欲下地溜走时，一老者声音在门口传来："那头颅是假的。"

孙成龙向门口看去，只见一个白衣老者正端着一个托盘走进来，托盘上放着一碗冒着热气的汤药。

老者将汤药放在孙成龙病榻旁的桌上："趁热喝了吧。"

孙成龙警惕地看了眼汤药，并未去拿。

老者见状，走到书案前将那个女子人头拿起，转身走到孙成龙面前递给了他。

孙成龙定睛看去，这才松了口气，原来这是用泥塑而成的一个人头。

老者也未多言，拿回泥塑人头走回书案前，继续精修起来，口中淡淡道："你是皮肉伤，未伤及筋骨，金疮药我已给你敷上，喝了汤药后公子请自便吧。"

孙成龙起身施礼："多谢先生相救，只是还未请教先生大名。"

老者微微一笑："名字就罢了，救助病患本就是医者分内之事，不必言谢。况且，知道了我的姓名恐怕还会给公子带来麻烦，不提也罢。"

孙成龙："先生此言差矣，与您而言救助病人是分内之事，但对病患来说，却不敢忘恩，否则这人世间反倒没了情义。晚辈感念的是先生救命之情，岂能因为先生身处困境而一走了之，那样的话，先生不是帮我，而是陷我于不义了。”

老者闻言不由抬眼打量孙成龙：“没想到你年纪轻轻，倒颇有几分见地。”

孙成龙苦笑道：“先生，不瞒您说，我也是刚刚悟透几分人生。这几年我屡试不中，人也日渐颓废，几乎成了无用之人。但就在前日，内人被灾祸缠身，我终于醒悟过来，在此时该撑起重担。虽然现在祸事仍未解除，但我和娘子之间的隔阂却烟消云散、恩爱如初。人生际遇便是如此奇妙，福兮祸兮看似天定，但实际上却是由人决定。”

老者凝神静听，默默颔首。

孙成龙见状，继续道：“晚辈不知道先生遇何难处，但如先生有所吩咐，定当竭力相帮。”

老者注视着孙成龙，眼中的信任之色渐浓。

一个多时辰后，孙成龙走出了这老者的宅院，之前和这老者的一番交流让他受益匪浅，此刻抬头看向天空，不禁露出舒心的笑容。但就此时，一个人影悄悄出现在孙成龙身后，紧接着孙成龙便被当头一棒砸晕了过去。

晚霞透过窗户将绯红的一抹夕阳映在孙成龙的脸上，但随即招待孙成龙的是一盆凉水。

孙成龙被凉水激醒，发现自己被结结实实地绑在一把椅子里，一个男子站在他面前，冷冷地瞅着他。

孙成龙惊惧地看着这男人：“这位大哥，无冤无仇的你绑我做什么？”

男人拉了个凳子坐在孙成龙对面：“少装蒜，你我之间，心知肚明。”

孙成龙更加疑惑：“你我之间？我们素不相识啊？这其中是不是有什么误会？”

男人冷笑道：“少跟我兜圈子。说吧，你和麻梁是什么关系？”

孙成龙一脸茫然：“什么萝卜？”

男人气道：“装傻是吧？我知道你今天见过麻梁。”

孙成龙愣住了，猛然想起麻袋里的那堆尸骨，难道这尸骨的主人叫麻梁？

他暗暗心惊，嘴上自然咬死不敢承认：“我没见过。我刚上了马车，站立不稳就被颠下来了，真的是什么也没看见。”

男人倒怔了：“马车？在哪儿？”

孙成龙也愣了：“就是当时你看到的那个位置啊。”

男人气不打一处来，指着孙成龙骂道：“看你一副书生模样，没想到一肚子花花肠子。我看你不吃点苦头就不会说实话！”

男人说罢，挥拳便上，孙成龙瞬间青了眼眶，鼻子和嘴角都流出血来。

孙成龙惨叫着：“我说，我都说！”

男人气呼呼地喘了几口气：“给我一五一十地说！”

孙成龙无奈地道：“当时我趁人不注意，就上了马车，然后看到了……你说的麻梁。”

男人急道：“就他一个？”

“是啊，麻袋里就能装下一个啊。”

“他在麻袋里？”

“对啊，所以我才被吓得掉下马车，被你们一路追。后来我逃到西郊一家宅院昏了过去，幸好宅院的主人是位神医，给我敷药疗伤。再后来，我刚一出宅院就被你打晕了绑到这里，事情的经过就是这样。”

男人听得越发迷惑：“谁问你怎么疗伤了？我是让你说麻梁的事！”

孙成龙被这男人逼得已彻底无语了，也忘了自己的处境，禁不住冲男人吼道：“我说的就是麻梁的事啊。”

男人已被气得无可奈何，极力平复了一下自己的情绪后，盯着孙成龙道：“好，从现在开始，我问什么你答什么。”

孙成龙无助地点了点头。

“上了马车以后，麻梁都跟你说什么了？”

孙成龙被吓得一激灵：“他能说什么啊？什么也说不了啊？”

男人彻底气炸了，正欲挥拳再打，院门外忽然传来女子的声音：“请问王朗大哥是住这吗？”

孙成龙闻听一惊，因为这女子的声音对于他来说再熟悉不过了，那竟是自己的娘子曲巧七！孙成龙下意识地张嘴欲喊，但早被男人一手将嘴捂住。

孙成龙死命挣扎之时，曲巧七的声音再度传进来：“王朗大哥，我是常牙婆的朋友，今日有事相求。”

绑架孙成龙的这男人不是别人，正是王朗。见孙成龙疯了一般剧烈挣扎着，王朗又气又急，而那女子的声音又像催命一般响起：“王朗大哥，您出来见见我吧，我不会耽误您太长时间。”

王朗见实在躲不过去了，抬掌将孙成龙劈晕，整理了一下衣服后，无奈地走出了房间。

不知又过了多久，倒霉的孙成龙再度幽幽醒来。他迷迷糊糊地睁开眼睛，只见室内一片昏暗，只有淡淡的月光照射进来，再看室内并无第二个人，孙成龙这才稍稍松了口气，随即借着月光仔细查看着房间内的陈设，最终将视线投到了靠墙的桌子上，只见桌子上摆着一个针线盒，里面除了针线以外还有一把剪刀，孙成龙艰难地挪动着椅子向桌子挪去。眼见脱身有望，孙成龙不禁心生喜悦，但他哪里知道另有两个人正趁着夜色向这里袭来。

这二人是韵哥和小喜。

韵哥走到院门前，冲小喜小声道：“就是这家，这男的太可恶了，绝不能轻饶了他。”

小喜紧张地道：“小心些，别被发现了。”

韵哥得意地道：“放心吧，那家伙根本想不到咱们能找上门。”

话音刚落，王朗家的门忽然开了，孙成龙小心翼翼地走出来向周围窥视，当看到门口的韵哥和小喜后顿时大惊失色，掉头便跑。

韵哥也是一惊，随即一脚踹开院门奔向孙成龙。韵哥脚步飞快，没几步便追上了脚步踉跄的孙成龙，一把将其按倒的同时拳头也砸了过去，孙成龙惨叫了几声便被打晕在地。

小喜跑过来，紧张地道："你别打了，万一打死了怎么办？"

韵哥收住拳头："就是晕过去了，这家伙也真不禁打。"

小喜松了口气，但转头看到韵哥嘴角竟流着血，又是一惊："韵哥，你受伤啦？"

韵哥擦了下嘴角的血："不是他打的，是那个李忠良干的好事。"

小喜难过地忙问："是不是好疼呀？"

韵哥看着昏厥在地的孙成龙，嘿嘿一笑："逮到他就一点儿也不疼了。"

二十一

宣和二年七月十五。第三日。

清晨，李仕达从鞍马店租了辆马车回来，然后和王婉贞一起将装着哥哥尸骨的麻袋搬到马车上，但他并没有立刻出发，而是返身回了家。

王婉贞颇感纳闷，而且见李仕达进了屋以后就躲在窗口向外谨慎地观察起来，更是觉得不安。

李仕达一边仔细向窗外观察，一边轻声道："我刚才出门雇马车的时候，总觉得似乎有人在跟着我。"

王婉贞："你是太紧张了，昨晚你就怀疑吴家娘子跟踪你，最后还不是虚惊一场？"

李仕达："这几日汴梁城里怪事频出，不管怎么说还是小心一些为好。婉贞……嫂子，今天你还是别出门了，否则我出门在外也不安心。"

王婉贞默默地应了一声，避开了李仕达的目光。

正这时，门外忽然传来窸窸窣窣的微微响声，那声响越来越向门口而来，但随后便奇怪地安静了下来。李仕达脸色一变，忙示意王婉贞不要出声，自己蹑足来到门前，慢慢将佩刀抽出的同时，猛地将门打开。

一个男人一个趔趄跌进屋内，没等来人爬起来，李仕达的刀已经架在了他的脖颈处，但一看来人，李仕达又愣住了。

来人竟是福满。

李仕达将刀抬高一些，盯着福满道："大清早鬼鬼祟祟的在我家门口做什么？"

福满紧张地道："李大人，我本想敲门的，可又一想天色还早，怕打扰到您，就在门口转悠了一下。"

李仕达松了口气，将刀入鞘，但紧跟着又皱起眉头盯向福满："我不是告诉你今天不用来了吗？"

福满爬起来，苦着脸道："又发现女尸了，府尹大人让您去勘查现场。"

李仕达一愣："怎么又是派我去？"

福满叹了口气："您有所不知，这具女尸还是在上个命案现场发现的，府尹大人认为这是连环命案，所以还是由您来负责。"

李仕达心中叫苦，但事已至此也别无他法，只有将这个突如其来的命案处理停当才能抽出身去掩埋哥哥的尸骸了。

李仕达忍着一肚子的怨气，带着福满出了家门，把马缰绳甩给福满后，自己钻进了马车的车棚里，视线再也不离开麻袋半分，可福满的絮叨声还是时不时传进来，让李仕达心中更是烦躁。

"李巡史，这么早你就穿戴整齐，雇好了马车，你是有事要外出吧？"

李仕达敷衍道："我能有什么事，和查案比，其他的都是小事。"

"都怪那个凶手，又出来杀人，给咱们开封府添了多大乱子。我这两天天天跑吴友翁的案子，已经忙得焦头烂额了，这又多个无头女尸，真是添堵。"

李仕达盯着麻袋，哪有心思回应，可福满仍是话语不停。

"李巡史？"

李仕达打断道："有闲聊的工夫就抓紧驾车赶路，仵作他们都等着呢。"

"大人，我不是闲聊，我刚才正想跟您汇报吴友翁的案子呢。经我仔细调查，我可是发现了个重要线索。据吴家娘子和周围的街坊所说，吴友翁遇害前几日，有人在吴友翁家附近转悠，像是在监视什么。”

李仕达脸色一变：“监视？”

“是啊，据周围的街坊说，那个人听口音像是江浙一带的。”

李仕达忽然想起昨晚在吴友翁家，吴家娘子也说过那人和王婉贞的口音很像。但这个小插曲也仅仅让李仕达怔了一下，并未再往深里去琢磨，随口道：“吴友翁的案子总归已经交给你了，你全权负责就好。”

“李巡史，你说咱最近是怎么了，上一起无头女尸案还没破，吴友翁又被杀，他的案子还没破，这又来个无头女尸，一波未平一波又起。我是想好了，等这几个案子都查完，我就带我娘去观音庙上香保平安去。”

李仕达皱眉不语。

“李巡史，要不到时候你带上夫人，咱们一起去观音庙啊。听说观音庙求子挺灵的。”

李仕达烦躁道：“再这么慢吞吞驾车，尸体臭了都赶不到地方。”

终于，外面再没传进福满的絮叨声，随着几下挥鞭声，马车加速向前驶去。

快到驿道和进山小路的交口时，李仕达便听见了纷纷攘攘的嘈杂声。下了车后见附近围着众多百姓，更是不禁皱起眉头。

福满：“李大人，我去找地方停马车，您先过去吧。”

李仕达从福满手中拿过马缰绳：“马车我来停，你赶快去勘查现场。”

福满愣了一下，但也没再多嘴去问，快步向人群处走去。李仕达向周围扫了几眼后，牵着马车走向一处无人驻足的树林，将马车拴好才返身去向案发现场。

一具身着青色衣裙的无头女尸横陈在一片荒草之中。仵作蹲在尸体旁检查着，福满和其他几个衙役在附近勘查着现场。

李仕达快步走到尸体旁，询问仵作：“什么情况？”

仵作起身回禀道：“死亡时间应是昨夜，不过这里不是案发现场。凶手是将这名女子的尸体带到此处，割下头颅抛尸于此。”

李仕达转头看向一个衙役：“周围查没查到线索？”

衙役摇摇头：“李巡史，这周围除了荒草和灌木，什么也没发现。”

李仕达皱眉道：“你们比我早来了一个时辰，到现在还两手空空？”

衙役苦着脸道：“李巡史，这凶手应该个老手，现场收拾得干干净净，确实是没留下任何痕迹。”

李仕达其实就等着这句话，闻言后故作无奈地叹了口气，冲福满等人吩咐道：“既然如此，把尸体拉回府衙再仔细勘验吧。”

福满等人领命，收拾着检验器物、抬起尸体，向停在一旁的另一辆马车走去。见此情景，围观人群渐渐骚动起来，议论声中不满和愤怒之意越来越重。

“这还没到一炷香的时候，现场就勘查完了？分明是糊涂办案嘛！”

“查案查得这么草率，能破案就怪了！”

“这么办案不是糊弄人吗？抓不到凶手，我们老百姓不得提心吊胆地过日子啊？”

“我记得上次那具无头女尸就是这个巡史来查的，今日不能让他这么轻易地就走了，问清楚上个案子有没有眉目！要是他查不出来的话，咱们上开封府找府尹大人，让他换人来办案！”

周围人等纷纷点头称是，鼓噪声越来越甚，更多的人不满地盯向李仕达一行人。

福满见状不妙，忙走到李仕达身边，低声道：“大人，这些老百姓不依不饶啊，咱们现在离开恐怕要出乱子。要不，咱留下再多查一会？哪怕装装样子呢？”

仵作也走过来低声道：“李巡史，人言可畏啊，万一这些老百姓闹到衙门，后果不堪设想。”

李仕达见此情景也不免紧张，无奈地点了点头。福满赶忙拦住抬尸体的衙役，众人再度勘验起来。李仕达装模作样地检查着现场，但目光时不时地瞟向马车停靠处，见那里空旷无人才稍稍安心一些，但围观百姓的议论声仍不绝于耳，李仕达不禁眉头紧锁。

思忖片刻后，李仕达似乎有了主意，快步走到围观人群前，朗声道：“各位百姓，这两起命案我正全力调查之中，我向诸位保证，一定会竭尽全力缉拿凶手。同时，也希望大家相助，如有提供重要线索、助开封府破获此案者，赏银一百两。”

围观百姓闻听顿时兴奋得议论起来，之前的不满情绪多数已消失不见。

福满则拽了拽李仕达的衣角，不安地小声提醒道：“大人，开封府给咱们的赏银权限才五十两——”

没等福满说完，李仕达就瞪了他一眼：“剩下的我出！”

福满不禁愣了，他怎么也想不出，一向囊中羞涩的李忠良今日怎么如此大方？

李仕达说完也反应过来，自己这句话说得太过突兀了，忙找了个由头，低声吩咐着福满：“别愣着了，继续吆喝起来，把他们的心思转到银子上，我们离开就容易了。”

福满恍然大悟，暗暗翘起了大拇指，随后走到围观众人前吆喝着赏银的事项。李仕达暂时松了口气，走到仵作身旁，吩咐道：“看样子不会有太大的麻烦了，准备准备，稍待片刻咱们就走。”

正此时，一个土郎中模样的男人从围观人群里挤出来，急切地奔向李仕达。福满上前欲拦，土郎中急道：“这位官爷，我有重要线索要向李巡史提供。”

福满只好将这个土郎中带到李仕达面前。

李仕达也已听到二人交谈，只得掩藏住郁闷，故作惊喜地道：“快说，有什么线索？”

土郎中神神秘秘地道：“李巡史，刚才在围观的人群之中，我发现有个人鬼鬼祟祟的十分可疑。我们老百姓都好奇尸体，可那个人就盯着你。我猜想，他会不会就是凶手呢？凶手最关心的不是尸体，而是官府查没查到线索，所以才直勾勾地看着你啊。”

李仕达不禁一惊，忙问：“那人在哪儿？”

土郎中指着远处李仕达停靠马车的地方：“我刚才见他往那边溜过去了。”

李仕达顺着土郎中所指的方向看去，正见孙成龙从马车里跌落下来，顿时脸色一变，脱口而出：“抓住他，别让他跑了！”

说着，李仕达带着福满和几个衙役向马车飞奔而去，孙成龙见状大惊失色，拔腿便往深山小路里狂奔。

李仕达边跑边喝令着：“福满，务必把那个人抓获！”

福满得令，带着几个衙役追得更急，而李仕达则在马车旁停下脚步。

土郎中也跑过来，堆着笑脸道：“李巡史，那我的赏银？”

李仕达一脸严肃地道：“人还没有抓到，现在要什么赏银？明日你去开封府听消息吧。”

土郎中讨了个没趣，只得讪讪地退下。李仕达转身吩咐仵作和其他几个衙役：“让围观百姓散了吧，然后你们带着尸体先回府衙，我在这里处理后续事宜。”

仵作和几个衙役依命而行，李仕达则迫不及待地上了马车，钻进了车棚。

李仕达进了车棚立刻盯向麻袋，只见绑麻袋的绳子已经被解开，麻袋口大敞着。李仕达心里暗暗叫苦，但眼下顾不上其他，忙上前将麻袋重新系好。调整了下呼吸，让自己勉强镇静下来以后，李仕达钻出了车棚。

李仕达一边整理着马具一边瞄着案发现场，只见围观的人群已渐渐散去，仵作和衙役正准备将尸体抬到另一辆马车上。忽然，一对中年男女穿过人群跑向尸体，两人都悲悲切切的样子，显然是来认尸的家属。见此情形，原本正散去的百姓又凑热闹地围拢起来。

李仕达又气又急，但眼前这局面不由他不出面，只得将马缰绳重新拴在树上，快步走了过去。不过，李仕达没注意到，在稍远处停靠的一辆马车上，车帘拉开了一条小缝，里面的人正盯着他。

李仕达快步走向抛尸地点，但还未到，便见围观的百姓又渐渐散去。正疑惑之际，仵作已快步走过来禀告："李巡史，有一对夫妻来认尸，不过被害女子并不是他们的家人。"

李仕达松了口气："那就赶快把尸体拉回府衙吧。"

话音刚落，那对夫妻已抢步过来，扑通跪倒在李仕达面前："青天大老爷，求求您给我们家女儿做主吧。"

李仕达忙扶起二人："两位，你们刚才不是认尸了吗？这被害女子并不是你家的女儿啊？"

女人哽咽道："巡史大人，这虽不是我家女儿，但她失踪两天了，到现在都音讯全无，您可要为我家秀儿做主啊！"

李仕达皱眉道："你这事情报于坊正知晓了吗？按律例，失踪人丁须由坊正报至开封府，我才好进行彻查。"

旁边围观的百姓忍不住插言道："李巡史，都这时候了就别按条条框框行事了，人家夫妇既然求上了你，就把案子接了吧。"

其他百姓也随即附和起来，秀儿父母更是重又跪在李仕达面前泣不成声。

李仕达瞄了眼马车，心知不解决这对夫妻的麻烦事便难以脱身，于是叹道："两位请起，把你家秀儿失踪的经过和我说说，我定会为你们做主。"

秀儿母亲闻言忙起身，恨恨道："一定是那王朗，因为我们不同意他和秀儿的婚事，于是拐走了秀儿！"

李仕达："王朗是何人？"

秀儿父亲忙道：“这王朗是个牙人，我家秀儿被他花言巧语所骗，不顾我们反对，非要嫁给他。我们夫妻思前想后，觉得秀儿失踪可能和王朗有关。”

秀儿母亲气道：“什么叫可能呀？就是那个丧尽天良的畜生干的！我一开始就知道他不是个好东西！”

李仕达听到此处，心中忽然有了主意，冲秀儿父母道：“那王朗住于何处？”

秀儿母亲：“花园巷丙六号。”

李仕达点点头：“好，我现在便去寻那王朗一问究竟。”说完急切地吩咐手下，“你们带上尸体和这二人赶紧回府衙。等福满回来，让他给这对夫妻做笔供。”

下达完命令，李仕达大步流星走向马车，这次总算可以名正言顺地离开了。

二十二

李仕达驾着马车而行，当行驶到驿道和一条偏僻小路交口时，将马车拐进了小路。过了一会儿，另一辆马车尾随而来，这驾车的不是别人，正是韵哥。

韵哥驾着马车沿着崎岖不平的小路而行，当经过一个山坡时，竟发现李仕达的马车安静地停在一片小树林旁。

韵哥将马车停下，小喜拉开车棚的帘子问道：“怎么了韵哥？”

韵哥：“你在车里等着，我下去瞧瞧。”

说罢，韵哥跳下马车，快步走到李仕达的马车后面，小心翼翼地拉开车帘向车棚里打量，但里面却空空如也，连个人影都没有。

韵哥正疑惑间，身后突然传来急促的奔跑声，韵哥忙回头去看，但为时已晚，来人一拳将韵哥打倒在地，韵哥还未来得及爬起来，一把刀已架在了他的脖子上。

韵哥这才看清，拿刀架着他的正是李仕达。

小喜急切地跑来，边跑边道：“李巡史手下留情，我们是良民。”

李仕达瞥了眼小喜，但架在韵哥脖子上的刀压得更紧了：“良民？那你们一路偷偷摸摸地跟着本官要做什么？！”

韵哥捂着被打得生疼的脸急道：“谁跟着你了，我是跟着你的马！”

李仕达一愣：“跟着我的马做什么？”

韵哥：“昨天我家公子被歹人绑了，那个歹人就骑着一匹跛脚的马。你休想抵赖，你的马就是确凿的证据！”

李仕达向自己的马车看去，只见马的一条腿果然跛着，他不禁微皱眉头，但仍继续盘问：“你家公子是何人？”

被问到自家公子，韵哥顿时底气更足：“我家公子叫白无用，是咱们汴梁城最有本事的才子。李巡史，上个月我家公子和你还有陆巡史还一起吃过酒，我还在旁边侍奉着呢，你记起来了吗？”

李仕达重又仔细打量了韵哥几眼，记了起来，这才点点头将刀收起：“原来是你这小厮。那你家白公子现在有消息了吗？”

韵哥爬起来道：“人回来了，倒是没事，但这口气还没出呢，就算是挖地三尺我也得把那个歹人找到。”

说着，韵哥忍不住又狐疑地瞟了李仕达几眼。

李仕达自然晓得韵哥的心思，皱眉叱道：“别胡乱猜疑了，本官怎会是那个歹人？这马车是我今早在城西的千乘鞍马店赁的，你们去那里查查昨日的租赁记录，或许能找到那个歹人。”

韵哥闻听不禁大喜过望，忙向李仕达施了个礼，拉着小喜跑向马车，驾车离去。李忠良看着马车离去，终于松了口气，快步向树林里走去。

树林里不见人迹，甚至连小径都没有，但李仕达显然对这附近颇为熟悉，他背着那个麻袋、手里还拎着把铁锹，边走边寻找着，不大会儿工夫便在一棵大树旁停下脚步。随后，李仕达挥动铁锹挖起了坑。

这坑一直挖到晌午，李仕达也累得早已脱下官服，只穿着内衫，但即便如此也是汗流浃背。李仕达草草地啃了两口干粮，也顺便歇息了一阵，随后从麻袋里将哥哥的尸骸取出，耗费了近两个时辰才将这些散落的尸骨勉强拼凑个大概模样，再将尸骨依次放入坑中，待到将土坑掩埋完毕，已是日落西山了。

将哥哥的尸骸入土为安，李仕达也不禁悲从心起，跪在地上哽咽道：“哥，原谅弟弟草草将你的尸骨掩埋，我原本想带着你的尸骨回老家入土为安，但这几日发生的事情太过诡异，我实在是不敢再拖延了。望你的在天之灵保佑我和婉贞……嫂子平平安安。”

李仕达正喃喃诉说着，忽然不远处传来杂乱的脚步声，紧跟着一个男人的声音也传了过来：“快到了，就在这附近。”

李仕达一惊，忙起身顺声音看去，只见一个农夫带着两个衙役正疾步向这里搜寻而来。李仕达琢磨片刻，不但没躲避，反而迎面走了过去。

农夫见李仕达从树后现身，忙指着他道：“两位官差，就是这个人，鬼鬼祟祟地在林子里转悠。”

两个衙役紧握刀柄提防着李仕达的一举一动，其中一人上前喝道：“你什么人？在林子里做什么？”

李仕达瞥了两个衙役一眼，也没回话，只是向挂着官服的一棵树走去，顺手指了指挂在树杈上的官服。

衙役见树杈上挂的竟是官服，都不禁一愣，待到李仕达从官服里拿出铭牌展给他们看，更是忙不迭地施礼：“原来是开封府的李巡史，失敬失敬。”

另一个衙役冲农夫训道：“你这是什么眼神啊，开封府的大人在此办案，却被你当作贼人。还不赶紧向李大人赔罪。”

李仕达摆摆手：“算了，刚才天气闷热，我便把官服脱了，他自然不知我的身份。”

说罢，李仕达慢条斯理地穿着官服，但正穿之际，一根人骨竟然从官服里抖落在地。李仕达心里一惊，知道一定是刚才无意中将尸骨夹在了衣服里，现在这如何是好？

就这片刻的停顿之间，一个衙役已抢先一步将掉落的人骨捡了起来，细一打量顿时一惊："这、这好像是人的骨头啊？"

另一个衙役闻听也忙凑过来细看："是啊，怎么、怎么会有人骨呢？"

两人对视一眼，皆是一脸震惊之色。而李仕达虽是强自镇定，但心里脑子里乱作一团，一时间竟想不出半句解释之词。

寂静了片刻之后，一个衙役忽然恍然大悟地"啊"了一声，而后盯向了李仕达。

李仕达瞬间冷汗涔涔，但还未及开口，那个衙役已将人骨递给了他，随后施礼道："李巡史办案兢兢业业不辞辛苦，属下着实佩服。"

李仕达不明所以、强装镇定地接过人骨，却不知如何作答。

另一个衙役疑惑地问道："怎么回事啊？"

交还人骨的衙役叹道："你刚来，不知道。一个月前就在这附近挖出过一具陈年的尸骸，被开封府的官差带走了。这些天都没有音讯，我还以为陈年旧案开封府就搁置下来了。没想到李巡史竟还惦记着这个案子，不辞辛苦地来现场调查。"

李仕达暗暗松了一口气，面对着两个衙役投过来的钦佩的目光，强自镇定地淡淡一笑，但心里慌到了极点。打发走了这两个衙役之后，李仕达快马加鞭急急地往汴梁城赶去，到了开封府的时候已是傍晚时分。他把马缰绳甩给看门的汤伯，急匆匆地奔了进去，闷头便往左侧的案宗室的方向而去。

福满正从大堂里出来，看见李仕达忙上前回禀："李巡史，仵作正在验尸房验尸，您要不要过去勘查一下？"

李仕达不耐烦地向福满甩了甩手，脚步不停地向案宗室而去。进了案宗室后，李仕达径直来到存放案宗的柜子前焦灼地查找着，但连续翻了数本卷宗却茫然无果。

福满探身进来，小心翼翼地道："李巡史，您找什么呢？要不要我帮忙？"

李仕达定了定神："据说一个月前在西郊附近的山上挖出了一具尸骸，

归咱们开封府调查，我怎么没听说有这个案子呢？”

福满也怔住了：“是吗？我也不知道啊？或许……仵作能知道？”

李仕达眼中一亮：“仵作在哪儿呢？”

福满小声嘟囔着：“李巡史，我从刚才起就一直在说，仵作在验尸房等着你呢。”

福满话音未落，李仕达已大步流星向外走去。

仵作正在无头女尸旁进行着尸检，见李仕达过来，忙回禀：“李巡史，您来得正好，这女尸——”

李仕达摆摆手打断了仵作：“先不说这个案子，上个月在西郊山上挖出了一具尸骸，说是移交给我们开封府了，你知道此事吗？”

仵作愣了愣，支吾着道：“那具尸骸啊……我查验过，只剩下骨骼了，别的什么线索也查不到。”

李仕达微微松了口气，但继续问道：“那尸骸现在何处？”

仵作欲言又止。

李仕达急道：“你倒是快说啊。”

仵作犹豫片刻，小声道：“那具尸骸被别人要走了。”

李仕达一惊：“要走了？什么人这么大的胆子？”

仵作声音又压低了一些：“李巡史，这事我就告诉您，您可千万别声张啊，是曾相的公子曾煜。”

李仕达愣住了：“他要尸骨做什么？”

仵作：“曾公子说，这尸骸既然查无线索，他倒有个朋友精通勘验之术，或许能查出端倪。府尹大人顺水人情，就把尸骸交给曾公子了。移交的时候我在场，还清点骨骼的数目了了，所以知道这些内情。”

李仕达呆了片刻，忽然想到一人，忙问：“曾公子的那个朋友是不是叫白无用？”

仵作点头道：“就是白无用白公子。我听闻他是个奇才，上知天文下知地理，咱们解不开的案子，可能到了白公子那里，轻轻松松就能找到线索了呢。”

李仕达怔了片刻，一言不发地快步走了出去。

福满躲在大堂外的一个柱子后面，见李仕达急匆匆地出了大门才露出头来，如释重负地舒了一口气。

旁边的一个衙役见状笑道：“福满，怎么被李巡史吓成这样？”

福满郁闷道：“可别提了，今天在西郊我带着好几个兄弟抓捕一个畏罪潜逃的家伙，生生地被那小子跑掉了。李巡史要是问起来，肯定得劈头盖脸训斥我一顿，搞不好这个案子的赏银还得扣了。”

衙役：“你跑得了初一跑不了十五，早晚他也会知道啊。”

福满叹了口气道：“先躲过今日再说吧，或许明天就能找到那人的线索了呢。再说，吴讼师的案子我也有了些眉目，李巡史要是真动怒了，我把吴讼师一案的线索交上去，也能让他泄泄火。”

正说着，另外两个衙役从大堂里走出来，一路还争抢着手中的什么物件。

福满见了二人，顿时气不打一处来，快步迎上去：“你们俩连那个逃犯都追不上，还有心思在这里胡扯呢？抢什么东西呢，拿出来。”

一个衙役赔着笑拿出一个绣帕：“就一个绣帕，追捕的时候那人掉落的，我看这绣得还不错，就寻思——”

福满气得一把夺过来：“这是线索知不知道？还想私吞了，你好大的胆子！”

衙役不服地嘟囔着：“一个绣帕而已，满大街都是，算是什么线索？你要是想要，拿走就是了，何必损我？”

福满被戳破了心思，不禁脸微微一涨，但口中仍一本正经道：“你懂什么，蛛丝马迹之处才可能有重要的发现。”

说着，福满展开绣帕装模作样地打量起来，但看了几眼后，脸色顿时一变，心头狂喜不止。

福满这边充满了喜气，但李仕达却是越发难受。他驾着马车回到家门前，正急切地拴着马缰绳，已听见动静的王婉贞推开门走了出来。王婉贞见李仕达一脸郁闷焦急之色，忙上前小声问："怎么了？是不是不顺利？"

李仕达宽慰道："已经掩埋了，不用担心。"

话虽如此，但他脸上的愁容并未减轻多少，向四周扫了几眼后，拉着王婉贞快步进了家门，而后直奔书房，找出笔墨纸砚提笔在纸上写了起来。

王婉贞跟过来看去，只见纸上第一行赫然写着"休书"二字。

王婉贞不禁一怔，呆呆地看着李仕达："你……你昨日不是不答应吗？"

李仕达冷冷地看了眼王婉贞："强扭的瓜不甜，我又何必执着呢？"

说罢，李仕达避开王婉贞的目光，提笔继续写了起来，边写边道："我在王记谢库还存了三十两银子，一并取了，今晚就走吧。"

王婉贞没有应声，只是盯着李仕达，眼中渐渐现出泪光："仕达，到底出什么事了？"

李仕达手中的笔颤了一下，皱眉道："怎么这么问，什么事都没有的。"

王婉贞迟疑着："我觉得你今天……特别奇怪……是不是遇到什么难事了？"

李仕达瞥了王婉贞一眼，冷冷地讽刺道："难为你今天这么关心我。你心里不是一直巴望着离开我、离开这个家吗？我如今成全你了，你倒摆出这副假惺惺关心我的姿态，没有必要了吧。"

王婉贞委屈得眼中含泪："仕达，你怎么如此说话，我是真的担心你——"

李仕达一边写一边打断了王婉贞："嫂子，省省你的好心吧。今日埋葬我哥哥，我也彻底想明白了，你就是个克夫的灾星，如果不是你，我哥哥也不会死。还有小宝，你连自己的孩子都克死了，如今还要继续克我的命不成？”

王婉贞泪如泉涌：“李仕达，你、你怎么如此恶语伤人？”

李仕达写完休书的最后几个字，懒得再看王婉贞一眼，将休书随手甩了过去：“多说无益，拿着休书拿着银子赶紧走，没了你，我李仕达才能轻轻松松地过好日子！”

王婉贞再也忍受不住，拿过休书哭泣着跑向卧室，草草地收拾了一个包袱后噙着眼泪走出家门，王婉贞哽咽着回头看了一眼这个曾经温馨的家后转身离去。当王婉贞的身影消失在夜色中，窗户处露出了李仕达的面孔，他呆呆地注视着外面已无王婉贞身影的街道，眼中噙满了泪水。

他有个秘密始终没有告诉王婉贞，他杀过人。

两年前，当他变成了巡史李忠良以后，便找了一个机会将那个紫虚真人骗到了西郊外的密林里杀了。他以为这事永远都不会暴露，可万万没想到那道士的尸骸竟被挖了出来，而且偏偏还落到了白无用手里。他要做最坏的打算了，王婉贞名义上还是他的妻子，一旦那尸骸的身份被白无用查出来，王婉贞肯定也脱不开干系，到时候想逃都逃不掉。现在，忍下心把王婉贞赶走以后，李仕达卸下了大半的包袱，该为自己考虑了。等到夜色渐深，李仕达驾着马车出发了。一个多时辰以后，李仕达的马车在白宅附近停了下来，仔细观察了一阵后李仕达才下了车，走到白无用家院门前向里面张望。只见白无用宅一片漆黑，显然无人在家。李仕达见状暗暗松了口气，但仍是轻轻地打开院门来到正屋门前，观察了周围无人后，掏出工具撬开门锁闪身而入。

但不大会儿工夫，室内便传出重物的摔落声，紧接着便是李仕达的一声惨叫。

二十三

宣和二年七月十五。第三日。

大清早白无用便得到了汤伯的飞鸽传书，西郊又发现女尸了。但当他急匆匆地赶到驿道和西山小路的交界处时，却见前方并无百姓围观，只有少数几个商贩坐在树旁歇脚。

白无用忙上前询问，这才知道自己来晚了，官府的人早把女尸抬走。而且之前还热闹得很，数个官差进山抓一个嫌犯，可最后丢盔卸甲愣是没逮到。

白无用不甘心地来到案发现场，往来查找寻觅起来。但放眼看去，除了从生的灌木和崎岖的进山小路以外，丝毫不见其他物件。天空乌云渐密，风声也渐渐大了起来，而在风声中竟若隐若现地掺杂着诡异的类似呻吟的声音。白无用忽然想起这声音在前日早上也曾听到过，而且他还灵机一动让韵哥用口技模仿吓走了李忠良。他之前以为这声音是山林间偶尔的异响，但现在又出现这诡异的动静，不免把他的好奇心提了起来。

白无用静听了片刻，发现那古怪的声响是从进山小路里传出来的，于是沿着崎岖小路寻声而行。那个诡异的呻吟声断断续续地缠绕在周围，白无用边走边听，最后在一处陡峭的山壁旁停下了脚步。

那声音竟似从峭壁下方传出的。

白无用趴下身子向下望了望，只见山壁不但陡峭，而且布满了青苔和藤蔓，一时也看不清下面究竟有什么。白无用索性将衣襟扎起，抓着藤蔓、踩着岩石，试探着一步步地向峭壁下移动。白无用虽是小心翼翼，但他毕竟不是擅长攀爬之人，没挪了几步，脚下突然一滑失去了着力点，抓着藤蔓在半空中剧烈摇晃起来，不断地向坚硬的山壁上撞去。白无用虽拼命地紧抓藤蔓，但耐不住气力渐渐耗尽，手一松，身体向下滑落而去。幸而峭壁下方是几棵枝杈繁茂的大树，白无用坠落在枝杈上，虽被树枝刮得伤痕累累，但总归停止了下坠。

白无用喘息调整了半天，这才惊魂稍定，试着挪动着身子观察周围的情况，但刚转向一侧，就被骇住了，只见在他旁边的树杈上竟窝着一颗血淋淋的女人人头。白无用大喘了几口气，好容易将气息再度平复下来，突然间又像被定住了一样一动也不敢动，只是胆战心惊地悄悄向下方看去。

只见一只手竟紧紧拽着他的脚。

白无用惊惧地拨开身下的树枝，只见在他下面的树杈上竟挂着一个女子，那女子的衣衫多处已被刮破，裸露的皮肤血迹斑斑，正奄奄一息地盯着白无用。

白无用惊愕地看着这女子："你、你掉下来多久了？"

女子奄奄一息地喘息了几口气，虽张口欲言，但干涩的喉咙却发不出声音，只是嘴唇翕动着求助地看着白无用。白无用见这情形，知道这女子全然没了气力，多耗一刻都是往死亡边缘又近了一分，但抬头看着陡峭的山壁，不禁又愁上心头，自己爬上去都勉为其难，更何况要再救一个人上去?

思忖片刻后，白无用冲女子道："姑娘，你再坚持一两个时辰，我爬上去以后立刻找人来救你！"

这白无用虽说是才学过人，但也没经历过这般消耗体力的事情，把自己的气力想得过于充沛了。他让那女子再坚持一两个时辰，但一个多时辰后，他才脚步踉跄地赶到了家，靠在门旁喘了几口气后才掏出钥匙准备开锁，但这时他才发现锁头竟然开着。白无用疑惑地推开门，谨慎地走了进去，但随即便大吃一惊。

只见一个男人被一张丝网缠身，倒挂在房梁上。

白无用仔细打量了男人几眼，记了起来："你是……李巡史？"

李仕达连连点头："白公子，你总算回来了，快放我下来。"

白无用哭笑不得地看着李仕达："李巡史为何偷偷进来？这网和门锁相连，若是撬门而入，便会触动机关。"

李仕达吊在网里这段时间早已想好了应对之话，此刻故作郁闷地道："我今日遇见了你的小厮韵哥，得知你昨天被人绑架，所以前来一问究竟。我来的时候天色已黑，但你府上却无半点灯光，担心你又遇到危险，情急之下这才撬门而入。"

白无用恍然大悟，忙将李仕达放了下来。

李仕达这才有心思仔细打量白无用，一看之下不禁愕然："白公子，你遇到什么事了？怎么如此狼狈？"

白无用顾不得回话，快步走到厨房的水缸旁，舀了一碗水一口气灌下去，这才恢复了些许力气，而后掉头直奔书房，在一个大木箱里寻找着什么。

李仕达忙跟进来："白公子，出什么事了？"

白无用回头看了李仕达一眼，忽地神秘一笑："李巡史，你是为了那具尸体来的吧？"

李仕达一惊，心想这白无用难道已查出那尸体是道士的？他虽然周身寒彻，但仍强自镇定，故作不解地问："什么尸体？"

"就是你念念不忘的那具尸体啊。对了，不是一具，而是两具。"

这话一出，李仕达心头如被重击了一下，该不成白无用连哥哥尸体的事也查出来了？这个念头一冒出来，李仕达顿觉浑身无力，下意识地扶着墙才没瘫软下去，口中喃喃着：“白公子，你、你是怎么知道的？”

白无用继续在箱子里翻找着东西，随口回道：“这就说来话长了，总之是应了那句话，天网恢恢疏而不漏啊。”

李仕达呼吸都滞住了，咬了咬牙后缓缓地从腰间抽出一把匕首，但犹豫了片刻后还是将匕首收了回去，随即扑通一声跪在白无用身后。

白无用闻声回头一看，不禁愣住了：“李巡史，你这是做什么？”

李仕达哽咽着道：“白公子，还请您救我一命。”

白无用哑然失笑：“李巡史，这两个无头女尸案即便破不了，你最不济只是丢了官职而已，怎么还扯到性命上了？”

李仕达不禁愣了：“无头女尸？”

“是啊，李巡史，你的无头女尸案有线索了。我在西郊的一处峭壁下发现了一个女人的头颅，很可能和无头女尸案有关。”

李仕达这才明白过来，原来白无用所说的尸体和自己的秘密毫无关系，暗自松口气的同时又禁不住担心自己刚才的失态会不会被白无用察觉，一时间竟呆住了。

白无用救人心切，根本没顾得上观察李仕达的反应，随后将一个包着物件的包裹塞到李仕达怀里：“别愣着了，赶紧跟我去峭壁下面救人。”

李仕达：“救人？不是头颅吗？”

白无用边走边道：“还有一个受伤的女子。”

李仕达忙随白无用出发，幸好他来时驾着马车，两人省了许多时间和体力，半个多时辰后便赶到了那处峭壁附近。

看着陡峭的崖壁，李仕达不禁愁上心头。白无用却不慌不忙地将带来的各种物件一一装置起来，没到一炷香的时间，几个滑轮装置便安置在悬崖边上，白无用将绳子一端顺着滑轮和固定在一棵大树上的助力装置连接在一起，另一端显然是要绑在身上滑下悬崖。

白无用装置这些部件的时候，李仕达一边在旁打着下手，一边在心里佩服不已，以前他只知道这个白公子精通设计各种物件，这次是眼见为实了。不过佩服的同时，也禁不住又生出担忧，白无用这般能耐，现在没发现道士尸骸的线索，保不齐哪天就会被他研究出来，那该如何是好？这个念头刚一冒出来，随之而来的便是惭愧之意，人家白无用现在全心救人，而他却在算计着自己的安危。而且之前在白宅时，自己竟然还动了杀心，这哪里还有半点善良和人性？善念一起，李仕达脑子顿时清楚了，自己杀那个道士，虽说是为兄报仇，但总是欠一条人命，如果白无用发现了尸骸的身份，那就是天意了，自己绝不能一错再错，再害一条性命。思量完毕，没等白无用和他商量，李仕达便飞快地把绳子绑在自己腰间，攀下了悬崖，不多时便发现了那个受伤的女子。

听到李仕达传上来的消息，白无用忙操作着助力机械，将李仕达缓缓向悬崖上方拉动，不大会儿工夫，随着粗重的喘息声，李仕达背着那个女子从悬崖边露出了头。

白无用忙上前将两人拉上悬崖。

李仕达指着女子，喘息着道：“我找到她的时候，已经昏过去了。”

白无用：“那头颅呢？”

李仕达摇摇头：“我在这姑娘周围找了好半天，并没看到。”

白无用皱眉思忖道：“可能是刚才下悬崖的时候有震动，那头颅掉下去了。等明天天亮了再来找吧，现在得抓紧救治这个姑娘。”

李仕达看着昏迷中的女子：“那我们赶快把她送到开封府。”

白无用摇了摇头：“先去另外一个地方。”

白无用去的是陆东升家。陆东升的内人是个医女，虽说比不上郎中，但也粗通些医术，而且家里也常备有疗伤的器具和药品。施救了半个时辰后，陆东升从内堂快步出来，冲白无用道：“放心，内人检查了一下，这姑娘虽受了些皮外伤，但筋骨无碍，应该是疲惫过度再加上受了惊吓才晕厥的，好好休养应该无碍。”

白无用和李仕达这才松了口气。

陆东升却是一肚子疑问，小声道：“白兄为何不把这姑娘送到开封府？另外，山下地形繁杂，需要从开封府多调集人手才好搜寻那个头颅。”

白无用摇了摇头：“这件事先不要惊动官府。”

陆东升和李仕达疑惑不解地看向白无用。

白无用看向李仕达：“李巡史，有件事不知道你想过没有，这两起无头女尸案、包括花船案本不属于你的管辖范围，为何差遣你来查案？”

李仕达苦笑道：“是啊，我也心存疑虑。不过，或许是因为陆巡史被逃犯案缠身，所以府尹才把这几个案子交给我？”

白无用：“看似合理，但陆介史押解的囚犯潜逃，这时间节点也太过巧合了吧？”

陆东升：“而且这三个囚犯逃走也是蹊跷得很，如果没有内鬼，怎会轻松地逃走？”说到此处，陆东升猛地一凛，“白兄的意思是，我和李巡史负责的这几起案子都是背后有人作祟？”

白无用默默地点了点头。

李仕达却是不解：“可我二人只是小小的巡史，这幕后之人算计我们有何益处？”

白无用：“真正的目的自然不是针对你二人。我猜想，在这个硕大的阴谋之中，你二人只是替罪羊而已。”

陆东升和李仕达面色一变，异口同声地道：“阴谋？”

白无用看了看二人，但话到嘴边又咽了回去，转开话题道：“这只是我的猜测，我只是觉得这其中透着怪异，在没查出具体线索之前，不要把消息透露给开封府。”

陆东升和李仕达对视一眼，思忖着均点了点头。

正这时，陆东升夫人从内室匆匆而出，冲三人道：“那姑娘醒了。”

白无用见陆东升夫人面露忧色，忙问：情况怎么样？

陆夫人叹了口气，指着内室：“进来再说吧。”

白无用见这情形，知道情况有异，忙快步走进内室，只见那姑娘躺在床榻上，虽然面色憔悴，但已然有了些血色，她眼泪汪汪地看着面前的众人，哽咽着道：“我真的什么都不记得了。”

陆夫人叹了口气，“我刚才都问过了，叫什么姓名、如何掉落悬崖下面都不记得。”

姑娘哽咽着道：“我只记得是早上醒来的，我试着抓住藤蔓想往上爬，可浑身疼得丝毫力气也使不上。后来我隐约听见好像有官府的人在远处查案，我就向山上喊，可是嗓子也发不出太大的声音，而且那时候天色也变了，山风大得很，没喊几声就被风灌得嗓子向裂开了一样，只剩下哭了。”

听到此处，李仕达和白无用不约而同地响起那天早上听到的类似鬼魅一般的呻吟，原来竟是这姑娘发出的求救声。

白无用叹了口气，问陆夫人：“嫂夫人，你觉得这姑娘的记忆什么时候能恢复？”

陆夫人：“这个就不好说了，如果是受了惊吓所致，歇息几日应该就能恢复，但如果伤到头有了内伤就难办了。还是尽快找个名医给她诊治吧。”

听陆夫人如此说，那姑娘禁不住哽咽起来。

陆夫人忙劝道：“姑娘，别着急，你先安心养伤，记忆慢慢会恢复的。”

姑娘含泪点了点头，无助地闭上眼睛，但片刻之后忽然又睁开眼睛，而眼神中充满了惊恐之色。

白无用见状忙问：“姑娘，你是不是记起什么了？”

姑娘惊惧地道：“好像……好像我看见山崖下面还有一具尸体。”

白无用一愣：“尸体？不是头颅吗？”

姑娘啜啜着：“头颅？没有啊，我看见的是一具尸体啊。那尸体还穿着囚服，但看不清长什么样子。”

白无用和陆东升禁不住惊喜地对视一眼：“会不会是麻梁？”

想到此处，二人忙不迭地奔出去，套着马车准备出发。

李仕达快步出来：“白公子，陆兄，我也一起去吧，多一个人多份力量。”

白无用略一迟疑，委婉道：“李巡史还是先留在这里为好，那姑娘如果还记起些什么，你也能立刻去查。”

见白无用这般说，李仕达也只好点点头，转身回了陆宅。

陆东升小声道：“白兄，你是不是有什么重要的事情要私下对我说？”

白无用点点头：“这要从那个花船案说起了。走，路上说吧。”

说罢，白无用和陆东升上了马车驾车离开。

李仕达回了陆宅后，便在炉灶前熬着汤药，心中想着白无用所说的“阴谋”，可左思右想也想不出所以然来。

正这时陆夫人走了进来，李仕达见陆夫人也面露憔悴之色，劝道：“汤药快好了，一会儿我端进去，嫂夫人先歇歇吧。”

陆夫人叹了口气：“没关系，这姑娘子也着实可怜，我今晚陪着她。”

“那姑娘有没有想起些什么线索？”

陆夫人摇了摇头：“她只依稀记得，家中双亲反对她的婚事，但家住何处、那个情郎姓甚名谁仍是想不起来。”

李仕达叹了口气，继续经管着灶上的汤药，但突然像是想到了什么，猛地怔住了。

李仕达这边有了线索，可白无用和陆东升那边却一无所获。二人下到悬崖下后，各自点燃一支火把，在姑娘跌落附近的密林里仔细搜索，但根本没见那具穿囚服的尸体。两人忙于搜寻尸体，也没发现在稍远处的一棵大树后面，一个男人正小心翼翼地瞄着他们的一举一动。

二十四

宣和二年七月十五。第三日。

王朗背着一个沉甸甸的包袱和钱药三、秦大实急匆匆地沿驿道而行，三人边走边小心谨慎地观察着周围过往的行人。

秦大实："我看周围路过的人都挺正常的，更没见到麻梁。"

钱药三气道："把你脑子揉碎了想想，麻梁能在明处吗？肯定躲在我们注意不到的角落里盯着咱们呢。"

王朗："你俩别争论这个了，小心点儿总没坏处。一会儿到了路口，咱们三个要分开一些，如果麻梁现身找上我们其中一人，其他两个也能在侧面观察保护。"

秦大实："放心吧，这套打法咱们当兵时常用，配合绝对没问题。"

钱药三眉头不展："但麻梁也同样会想到啊。"

王朗："他有他的打法，咱们有咱们的策略，昨晚不是都商量好了吗，我带着银子尽量拖延他，你们两个观察情况，如果确认麻梁没有帮手，咱们就把他引到偏僻处解决了他。"

秦大实点了点头，但禁不住喘了几口粗气，显然紧张得很。

钱药三瞅了眼秦大实："大实，你打仗时候的猛劲哪儿去了？怎么还吓得喘上粗气了？”

秦大实：“那时候无牵无挂自然什么都不怕，但现在不同了啊，这要是出了意外，我的脚店怎么办啊？”

王朗拍了拍秦大实的肩膀：“兄弟，我明白你的担心。但你想想，今天如果不干掉麻梁，咱们下半辈子都不得安生，更不用说你的脚店了。”

秦大实咬了咬牙，点了点头，这次是彻底下定决心了。

但刚安抚完秦大实，王朗却见钱药三神色有异，正直勾勾地看着前方。王朗顺着钱药三的视线看去，只见驿道和山路交界处竟围聚着众多百姓，隐约间还能看见有官府的衙役在忙碌着什么。

三人不禁面面相觑，愁容都浮上面颊。

秦大实：“有官差在……要不……咱们改天再和麻梁见面吧？”

王朗：“不行，如果咱们未按约定前来，麻梁肯定会对秀儿不利。”

钱药三：“你慌什么慌，生怕官差不知道你有问题是不是？”

秦大实：“可是官差在这里，咱们怎么跟麻梁见面啊？”

钱药三左右环视一圈，指着靠近山路的一片树林冲二人低声道：“这样吧，你们去那边等我，我去前面看看什么情况。”

王朗点点头，带着秦大实走到树林里躲起来，焦灼不安地瞄着远处围观的人群。只见不知为何，人群渐渐骚动起来，还夹杂着不满的鼓噪声，而后为首的一个巡史站在人群前发布悬赏令。

秦大实见状疑惑道：“又发生命案了？这地界真是邪门透了。哎，你说会不会是麻梁被杀了？他要是死了，咱们就解脱了。”

王朗气道：“你倒是解脱了，那秀儿的下落我找谁问去？”

秦大实面色一赧：“我倒忘了这一层了。王朗，我不是不担心秀儿，只是——”

王朗心中明白秦大实要说的话，没等他说完便给主动地给了秦大实一个台阶：“我明白，咱们兄弟遇上这个麻烦，免不了要先想着自己的事，我又何尝不是呢？”

两人正小声议论之时，忽见围观的百姓发出一阵阵骚动，而后福满带着几个衙役冲出人群，紧追一个书生模样的男子直奔山间小路而去。

王朗和秦大实惊愕疑惑之时，钱药三已气喘吁吁地跑了过来。

王朗忙问：“什么情况？”

钱药三指着山路，上气不接下气地道：“有个书生模样的男人很可疑，我看他上了马车要跑，就指给官差了，现在正往山里跑呢，咱们赶快去追，抢在官差前面把他逮到。”

王朗和秦大实闻听，拔腿便走，可钱药三却瘫在地上喘息不止。

秦大实：“钱药三，你这小身板怎么搞的，还能不能行了？”

钱药三擦着汗，一脸苦相：“稍等我一会儿，让我缓一缓……”

王朗急切地望山路看了几眼，把背着的包袱甩给钱药三：“你这样子还怎么追人？留下保管银子吧，我和大实去追。”

说罢，王朗带着秦大实向山间密林里奔去。虽然出发时落在官差的后面，但王朗和秦大实穿林而行，自然要比蜿蜒的盘山小路近，再加上二人行伍出身，脚力也远胜这些衙役，不久后便已追上。而此时孙成龙已是披头散发、衣衫凌乱，跑得筋疲力尽，而身后的衙役则越追越近，一个衙役已经追到了孙成龙的身后，正欲猛扑上去。王朗见状大急，顺手抄起一块石头冲着衙役狠狠砸了过去，衙役惨叫一声摔倒在地。既已出手，王朗索性放开了胆子，招呼秦大实一起挥起石块砸向紧随其后的衙役。众衙役猝不及防，纷纷被击倒在地，惨叫声接踵而来。

跑在后面的福满躲过了石头，而且眼尖地瞅见了发动袭击的二人，指着山路下的密林喊道：“在林子里，快追！”

王朗见状，忙招呼秦大实：“快撤，咱们分头追麻梁那个同伙！”

说罢，两人蹿入林子中分头追去。

西郊山麓下山清水秀，其间散落着数座宅院。

王朗一路寻来，却早已丢失了孙成龙的踪迹，看着错落分布的数座宅院，更是愁上眉梢。但歇息片刻后，王朗重新打起精神，挨个宅院仔细探查起来。一个多时辰后，王朗已累得疲惫不堪，仍是一无所获。见前面一个宅院周围绿树成荫，王朗便走过去找了棵大树坐下歇息，虽然气息渐渐平顺，但心中的焦虑更重。

王朗正无计可施之时，只见那宅院的院门被推开，一个男子走了出来。王朗随意地瞥了一眼，随即便猛地精神起来，出来的那人正是之前落荒而逃的麻梁同伙。

王朗忙起身躲于树后监视，只见那人向驿道的方向走去，而宅院里再也无人出来，王朗这才从树后闪身出来，冲上去将那人打晕在地。

回来的这一路，王朗虽累得精疲力竭，但心里的激动无以言表，但当他把麻梁的同伙带回家开始审问以后，却被这个装疯卖傻的家伙气晕了。道貌岸然、欲盖拟彰、装疯卖傻，这些词用在这个家伙身上一点也不过分，王朗虽想尽了办法，但愣是没从这人嘴里掏出一句有用的消息。王朗正气急败坏无计可施的时候，偏偏又有个女子来找他，听那女子在外面央求不止，王朗只得抽身出来。

王朗走到院门前，见一个俊俏的少妇站在院门外，便迎上前问道："我就是王朗，你找我……什么事？"

那少妇急切地施了个礼："王朗大哥，我叫曲巧七，是个绣娘。我是实在没有办法才来打扰你，我想让你带我去找常牙婆。"

"常牙婆？这个时辰她该去瓦肆摆摊了，你去那里就能找到她。"

曲巧七焦急道："我就是从瓦肆过来的，没寻见她。"

王朗见这少妇一脸急迫之状，应该是确实遇到了麻烦，便多问了一句："出了什么事吗？"

曲巧七犹豫了片刻，小声道："王大哥，不瞒您说，我相公昨晚在瓦肆附近的一条巷子里看见有个女人被杀害了，像是常牙婆。可等到相公带我去看时，那尸体竟不翼而飞了。我现在也确定不了那女人是不是常牙婆，所以就来找你问问，常婆还有没有别的去处可寻？"

王朗平日里和常牙婆倒还熟络，闻听她可能出了意外，心里也不禁着急，忙问："会不会是你相公看错了？"

曲巧七："昨晚常婆给我介绍个活计，出发前我们换了衣服，我家相公看到的那女人，穿的衣服和我的一模一样。"

曲巧七还没说完，就见王朗脸色已变得惨白，忙问："王大哥，你怎么了？"

王朗颤抖着道："前日常牙婆给我家秀儿也介绍了一个活计，然后、然后我家秀儿就失踪了。"

曲巧七惊呆了，喃喃着："这、这是巧合还是有什么关联啊？"

王朗："当务之急，是要确认那个被害的女人是不是常牙婆。"

曲巧七："可是除了瓦肆，我不知道去哪里寻她呀。"

王朗郁闷道："我也不知道她家住在哪里，对了，她的家人你认识吗？"

曲巧七摇了摇头："我只知道她有个儿子，但具体什么情况她不曾说过。"

王朗沉思了片刻："你相公在家吗？我们再问问他，或许有别的线索。"

曲巧七："他早上就出门了，现在……或许回来了吧？"

王朗现在的心思全都用在常牙婆一事上，家里那个死猪不怕开水烫的家伙暂时也顾不上了，忙道："快带我去找他。"

曲巧七点点头，忙带着王朗往家里而去。但当二人距离曲巧七家只有一个路口时，却见几个衙役正在曲巧七家门前把守着。

曲巧七疑惑地喃喃着："官差怎么来我家了？"

王朗一时间也不明就里，忙拦住曲巧七，躲在拐弯处窥探。不大会儿工夫，福满带着另外几个衙役从曲巧七家里出来，向众人下达着命令：“扑了个空，嫌犯没在，不过他早晚得回家，你们几个分散到附近几个路口随时待命。”

王朗一眼便认出福满正是之前在山林间和自己打过照面之人，顿时惊出一身冷汗，而一旁的曲巧七更是脸色煞白，紧紧抓着王朗道：“王大哥，我怎么听那官差的意思是我家里有嫌犯呢？”

王朗的注意力全都集中在福满身上，生怕被这个衙役发现，急切地吩咐曲巧七：“先不要出去，免生事端。”

曲巧七急道：“什么叫免生事端呀？我家里莫名其妙地和嫌犯扯上关系，现在不去问个明白，那如何是好？”

说罢，曲巧七也不等王朗回应，快步向家门口走了过去。王朗见福满正向街面上四处张望，哪里还敢冒头出去，无奈地躲在拐弯处小心翼翼地继续窥视。

曲巧七也顾不上王朗没跟过来，径直迎上福满，焦急地问道：“这位官爷，我们家出了什么事呀？”

福满一愣，瞬间反应过来，指着曲巧七家问道：“这是你家？”

曲巧七点了点头。

福满忙又追问：“那你就是曲巧七？”

曲巧七：“是呀，官爷，到底怎么了？”

福满从怀中拿出一个绣帕展在曲巧七面前：“这是你绣的吧？”

曲巧七看去，那确是她所绣，而且是专门给丈夫孙成龙的，不禁惊道：“这绣帕怎么在你这里？”

福满心中狂喜，他果然猜得没错。之前在府衙，他从衙役手中拿过绣帕看后就猛然想起，他娘曾带回一个和这个如出一辙的绣帕，说是一个叫曲巧七的绣娘送的，而且这个款式的绣品她只绣给亲朋好友。福满立刻猜想，案发现场逃走的嫌犯必是曲巧七的亲友。不过，这个内情他没有对那几个衙役说，否则他福满的神机妙算体现在何处？那不全然变成了机缘巧合？所以，福满自然也不能告诉曲巧七，更何况这曲巧七和老娘还是朋友，这其中缘故要是传出去，岂不是让老娘难堪？于是，福满冷下脸，严肃认真地道：“孙成龙去哪里了？”

曲巧七越发紧张：“我相公早上就出去了，他、他怎么了？”

正这时，曲巧七婆婆脚步踉跄着从房里出来，见曲巧七在门前，忙抢上来紧紧抓着曲巧七：“巧七啊，你快跟官差好好说说，成龙怎么可能是嫌犯呢？”

曲巧七闻听大惊：“官爷，您是不是搞错了？我相公只是一个文弱书生，向来不问世事的。”

福满冷笑道：“文弱？算了吧，他跑得比我们当差的都快呢！实话告诉你，今日在西郊发生一起命案，孙成龙在案发现场畏罪潜逃，现在是首要嫌犯。你和你婆婆若是知道他的下落，就马上如实招来，故意隐瞒的话，就办你们窝藏之罪。”

曲巧七顿时傻掉了。

躲在拐角处的王朗远远地看着这一幕，当听完福满所说的话之后恍然大悟，拔腿便向家的方向奔去。他现在什么都明白了，之前抓的那个麻梁的同伙竟是曲巧七的男人，那曲巧七还能是什么货色？她刚才来寻自己，一定是发现丈夫被他抓住，于是便用常牙婆的事情引开自己，好腾出时间以便丈夫逃走。

王朗心急如焚地往家赶时，钱药三正坐在家里发着呆。

钱药三的家在永阳坊，永阳坊是位于汴梁西北角的一处坊间，居住的都是贫穷百姓，房舍也大多是茅草屋，虽间或有少数的砖房，但也都破败不堪。钱药三的家和这里的其他房舍一样非常简陋，但今晚这个陋室里却奢华得很——桌子上摆着一个解开的包袱，上面摊放着王朗准备交赎金的那一百两银子。

钱药三坐在桌子旁，贪婪地盯着这白花花的银子，他这辈子都没见过这么多的钱，这一刻他的呼吸似乎都停滞了。

王朗奔到家门前，见院门大敞，心里就顿呼不妙，等他跑进屋子一看，果然室内已不见孙成龙的身影。

王朗喘着粗气把头扎在冷水里，强迫自己快速冷静下来。现在事情很清楚了，常牙婆知道他和秀儿的情况，那曲巧七也自然知道，所以麻梁才对秀儿了如指掌。他绑架了秀儿以后，怕常牙婆泄密，定会杀了她。想到这里，王朗禁不住颤抖起来，麻梁既然连常牙婆都杀，那秀儿恐怕就凶多吉少了。孙成龙是在西郊那儿逃跑的，那里还连着发生了两起杀人案，十有八九都是麻梁和孙成龙干的。杀人、抛尸，不会隔得太远，那么秀儿的尸首很可能就在西郊山林或者悬崖下面，更何况出事那晚秀儿走的就是西郊山路！

王朗想到这里，拔腿便向外冲去。

白无用和陆东升各执一只火把,在秀儿失足坠落的那处悬崖下面仔细搜寻着。

忽然，陆东升瞥见在一处灌木丛中似乎卧着一个人，忙招呼白无用一起快步过去，到了近前细看，只见卧在灌木丛中的真就是一具穿着囚服的男尸。

陆东升蹲下身子小心翼翼地扳过尸体的脸，瞬间愣住。

白无用看着陆东升的神色，已猜出几分："是麻梁？"

陆东升懊恼地点了点头："怪不得我满城搜捕都寻不到踪迹，原来他竟摔死在了山崖下面。"

白无用蹲下身查看着麻梁的尸体，忽地指着麻梁的胸部惊道："他不是摔死的。"

陆东升定睛看去，只见麻梁的右胸赫然有一处深深的伤口，伤口周围的血液早已凝固成暗黑色。

陆东升眉头渐渐皱起："从尸体情况看，他死了至少两天了，应该是在逃跑途中被杀，然后被抛下悬崖。问题是，谁杀了他呢？"

白无用："会不会是另外两个逃犯？"

陆东升摇摇头："我审问得很仔细，而且察言观色能确认，那两个家伙没有隐瞒，逃跑路上他们分散而逃，再无交集。"

白无用默默地叹道："这幕后之人真是用心良苦啊。"

陆东升愣了片刻，反应过来："为了不让我查案，所以放走了三个逃犯，同时又将麻梁杀了抛尸，我最多只能抓回两个，于是我就会被这个差事缠住无法脱身办案。"

白无用叹道："现在你相信我所说的了吧？从花船案开始，这一系列的案件背后蕴藏着一个大阴谋，你和李忠良阴差阳错地被裹挟其中了。"

陆东升思忖道："找到这个凶手顺藤摸瓜就能查出幕后主使之人，但毫无线索，茫茫人海上哪儿去找这个凶手？"

白无用："别忘了还有两具无头女尸，如果查出这两人的身份，不就有了突破口了吗？"

陆东升郁闷地向周围望去："但我们在这附近寻了许久，那颗人头丝毫不见踪影啊。"

白无用："能发现麻梁的尸体已是巨大的收获了，那个人头嘛，明天我们带上李巡史和韵哥再仔细寻找，白天肯定能找到。"

陆东升瞥了眼麻梁的尸体："麻梁的尸体暂时就搁在这里吧，带回去的话肯定引起轩然大波，幕后之人也必然知晓，反倒对我们有了防备。"

王朗躲在大树后面，惊愕地看着这一幕。待白无用和陆东升远离后，急不可耐地来到麻梁的尸体旁。王朗颤抖着扳过麻梁的头看去，随即禁不住长叹一声跌坐在地。

这男尸确是麻梁无疑。

二十五

雅致的书房内，曾相和曾煜聚精会神地注视着书案上的一个沙漏装置。

沙漏已经快流逝完毕，待到沙子全部漏下去之后，沙漏装置底部的一个装置被重力顶起来，里面的火石摩擦起火，瞬间点燃了连接在一起的引线。

看着燃烧的引线，蔡相露出了一丝微笑。

曾煜：“我已经做了十多次试验，万无一失，沙漏的速度也可以调节，可以按照我们预定的时间引爆炸药。”

曾相：“这个白无用当真是个奇才，普普通通的沙漏竟能被他设计成一个定时爆炸的装置。对了，他不知道这个设计已被你所知了吧？”

曾煜：“父亲放心，孩儿虽没有能力设计这些器物，但过目不忘的本领倒是有的，当时我在白宅翻阅这些图谱只不过半个时辰，白无用绝想不到我已经将这个设计记入脑中。”

曾相：“虽然他现在还不知道你窃取了他的设计，但当辽国四王子被炸死的消息传出，他肯定会猜出端倪。到那时，你还敢让他活着吗？”

曾煜面露不忍之色。

曾相看在眼里，淡淡道：“煜儿，你要明白，历史是由我们这类大人物改变的，而不是那些草民。像白无用这种小人物，只不过是蝼蚁，最多只是我们手中的棋子而已。”

曾煜默默地点了点头。

曾相：“庞安石那里呢？”

曾煜：“始终在他的宅院里安心著书，辽国使团也没有再请他去诊病。”

曾相颔首:“那就说明辽国四王子没有怀疑我们。他上一次因病逃过一劫，这次他就没那么好的运气了。”

曾煜：“明晚辽国四王子确定会去苏青青的花船吗？”

曾相自信地一笑：“几个内线传来的消息都已确定无误，明天让陈康将这个定时爆炸装置安放于船底，我们便可以静待佳音了。”

“但是爆炸案发生，定会引起轩然大波，杜月娘的花船自燃可以归结为灵异鬼怪作祟，但爆炸显然是人为导致。”

曾相叹了口气：“这我何尝不知？但短短几日内再设计花船自燃的装置已不可能，而辽国四王子不日就将返程，只有冒险一试了。好在之前的花船自燃已经将灵异氛围做得很足，将爆炸再归结于此也还顺理成章。而且刑部、开封府的几位大人也都会从中配合，决计查不出其中的线索。对了，说到查案，开封府的陆东升和李忠良有何动静？”

曾煜:“您放心，那个新的无头女尸案已经将李忠良缠住了。至于陆东升，还在绞尽脑汁地抓捕那个叫麻梁的逃犯，殊不知那人早已命丧悬崖之下了。还是父亲想的周全，让陈康除掉一个逃犯，这样陆东升纵有天大的本事也找不到那第三个逃犯。”

曾相满意地颔首：“万事俱备只欠东风了。”

和曾相的志得意满截然相反，曲巧七正处在痛苦之中。

被福满带回开封府衙后，她就被关进取供房里一直接受着询问，但无论她怎么解释，面对她的都是福满那张冷冰冰的脸。

曲巧七已经欲哭无泪，但仍是坚持着试图说服福满：“官差大人，我真不知道相公现在去了哪里，而且他老实本分，绝对不会做出违背律法的事情，更不用说谋财害命了。”

“他到底是怎样的人，你说了不算，你也不用替他说这些好话，只要如实说出他的下落，我自然会查清原委。”

“我说什么呀？我都说了我不知道，你不信啊。”

“你要是再不招，我就只有动刑了！”

福满正动怒之际，取供房的门被推开，李仕达急切地走了进来。

福满忙上前邀功道：“李巡史，案子有进展了，我从细微之处查出了那个逃跑男人的家，现在正在审他老婆。”

福满还没说完，就被李仕达匆匆打断：“那对夫妻的笔录做完了吗？”

福满一愣：“哪对夫妻啊？”

李仕达：“就是今早遇到的，丢了女儿的那对夫妻。”

福满忙解释：“李巡史，您忘啦，我当时追那个嫌犯去了，回来以后就忙于查案，也就没太细问。”

李仕达气道：“你说说你，查案查不明白，理由倒是一大堆！”

福满忙赔笑：“李巡史您别生气，我明日就去他们家里做笔录。”

李仕达忙追问：“他们家里？地址你记录下来了？”

福满：“那自然是记了。”

李仕达：“在哪里？”

福满挠挠头：“哎呀瞧我这记性……不过我写下来了，就在抄案房里。”

李仕达听罢转身便往外走，福满稍稍松了口气，但寻思片刻后忙又追了出去。

曲巧七则一直若有所思地看着李仕达，脸上阴晴不定，待福满离开后更是紧皱眉头陷入了沉思之中。

福满跑出取供房，追上李仕达，讨好道：“李巡史您真的别生我气了，我一向兢兢业业，您的吩咐我从来都不敢怠慢，今天实在是事情太多。”

李仕达脚下不停，草草点了点头。

福满见状更是心里没底，紧追着道：“小的没有半句虚言，就像吴讼师的案子我也查出了一些眉目。”

福满说话的工夫，李仕达已走到抄案房门前，福满忙开门将李仕达请了进去，而后抢先几步从一个书案上拿起一张便笺呈给李仕达。

李仕达接过来看去，只见记录上只写着两个姓名和一处地址，但这对于他来说也已足够了。原来，当他听陆东升妻子说起那姑娘的双亲反对她的婚事时，猛然想起那对丢失了女儿的夫妇，这姑娘莫非就是那个秀儿？李仕达忙去姑娘房中追问，可那姑娘却连自已的名字也想不出来。李仕达这才急匆匆地赶来开封府衙，准备拿到秀儿父母的地址便去一问究竟。

李仕达将便笺收起，转身欲走时，福满赔着笑又呈给他一张纸。

李仕达：“这是什么？”

福满：“我仔细问过吴讼师家的左邻右舍，结果查出了这个人，叫徐非，是个江淮客商，这十多天来几乎天天在吴讼师家附近的一个茶饮摊闲坐。据茶饮摊的老板说，这个徐非很关注吴讼师家……还有您家。”

听到这里，李仕达忽地又联想到了吴娘子之前所说的话，思忖道：“或许这客商住在这附近的旅店，每日才来喝茶。”

福满：“我查了，这个徐非住在西角楼大街的秦家脚店，离吴讼师家远着呢。而且我查过外地客商的登记，徐非是半个月前和三个同伴一起来汴梁的，那几个人做完生意已于三天前离开汴梁了，但他却没走，这不是太可疑了吗？”

李仕达琢磨片刻，冲福满笑了笑：“干得不错，这是个重要的线索，要是案子能告破，重重有赏。你回去审案吧，我再琢磨琢磨。”

福满沾沾自喜地施礼告退。

福满走后，李仕达又将徐非的调查记录仔细看了一遍，眉头也越皱越紧，耳旁更是回响出王婉贞说过的一句话。

“这个我想好了，正巧我这几日遇见了一个江淮老家的远房亲戚，等他做完生意能顺路捎我回去。”

这句话回荡在李仕达耳边，渐渐变得轰隆作响，将他惊得冷汗乍起。这个徐非定是王婉贞所说之人，如果是两情相悦，他李仕达也就认了，但问题是徐非会不会是杀死吴讼师之人呢？这个徐非终日在他家附近，吴友翁很可能发现了他勾引王婉贞，这才被徐非杀害。婉贞跟着这人，岂不是大祸临头？李仕达越想越是恐惧，掉头便往外冲去。

二十六

秦家脚店的二楼丙三号房里，看着王婉贞的包裹和四十两银子，徐非郁闷到了极点。

自从二十岁开始经商，徐非就觉得自己一直在走背运。这十几年来做的生意，十之八九竟是赔钱的买卖，父辈积攒的家底到了他手里渐渐地耗光了。徐非自认为够勤奋、够精明，可一年一年叠加起来的除了债务就只剩下苦闷。起初他还认为自己是时运不济，但这两年他慢慢明白，自己不是做生意这块料。可是想明白了又如何？他现在已年过三十，重新学一门手艺也要三年五载，再等到赚钱养家，那就奔四十岁而去了。他知道这么做是正途，但他等不起了。

半个月前，他和几个朋友带着一些江南特产来到汴梁做生意，原本打算捞上一笔，没想到只赚了不到一百贯钱，这点钱刨去往来路费和借的高利贷就所剩无几了。正当徐非走投无路之时，意外地遇上了王婉贞。他和王婉贞自幼便是邻居，到了青春懵懂的年龄，两人更是投缘得很，说是青梅竹马也不为过。徐非还记得王婉贞十六岁时随家人搬走前，在小竹林里趴在他怀里嘤嘤抽噎的样子，一头乌油油的秀发散发着刨花油的香气就在他周围飘荡着，那香气便在他心里再也挥之不散了。

时隔多年又见到王婉贞，其实也就是久别重逢罢了，但得知王婉贞和丈夫的日子过得委屈，徐非的情愫再度萌动起来，如果夜夜都能嗅到那刨花油的香气，该是怎样的幸福？不过这念头闪过之后，徐非又不禁自惭形秽起来，王婉贞的丈夫是个巡史，再不济也是吃官饭的，总比他这个没落的商人强。但随即一个新念头蹦了出来，而且迅速把他整个大脑都占据了——堂堂一个巡史，千八百贯钱的积蓄总归是有的。听王婉贞说，这个巡史丈夫对她百依百顺，银钱都由妻子做主，那王婉贞如果跟自己，岂不是财色双收！

从那一刻起，徐非再也闻不到刨花油的香气了，萦绕在他周围的都是银子的气味。

但是现在，看着包袱里可怜的四十两银子，徐非闻到的都是嘲讽的气息，自己真不是做商人的材料，买卖货品看不准，看人也看走眼。

李仕达赶到秦家脚店的时候夜色已深，秦大实和秦家娘子正上着门板准备打烊，两人嘴角带着掩饰不住的笑意，看起来今天的生意着实不错。不过见一个官差策马而来，两人都不禁露出惊慌的神色。

秦家娘子定了定神，快步迎上前：“大人，您有何贵干？”

李仕达亮出官牌：“我是开封府巡史李忠良，有个常州客商叫徐非的，是住在你这吧？”

秦大实闻听松了口气，忙道：“大人啊，正好你来了，我要报官。那个徐非欠了十几天的店钱没结，偷偷逃掉了。”

秦大实话没说完，秦家娘子便狠狠瞪了他一眼，接过话题：“大人，他刚走不到半个时辰。”

李仕达忙问：“他是一个人还是两个人走的？”

秦家娘子：“那就不知道了啊，他欠账逃走，自然是背着我们的呀。”

李仕达皱了皱眉：“那今晚有没有一个三十多岁的妇人来找过他？”

秦家娘子迟疑未语。

李仕达气道："还不说实话？这事情关系重大，你要再吞吞吐吐，立刻拿你们夫妻去开封府问话！"

秦家娘子忙道："是，是有一个妇人来过。"

李仕达："然后呢？"

秦家娘子："那妇人只说要找徐非，之后的事情我就不知道了。"

李仕达怒道："你二人开的这叫什么店？客人何时走的不知道，带什么人走了也不清楚！"

秦大实夫妇一时无语。

李仕达见二人神色紧张，更是疑心，上前一把揪住秦大实："是不是徐非给了你什么好处，你夫妇二人为他包庇？"

秦大实忙道："李大人，小的怎敢做出这样的事情？我们夫妻小心翼翼开店，图的就是个平安，怎么可能做作奸犯科的事情？"

李仕达也没时间和秦大实细究，狠狠瞪了他一眼："如果本官找到那妇人便罢，否则必将拿你二人回府严审！"

说罢，李仕达上马向最近的一个城门方向而去。

看着李仕达策马离开，秦大实长出一口气，但回头去看见老婆皱眉思忖着什么。

秦大实："怎么了？"

秦家娘子："刚才李巡史提到的那个妇人，我想起来是谁了。"

秦大实："谁啊？"

秦家娘子："就是他娘子。"

秦大实一惊："你怎么知道的？"

秦家娘子："前天在脚店里，你和王朗、钱药三商量麻梁的事，有个妇人在外面挺可疑的，钱药三不是认出了那就是李巡史的娘子吗？我当时就记住了。”

秦大实：“李巡史的娘子大晚上的找徐非做什么？”

秦家娘子:“那还用问吗？你看李巡史的神色，肯定是媳妇跟人家私奔了。别管人家的事了，快把门板上了。”

秦大实点点头，二人忙去上门板，刚忙乎完毕正待转身回脚店时，一个男人的身影急切地跑来，秦大实一看顿时一惊，来人正是王朗。

秦家娘子快步迎上前：“王朗兄弟啊，这么晚过来——”

王朗急切地打断：“——嫂子，有急事，店里说吧。”

秦大实夫妇不安地对视一眼，忙带王朗进了脚店上了二楼的卧房，当从王朗口中得知麻梁死了的消息后，夫妻俩的不安变成了惊愕。

秦大实难以置信地看着王朗：“麻梁死了？”

王朗皱眉点了点头：“从尸体的腐烂程度来看，死了有两三天了，应该是逃走那天就被人杀了，然后抛尸到山崖下面。”

秦大实：“可是、可是麻梁的勒索信是怎么回事？”

秦家娘子脑子转得飞快：“那还用说吗，肯定是有人伪造的了。”

王朗叹了口气：“这人不但知道我们和麻梁的关系，还知道我们在汴梁的住处、底细，甚至连秀儿的事都知道。”

秦大实茫然地看着王朗，说不出话来。

王朗见秦大实似乎还没明白，只好说出扎自己心的话：“我刚才去过钱药三家，他人不在，那一百两银子也不见了。”

秦大实恍然大悟：“我明白了，我们知道麻梁的事以后，是他先把秀儿的事联系在一起的，这小子那时候就打歪主意了。”

王朗苦笑道：“今早在西郊驿道，他口口声声说发现了麻梁的同党，显然是无中生有，目的就是把我们俩支开，自己拿上银子跑路。”

秦家娘子哼了一声：“我早就说过钱药三不是个东西吧？没钱了就来咱

们脚店蹭吃蹭喝。”

秦大实：“唉，你就别说了。现在想想办法怎么找到钱药三吧，一百两银子呢。”

秦家娘子：“汴梁城这么大，上哪儿找去？再说，他骗了银子还能留在汴梁吗？早就跑没影了。”

王朗叹道：“银子事小，找不回来还可以再赚，可是秀儿呢？既然秀儿失踪和麻梁没有关系，又能去哪儿了呢？”

室内再度陷入一片沉寂。

李仕达赶到西城门，向守城官兵询问后不禁喜忧参半，喜的是据官兵描述，确有一个酷似徐非的男人半个时辰前出了城，忧的是那男人是独自出城，并没有女子随行。李仕达快马加鞭出城急追而去，快追至西山时，前方的路上现出一个背着行囊的男人的身影，李仕达见状连挥几鞭，驾马冲了过去。

待到那人面前，李仕达勒住缰绳，直盯着对方：“你是不是叫徐非？”

徐非看清来人是李仕达，紧张地点了点头。

李仕达下马走到徐非面前，逼视着道：“那你就该知道我是谁了。”

徐非赔着笑脸：“这位大人，我只是一介草民，怎会知道您的贵姓大名？”

李仕达冷笑一声：“我既然知道你的名字，你所做的事情自然就一清二楚，我现在只问你，你把王婉贞拐到什么地方了？”

徐非见李仕达这么说，自知也无法隐瞒，连连施礼道：“李大人，我、我没有拐她啊，更不知道她去了何处。李巡史，我若有谎言，天打雷劈。”

见徐非如此发誓，李仕达态度缓和了一些，但仍继续盘问道：“你跟王婉贞究竟是怎么回事？”

徐非察言观色，知道已骗取了一些信任，忙又赔笑解释起来：“李巡史，我跟尊夫人是同乡，自幼就认识。这次我来汴梁做生意，无意中与她相遇，她诉说日子过得太辛苦了，所以我才偶尔见她，从中开导。但仅此而已，别无他事。”

李仕达听完这番话，不禁陷入犹豫之中，也不知徐非和王婉贞两人所说的孰真孰假。

徐非见状，更是做出可怜兮兮的样子：“李巡史，我这还得赶夜路，您要是没别的吩咐，我就上路了。”

李仕达郁闷地摆了摆手，徐非忙不迭地施了个礼，转身离开，待走出十几米后，禁不住长出一口气。

但徐非刚松了一口气，身后便响起急促的奔跑声，徐非正欲转头，后脑已挨了一拳，紧接着又是几拳袭来，徐非被打倒在地，一边躲着拳头一边看去，原来袭击者竟是李仕达。

徐非：“李巡史，你打我做什么？”

李仕达边打边骂：“还说你没见过王婉贞？你背的包袱就是她的！”

徐非见已被李仕达识破，知道不吐露一些实情是躲不过去了，于是鼻涕一把泪一把地告诉李仕达：“尊夫人今晚确实来找过我，可她竟然想和我一起回老家，我知道她是有夫之妇，于是就严词拒绝，而后把她送到她的一个朋友住处后，我就决定赶紧离开汴梁，不再与她见面。至于这包袱和银两，是尊夫人看在我们同乡的分上赠给我的。”

李仕达这个假冒的巡史虽然没什么办案能力，但在开封府的这两年多少也练就了一些识人断物的本领，再加上这事情牵涉到王婉贞，自然不会轻信徐非所言。等他交代完毕，李仕达便将徐非双手用绳子捆住拴在马缰绳上，自己翻身上马牵着徐非往汴梁城而来。

这一路，徐非忍着身上被揍的伤痛，脑子转个不停，进了城后引着李仕达往热闹繁杂的坊间而行，等到路过一个高门大院时，徐非道：“李大人，这就是尊夫人去的那户人家。”

李仕达心里将信将疑，但徐非既然指认了，总是要确认一下才知真假。于是李仕达下了马，将马和徐非拴在下马石旁，快步走到府门前叫门。

徐非瞄着李仕达的背影，心里窃喜。他故意将李仕达引到这户大户人家，目的就是拖延时间。如果是普通民居的话，李仕达叫开门一问便知，但这所宅院显然有门房、门房再去通禀主人、主人再出来应答，必然会消耗很多时间，这足够他逃脱的了。徐非一边窥着李仕达，一边从靴子里抽出一把小匕首，急切地割着绳子，待门房将李仕达引入宅院时，徐非已割断了绳子，跳上马背策马而逃。

虽然甩开了李仕达，但徐非情急之下却忘了另一个重要的环节，他只顾着策马狂奔，却慌乱中跑到了西城门。远远地看见城门时，徐非才想到李仕达就是带着自己从西城门进城的，此刻再出去势必会被守城官兵拿下，无奈之下只好掉转马头向另一个城门而去。徐非边跑边懊恼不已，早知如此，前日和同伴一起离开汴梁就好了。

两日前另外几个同伴采购完货品，张罗着离开汴梁，徐非尽力劝说希望多留几日，因为那时他正焦灼等待着王婉贞投入他的怀抱。可那几个同伴偏偏不遂他的意，不但执意要走，而且还话里话外地把他揶揄了一番。徐非听着越发郁闷，十余年的狼狈生活、欠的一屁股外债、勾引王婉贞前景莫测，诸多的愁事一股脑涌上心头，最后都化成了恨意。于是他悄悄来到脚店后院，将同伴们的马车车辕卸下了一条横轴。那个晚上他睡得很香，还梦见了同伴驾车行驶到半路车辕断开的场面。但他哪里知道，假如他没有在车辕上动手脚，同伴们的马车就不会在西郊驿道上坏掉，也就不会在林子里宿营，自然也就不会在第二天清晨发现那具无头女尸，而那具女尸哪怕多耽搁半天被发现，徐非接下来的厄运也就不会发生。

但话又说回来，若是没有恶念贪念，厄运自然远之。可徐非策马而行经过秦家脚店时，偏偏就生了贪念。他记起离开脚店时路过老板老板娘的卧房，无意中偷听到二人正商议一个秘密之事。当时徐非一门心思尽快离开汴梁，只觉得店主夫妻此刻没在柜台，他正可以逃账，于是窃喜着一溜小跑地出了秦家脚店。但现在再想起这件事，徐非觉得这就是上天给他的一份厚礼。

徐非悄悄地来到秦家脚店前，趴在门旁倾听了片刻后，掏出匕首将窗户撬开，小心翼翼地钻了进去。徐非潜进店里，蹑足径直上楼，直奔秦大实夫妇的卧房而去。到了卧房门口，徐非屏气静听，只听得里面传出微微的鼾声，于是他再度掏出匕首小心翼翼地划动门闩。突然，房门从里面猛地打开，秦大实手持一根木棒冲了出来，徐非见状不妙掉头便往楼下跑，但心惊之下脚底打滑从楼梯上摔了下去。

秦大实拎着一根木棒匆匆下楼，秦家娘子提着盏油灯紧张地跟在后面，片刻之后便发现徐非一动不动地趴在门口，头正顶着门槛。

秦大实壮着胆子用木棒拨弄了几下，徐非却是一动不动，秦大实于是忙俯下身扳过徐非的身体，油灯光亮下，徐非的面孔呈现出来，虽是被打得鼻青脸肿，但仍能看出本来的面目。

秦家娘子：“这、这不是逃账的那个徐非吗？”

秦大实忙伸手探查徐非的鼻息，一探之下顿时惊骇得跌坐在地：“他、他死了！”

正这时，楼上已有几个客人探出头来向下张望，秦家娘子见状忙冲那几个客人道：“几位客官，你们、你们帮我做个证，这人是自己摔死的啊。”

几个客人惊恐地看着这一幕，又看看秦大实手里拎着的木棒，均是将信将疑。

一个客人紧张道：“老板老板娘，别愣着了，快报官吧。至于这人是怎么死的，让官府来断案吧，我们什么也没看到。”

说罢，几个客人转身回了各自的房间，只留下秦大实和秦家娘子傻愣在原地。

秦大实又仔细看了几眼徐非的尸体，小声道：“娘子，这徐非看起来刚被人打过啊，估计原本就受了重伤，恰巧这一摔就让伤势加重了。”

秦家娘子懊恼地：“跟我说有啥用，这些话跟官府的人说吧。”

说完这句，秦家娘子像是忽然想到了什么，猛地拽住秦大实，神神秘秘地道：“报官的时候一定提上李巡史来过这件事。”

秦大实一愣：“提他做什么？”

秦家娘子气道：“你傻啊？先是他老婆来找徐非，接着他又气汹汹地来找，然后徐非又被打过，十有八九就是李巡史干的。徐非虽说是自己摔死的，他家人恐怕也会赖上咱们店，如果是被李巡史打成重伤死的，跟咱们就没关系了。”

秦大实：“这个徐非明显是回来偷东西的，他家人怎么赖上咱们？”

秦家娘子：“你看他偷什么了？两手空空，人家说是回来付账的，你也没辙。”

秦大实为难道:“可是提李巡史好吗？人家可是官差,咱们举报官府的人，能有好果子吃吗？”

秦家娘子：“你忘了他说什么了？找不到那妇人，他一定会把邪火发到咱们身上，随便编织个罪名，我们这辈子就完了。”

这句话把秦大实吓傻了：“是啊，今天他在西郊查案的时候，我和王朗还放跑过逃犯，这要是被他查出来，更是天大的事。”

秦家娘子：“所以啊，这件事如果不把他咬住，咱们就大祸临头了，”

秦大实看着媳妇，重重地点了点头。

二十七

圆月清辉，衬得汴河更富意境。

汴河中央，苏青青的花船微微荡漾着，船舱里悠扬的曲声也袅袅地传向岸边。

钱药三站在岸边，眺望着苏青青的花船，痴痴地听着，旁边游客的议论之声也灌进耳朵里。

“苏青青之前的唱词都是你侬我侬之曲，今天这唱词怎会如此凄凉？”

“终究是风尘女子，我们看她光鲜亮丽，估计背后也是满腹心酸啊。”

钱药三闻言也不禁伤感，默默地长叹一声，将目光投向远处，但正这随意的一瞥之时，隐约看到对岸的岸边，一个女子正一步步向河中走去，竟似是要投河自尽。

钱药三见状一惊，急切地脱掉长衫，只穿着短衣襟跳入河中，但只在河水中扑通了几下便沉入水中，再也不见冒头。

周围的游客见状不禁扼腕叹息。

“这人不会水啊，那下去做什么？”

“完了，这么久也没冒头上来，八成是淹死了。”

“唉，也不看看自己几斤几两就敢跳河救人，这汴河深着呢，真是不自量力。”

众人正议论间，只见钱药三竟然从几十米外的河中冒出头来，深吸几口气后又是一个猛子扎进水里。显然，钱药三不但会游泳，而且水性高超得很。

在围观人群中，一个男子一直默不作声地看着河中的钱药三。这男子脸上全然没有其他人的惊讶神色，而是颇为自信。看着钱药三将那个投河的女子救起，并带着她游到了河对岸，这男子微微一笑，将钱药三之前脱下的长衫拾起来，耐心地等着。

一个浑身湿透的女子靠在一棵树旁，一边大口喘息着一边哽咽不止。

钱药三蹲坐在一旁，只是微微喘息调整着呼吸，看来体力充沛得很。不过他的目光却不时看向王婉贞，嘴唇翕动了几次却没张口。他认得这个女人，她正是巡史李忠良的老婆王婉贞。

王婉贞真切地体会到了后悔莫及这四个字的意思。两个时辰前，在秦家脚店的二楼丙三号房里，她还和徐非紧紧地相拥着，徐非的话语让她充满了幸福。

“婉贞，你都不知道我有多想你，每晚只要一闭上眼睛，我的脑海里全是你。”

王婉贞将头靠在徐非的肩膀上，一脸的喜悦：“他写了休书予我，咱们终于可以正大光明地在一起了。”

徐非一愣：“他不是一直不答应吗？”

王婉贞默默地叹了口气：“不说这个了，总之我是个自由身了。”

徐非不禁皱了皱眉：“婉贞，我现在还不稳定，你也知道，到处都是流民，生意不好做，你我的事，还得从长计议。”

王婉贞疑惑地看着徐非：“从长计议？为了你，我已经拿了休书离开家了，我没有地方可去了。”

徐非忙道："婉贞你别误会，我不是不管你，我是怕你跟着我吃苦啊。"

王婉贞："我不怕吃苦，只要能离开汴梁，过上安心的日子，怎么苦我也不怕。"

徐非叹了口气，走到桌边坐下，不再开口，似乎心事重重的样子。

王婉贞："你怎么了？"

徐非："我原本想在汴梁做几年生意，待手头宽裕了以后再带你回去，可如今……你把我的计划都打乱了。"

王婉贞郁闷地道："可前些日子你不是一直说，要我跟你回老家的嘛？"

徐非支吾道："此一时彼一时嘛，我当初是那么想的，可是如今生意难做，我总也不能两手空空地带你回去吧？"

王婉贞："我带了些银两，虽说不多，但也够咱们自己在老家做点小买卖安身立命了。"

徐非顿时现出喜色，但那喜悦的目光只在王婉贞脸上停了一瞬间，立刻就转到了王婉贞带来的包袱上。

徐非的反应王婉贞看在眼里，不禁现出些失望之色，但还是忍住郁闷，将包袱递过去。

徐非忙接过来，一边飞快地打开翻找着银子，一边哄着王婉贞："太好了，有了本钱就好办了，我明日就去街面上租个铺位，卖我们老家的那些特产。"

王婉贞一愣："你不是说要带我回老家吗？怎么还要在汴梁城做买卖？"

徐非忙遮掩："老家肯定是要回的，但我们要赚了银子，衣锦还乡才好嘛。"

王婉贞："可是，我不想在汴梁多待一天了。"

话还没说完，徐非已从包袱里翻出了几锭银子，但随即疑惑地看着王婉贞："怎么才四十两银子？"

王婉贞："这还少吗？"

徐非郁闷地道："怎么可能呢？李忠良可是开封府的巡史，你家的银两肯定不只这些，难不成你想跟我在一起，却还要把银子留给他？"

王婉贞已有些气恼，冷冷道："我骗你做什么？这两年家里的积蓄都耗在小宝的病上了，就连这四十两银子，还有三十两是他给我的。"

徐非："他肯定还有钱。"

说着，徐非翻到了那纸休书，将休书塞到王婉贞手里："你拿着休书回去管李忠良要钱，就算他真没钱，也要把房子卖了。"

王婉贞并没有接休书，冷冷地打断了徐非："你这是做什么？你之前口口声声说要给我幸福，劝我离开他，难不成就是为了银子？"

徐非被戳中心思，气急败坏地道："可一纸休书才换回来四十两银子，也太亏了吧。"

说着，徐非懊恼地将休书扔向一边。

看着休书飘荡着落在地上，王婉贞几欲落泪，她俯身捡起休书，哽咽着道："他从来没有因为钱的事冲我发过脾气。"

徐非不屑地瞥了眼王婉贞："后悔了？那你回去找他啊？看他还会不会要你了。"

这般伤人的话一出口，王婉贞顿时万念俱灰，泪水瞬间便充盈了眼眶。但她强强忍住，这两年她的泪水为小宝流过、为亡夫流过、为李仕达流过，但绝不能为眼前这个男人而流。王婉贞看也没看徐非，掉头离开了房间。

王婉贞噙着泪水走出秦家脚店，只见老板娘站在店门外，焦灼不安地翘首以盼，似乎在等什么人，根本没注意她。王婉贞不禁心里悲鸣，女子活在这世上怎会有如此多的愁苦？

收回记忆，王婉贞悲戚地看着对岸热闹的人群和灯火，哽咽道："你不该救我，像我这种只会害人害己的女人，不如死了算了。"

钱药三犹豫了一下，决定还是装作不认识为好，于是开口道："这位娘子，到底发生了什么事，非要寻死不成？”

王婉贞：“相公真心对我，而我却被小人花言巧语所骗，带上家中所有钱财与他私奔，最后被骗得人财两空，还伤害了最爱我的人，所以思来想去，只能求死才能赎罪了。”

钱药三默默地叹了口气：“人在世上，活的便是苦乐二字，好多事都是自己想不开，才把日子过得越来越苦。既然你对你相公心中有愧，何不敞开心扉求得他的原谅？”

王婉贞默默垂泪：“哪有那么容易……”

钱药三：“上下嘴唇一碰的事，有什么难的？就怕对方不会理解，那才真的是有苦难言。”

王婉贞哭道：“我就是担心这个，才不敢回去寻他，他之前写休书的时候恩断义绝，把家里仅有的三十两银子都甩给我，他是真的对我失望了。”

钱药三皱了皱眉：“这位娘子，我觉得你理解错了。”

王婉贞疑惑地看着钱药三。

钱药三：“若是你夫君对你毫无留恋，怎么会给你银两，还是家里仅存的钱？他该恨不得让你两手空空扫地出门才对。”

王婉贞闻听这话，不禁愣了，喃喃道：“是啊，你这么一说，他倒是真有些奇怪，之前他死活不同意写休书给我，可今天却突然答应了。”

钱药三：“他的态度转变得这么突兀，其中一定有隐情，或许是你丈夫遇到了天大的麻烦，这才赶你离家也未可知。”

王婉贞倒吸一口凉气：“我得回去看看！”

说罢，王婉贞匆忙起身，正欲向钱药三施礼，钱药三已笑着摆摆手：“快去吧，别为这些俗礼耽误时间。”

王婉贞感激地点点头，转身匆匆离去。

钱药三看着王婉贞的背影，释然地笑了。但渐渐地，笑意又变成了满脸愁容。他劝王婉贞劝得头头是道，可自己的苦闷又有谁能开解？钱药三一想到自己做的那件对不起王朗的事情，更是汗颜心痛。呆坐了一阵后，钱药三竟一时不知何去何从，思来想去也只有先游回对岸取了衣物再做打算。

当钱药三游到隋堤对岸时，意外地发现自己破衣烂衫竟被一个男子保管着，而且那男子还主动邀他去附近的一家酒馆吃酒。钱药三平日里走街串巷卖自制的膏药，形形色色的人见得多了，自然知道这男子所说的“我之前看得真切，隋堤之上上百人，只有兄台一人二话不说便跳入河中救人，着实令人佩服”是句客套话，以这个为理由请他吃酒未免刻意。但这男子神色间又透着真诚，不像是欺诈，而且钱药三浑身也已湿透，正想喝杯酒御寒，于是也便答应了。

酒过三巡菜过五味之后，钱药三觉得该问问这男子的真正意图了，于是给男子斟了杯酒，醉笑道：“多谢陈兄款待，我这三十余年都是穷困潦倒，做错之事、后悔之事一双手都数不过来，今夜总算做了件对的事情。不过，陈兄不会仅仅因为我下河救人就请我共饮吧？”

钱药三称呼对方为陈兄，是因为这男子刚才自报家门姓陈名康，但问及对方何处高就，这陈康又笑而不答，让钱药三心里越发生疑。

陈康感慨地叹了口气，解开了自己的外衣，胸前赫然纹着一个猛虎图案。

钱药三一看之下便呆了，眼中竟然泛出泪光，这个图案他太熟悉了。

陈康深情地注视着钱药三：“当年的健硕营，上至指挥使下至兵卒，都纹着这个图案，当你脱掉外衣下水时我便看见了。上苍垂怜，我又寻到了一个曾经在战场上浴血奋战过的兄弟。”

钱药三也是激动不已，起身敬酒：“我是健硕营五都的医官。”

陈康举杯道：“健硕营三都进武校尉陈康敬钱兄一杯！”

身份说开，两人瞬间便情同兄弟一般。陈康笑道：“钱兄虽是医官，但我看你在水中矫健得很，丝毫不亚于沙场上的将士啊。”

钱药三不禁失笑:“陈兄有所不知,我自幼生在黄河岸边,水性确实不赖,只需让我间或换三两口气,在水中潜上一炷香的时间都没问题。但要是到了岸上,我连三五里地都跑得上气不接下气。”

陈康大笑间,二人推杯换盏,渐渐地都有了几分醉意。钱药三的苦闷也慢慢被勾了出来:“几年间,大大小小十数仗下来,钱某虽救活了数十个弟兄,但更多看到的却是我大宋治兵混乱腐败,多少好男儿血洒疆场。我是彻底失望了,否则怎会到如今仍觉得生无可恋?”

陈康感慨道:“我又何尝不如此啊。对这个大宋,我早已失去信心,甚至于……是厌烦憎恶了。”

如此悖逆的话一出,钱药三虽是五分醉意也惊出一身冷汗,忙伸手示意陈康闭嘴:“莫谈国是、莫谈国事是,我们兄弟今朝相见就是有缘,还是把酒当欢,在汴河岸边欣赏苏青青美妙的乐曲,权当解脱吧。”

陈康听钱药三如此说,也就闭上了嘴,但不知为何,他的眼神中却现出一丝不屑之色。

当钱药三和陈康推杯换盏的时候,李仕达正满腹苦闷地往家而行。

被徐非甩掉,不单单丢了马匹,更重要的是失去了王婉贞的线索,李仕达顿时觉得浑身的气力都消失殆尽了。他一边寂寥地走着,一边看向街道两侧的民居,只见民居都亮着灯光,不禁触景生情更加难受。但随即,当李仕达向自家院落看去时,却呆住了,只见家里窗户竟然也透着光亮。

李仕达又惊又喜,忙快步向家奔去。正快到门前时,家门开了,王婉贞出现在了门口。两人呆立了片刻,不约而同地奔向对方,人还未到,话语已异口同声地响起:“你出什么事了?”

话一出口,两人眼中的泪水都不禁夺眶而出,紧紧拥抱在一起。

二十八

油灯的映照下，李仕达和王婉贞脸上的爱意更显得温暖柔情。

李仕达爱抚着王婉贞的手，微笑道："我是杀人凶手，你还笑得这般甜。"

王婉贞幽幽道："那道士死有余辜。再说，那个白无用不是没发现尸骸的线索吗？"

李仕达："可是，凡事就怕万一啊。"

王婉贞伸手掩住了李仕达的嘴："你哥在天上会保佑我们的。况且，你我只要能这样幸福地相守，每过一天我都觉得是上天赐给我的福分。真要到了事情无法挽回的那一步，我也毫无怨言，顺其自然就是了。"

李仕达微笑着握住王婉贞的手，两人深情凝视着。

正此时，一阵马蹄声传来，而后杂乱的脚步声纷至沓来，李仕达和王婉贞正疑惑时，急切的敲门声和一个男子的声音跟着响起。

"李巡史，我是张方，有个叫徐非的常州客商突然身亡，脚店的老板举报你和尊夫人都曾找过徐非，所以在下前来问问究竟。"

李仕达和王婉贞站在门口，闻听这话都呆住了。

王婉贞刚要开口便被李仕达止住，随后他冲门外沉稳地回道："张巡史稍等片刻，我换上衣服就请你们进来。"

说罢，李仕达忙拉着王婉贞走回屋内。

王婉贞：“你刚才说打了徐非一顿，会不会失手把他打死了？”

李仕达摇头道：“我下手有分寸，绝不可能致死。”

王婉贞：“可是，这怎么说得清楚啊？而且你带他回了城，守城的官兵也见到了。”

李仕达小声宽慰道：“你放心，这事我自有说辞。而且张巡史和我有些私交，刚才话里话外已经提示我了，是那个脚店老板举报，但他只是知道我去找过徐非，并不知道内情，算不上证据。”

王婉贞急道：“可是之前我也去过脚店。”

李仕达思忖道：“那老板两口子知道你和徐非的事情吗？”

王婉贞摇摇头：“应该不知道。”

李仕达松了口气：“那就好，无论怎样，你就一口咬定和徐非只是同乡，今晚是去送行。”

王婉贞深吸口气，点了点头。

李仕达挽起王婉贞的手走到门前，平稳地将门打开，将巡史张方和几个衙役请了进来。跟在张方等人身后的正是秦大实夫妇，两人气喘吁吁、大汗淋漓，看起来这一路奔波过来着实累得不行。

既然和王婉贞商量好了对策，李仕达便也不急，一边招呼王婉贞给众人奉茶，一边神色自然地向张方讲述事情经过。不过李仕达偶尔瞟了秦大实夫妇几眼，他清楚张方肯定会照顾自己，关键是这对脚店夫妻为何咬住自己不放？不过李仕达并未从这对夫妻眼中看出什么，因为这二人进来以后就似乎口渴得很，不时端起面前的茶杯大口喝水，甚至都没精力多看李仕达和王婉贞。

李仕达将事情经过叙说完毕，冲张巡史道：“事情经过就是如此，因为一起案件的调查涉及到徐非，于是我连夜寻他，在城外找到他以后便带回城中，怎料这厮竟然趁我不备逃之夭夭。至于说他受的伤，是我打的，但那是因为他拒捕，而且他的伤也并非致命，否则他还怎么有力气逃脱？”

秦家娘子听到这里，忍不住道：“但我看到的可不是这样子。”说着，她瞄了眼王婉贞，继续道：“是这位娘子先去脚店找徐非，然后过了半个多时辰，李巡史又匆匆忙忙来找这位娘子，再然后就气汹汹地去抓徐非的，不曾听李巡史说是因为什么案子啊？”

李仕达瞥了秦家娘子一眼：“我开封府办案还需要向你说明前因后果吗？”

秦家娘子一时语塞，忍不住捅了捅秦大实：“你倒是说话啊。”

秦大实正狂饮着茶水，被娘子一捅差点呛到，正欲开口之际又被李仕达截住了话茬。

李仕达：“既然提到案子，那我也索性说说，免得你夫妻二人以为我无中生有。”说罢，李仕达看向张方：“是这样，三日前有个姓吴的讼师被杀，想必张巡史知道这个案子吧？”

张方点了点头。

李仕达：“我手下的小吏福满查到了一个线索，这个徐非在案发前数日内经常在吴讼师家附近出现。更为古怪的是，徐非是半个月前和几个同伴一起来汴梁的，那几个人做完生意已于三天前离开汴梁了，但他却没走，恰恰就在那一日吴讼师被害身亡。”

张方：“这事还真是蹊跷，看来这徐非嫌疑甚大。”

李仕达：“而且徐非与我娘子还是同乡，今夜我娘子去送行，我得知吴讼师一案的线索后，担心娘子会出意外，所以才急切赶去。”转头看向秦大实夫妇，“你二人现在明白这件事的来龙去脉了吗？”

秦大实夫妇无语地点头。

张方见状，起身道：“既然事情已经查清，那我就先行告辞了，至于那徐非之死，待仵作详细查验后再做结论。”

众人纷纷起身向门口走去。

正此时，急促的敲门声再度响起，正走到门前的李仕达打开门看去，只见福满和曲巧七正站在门外。

李仕达疑惑地看着福满：“这么晚你怎么来了？”

他哪里知道，两个时辰前离开开封府后，事情竟发生了天翻地覆的变化。

送走了李仕达后，福满志得意满地回到取供房，只见曲巧七心事重重地皱眉思忖着什么，显然极力隐藏着什么秘密。福满察言观色，知道这个小娘子已经到了即将吐露的边缘，决定换个策略再给上一击，于是示意室内的两个衙役离开，而后拉了把椅子坐到曲巧七对面，将口气和缓了一些道：“我虽然官职不大，但办案子少说也百十来起了，察言观色的本事还是有的。你的表情已经说明一切了，你心里藏着事呢，而且就和你丈夫孙成龙有关。”

曲巧七一惊，虽还没有开口，但嘴唇已微微翕动。

福满心中暗喜，这个时候把老娘的名头抛出来，用情谊感动或许就能水到渠成，于是将声音更放柔和了一些：“你别以为我说用刑是吓唬你，就你这娇弱的身子，几板子下去就挨不住，什么都说了，我还省了气力审问。我没给你用刑，是看在你和我娘有些交情的份上，想让你少吃些苦头。”

曲巧七一愣：“你娘？”

福满微微一笑：“我娘姓常，是个牙婆。”

曲巧七顿时惊呆了。

看着曲巧七惊愕的样子，福满还以为她的惊讶是来自于突然获悉他是常牙婆的儿子，兀自继续道：“我之前虽说没见过你，但听我娘说起过，你不但心灵手巧，而且温娴善良。所以，虽说你夫君涉嫌此案，但我一直没对你用刑。”

福满正说着，曲巧七已急切地打断了他：“你娘呢？今天你见到她了吗？”

福满摇摇头：“我娘昨晚不知为何没有回家，怎么了？”

曲巧七闻听，嘴唇颤抖不止，两行热泪从眼中流出，哽咽道：“我夫君昨晚在宽府街瓦肆附近的一条巷子里看见一个女人被害了，可能是你娘。”

福满惊呆了，猛地抓住曲巧七的手：“可能是什么意思？你到底见没见到那女人？”

曲巧七：“我没看见，不过听我夫君说，那女人穿着一件青绿色的衣裙。我和你娘昨晚换过衣服，我那件就是青绿色的。”

福满愣了片刻，忽然间想到了什么，拽起曲巧七向外奔去。

停尸房的一张床上陈着那具身穿青色衣裙的无头女尸。

曲巧七被福满拉着跑进来，见那身衣裙正是自己的那套，顿时腿一软瘫坐在地上，眼泪不住地流淌下来。看到曲巧七这副样子，福满顿时明白了，他踉跄着奔到尸体前，跪倒在地号啕大哭起来，悲切的哭声瞬间便响彻整间屋子。

曲巧七瘫在地上正啜泣着，福满抹了把眼泪掉头走到她面前，红着眼睛吼道：“孙成龙去了哪里？”

曲巧七:“我真的不知道,而且我相公也不可能是凶手！他要是凶手的话，我怎么会把你娘的事告诉你？”

福满：“即便不是他，但他也可能看见了凶手！”

曲巧七闻听这话，像是想到了什么，忽地怔住了。

福满：“你是不是知道什么线索？”

曲巧七：“你娘是和我换了衣服后被害的，我在想……会不会那个歹人要害的是我？”

福满一怔,随即反应过来:“对,或许就是如此！那你想想,有什么仇人？谁会害你？”

曲巧七犹豫着。

福满急道："都什么时候了，你倒是快说啊！"

曲巧七啜着道："我思来想去，可能只有一个人。"

福满急得直跺脚："谁啊？那你说啊！"

曲巧七小心翼翼地道："你们那个李巡史，李忠良。"

福满惊呆了。

此刻，福满双目通红地盯着李仕达，一脸愤慨之色，正欲开口时见旁边站着张巡史，立刻转向他，颤抖着道："张大人，我刚才审案时发现了一个重要线索，讼师吴友翁被杀一案，可能与……李巡史有关！"

众人顿时都惊得无语。

张方忙问："什么线索？属实吗？"

福满指了指一旁的曲巧七："这位娘子事发当天就在吴讼师家，她看到李巡史在勘查现场时故意掩藏了证据。"

闻听这句，李仕达不禁微微颤了一下，一旁的王婉贞更是紧张地握住了李仕达的手。

两人的反常之举被秦家娘子看个真切，赶紧落井下石道："这位李巡史可真不简单，原来身上早就背着人命案子了。"

张方瞪了秦家娘子一眼："官府查案，有你说话的份吗？"

秦家娘子无奈地闭上了嘴。

张方转向曲巧七："你确定看清楚了？"

曲巧七点点头："大人若是不信，那就去吴讼师家，我指给你说当时的情形。"

张方无奈地看了眼李仕达："李巡史，既然吴讼师一案有了新证，还指向你，只有劳烦你和我们一起去吴讼师家了。"

李仕达强作镇定地点了点头。

秦家娘子见状便欲迈步，张方冷眼喝道：“这案子与你有什么关系？在这里等着就是。”说着，吩咐两个衙役：“看着他俩，别让他们出去胡说八道。”

说罢，张方带着众人向门外走去。

到了吴讼师家，曲巧七站在出事那屋的窗户旁，指着地面冲张方道：“当时吴讼师的尸体是趴在这里的，不过姿势有些古怪，左臂和左手蜷着，右臂却是伸直的，而且右手手指还指着窗户外面。”

张方：“继续说。”

曲巧七看了一眼李仕达：“当时李巡史见我进来，便让我扶吴家娘子出去缓缓。我扶吴家娘子出门的时候，恰好看到李巡史把吴讼师的右手改变了姿势。”

福满忙提示曲巧七：“变成了什么姿势？”

曲巧七：“右手手指原本是伸出去的，变成了握拳的样子。”

张方看向李仕达：“李巡史，当时是这个情况吗？”

李仕达摇头道：“现场勘查，我怎么会犯这样的错误？绝不会改动死者姿势的。”

福满急道：“别的案子自然不会，但这个案子和你有关，所以——”

李仕达气得打断了福满：“福满，我自问平日里待你不薄，你今天吃错了什么药，不但信口胡说，还竭力诬陷我？”

福满怨怒地看了眼李仕达，转向张方：“张大人，曲巧七的证词很说明问题了，吴讼师临死前手指着窗外，窗外就是李巡史家的院子，他一定是拼尽最后的气力指证凶手是谁，再或者是凶器就埋在了院子里。张大人，搜查院子一定能找到线索。”

张方皱了皱眉：“这事情关系重大，我不能仅凭证人一面之词就搜查巡史的家宅，明日上报府尹大人再做决断吧。”

福满闻听更急，一把拉住张方，哭道：“张大人，不能再等了啊。”

张方又气又急："好端端的怎么还哭上了？"

曲巧七忙道："大人你有所不知，今天在西郊发现的那具尸体，身份确认了，就是福满的娘亲。"

众人都愣了。

福满哭诉道："张大人，我娘的案子我仔细查过了，她是和曲巧七换了衣服以后才被人杀害，所以凶手很可能原本是要杀曲巧七的。"

曲巧七紧张地瞄了眼李仕达，小声道："我一个妇道人家根本没有仇人，我思来想去，只有吴讼师这件事……"

张方这回不言语了，审视地看向李仕达。

李仕达苦笑一下："去我家院子吧，挖地三尺也没关系，这样我们大家才都能讨个心安。"

李仕达并不紧张，因为哥哥的尸骸已经搬走，任他们挖地三尺也找不出丝毫问题。相反，自己不但能借这个机会洗刷清白，还能狠狠扇上福满这小子一耳光。于是泰然自若地带着众人来到自家院子，并主动地把铁锹和镐头递给衙役。

福满和两个衙役随即在院子里抡镐刨地，福满最为卖力，不但挥汗如雨地干着，而且不时督促两个衙役挖仔细一点，别放过院子里的任何角落。

李仕达和王婉贞牵着手坦然地站在门口，注视着福满等人。

张方走到李仕达身旁："忠良兄，事已至此我也只能依律调查，还望见谅。"

李仕达笑笑："张兄客气了，你这是分内之事，我怎会怪你？"

张方点点头，小声道："看这情形还要再挖一阵，忠良兄和嫂夫人若是累了，先请回房休息就是。"

说着，张方微微冲李仕达使了个眼色。

对于张巡史的潜台词，李仕达自然明了，但随即笑道："谢谢张兄照顾，不过我身为官府中人，岂能做出违法之事？张兄放心就是。你我二人在这院子里就当乘凉吧，稍后也看看这个福满如何收场。”

听李仕达这番自信的言语，张方暗暗松了口气。

正这时，一个衙役惊慌失措地从李仕达家中跑出来，奔到张巡史面前，上气不接下气地道：“张巡史，不好了。”

张方：“什么事这么慌慌张张的？”

衙役喘着粗气：“脚店的老板和老板娘……死了！”

张方等人闻听大惊，忙不迭地随着衙役跑向李仕达家，一进外堂，便见地上陈着秦大实和秦家娘子的尸体，两人面目痛苦，嘴角、鼻孔都有血液流出，显然是中毒身亡。

王婉贞见状吓得哆嗦不已，李仕达忙扶着王婉贞走入内堂。

衙役紧张地向张方禀告：“这两个人坐在这里一直喝水，我们虽然觉得奇怪，但也没太在意，就在刚才，他们先后瘫倒在地，说心口疼得很，但话还没说完就七窍流血死了。”

张方走到两具尸体前蹲下仔细检查，李仕达也从内堂快步走了出来。

张方：“看起来像是中毒身亡。”

李仕达一愣：“中毒？”看向两个衙役，问道：“这二人后来又吃了什么，或是接触了什么东西？”

衙役：“我们一直看着，他们两个除了喝水——”

说到此处，几个人都惊恐地看向桌子上的茶壶茶杯。

李仕达皱眉道：“水不可能有问题，方才大家喝的都是同样的茶水。”

衙役怔了片刻，忽道：“对了，我想起来，这两口子在来的路上就大汗淋漓，那样子虚弱得很，来了以后就不停地喝水，是不是在这之前就已经中毒了？”

张方吩咐衙役：“你速回开封府，把仵作带来，等验尸以后再做定夺。”

衙役领命匆匆离去。

张巡史和李仕达对视一眼，均是面现愁容。

正此时，福满惊喜的呼喊声从庭院里传来：“找到了！”

李仕达和张巡史都不禁愣住了，而后快步向外走去，但还没出屋，福满已激动地冲了进来，手中赫然捧着一个已看不清面目的女人的头颅！

张方面色一凛，立刻盯向李仕达。

李仕达愕然地看着福满手中的头颅，喃喃着：“怎么可能……我、我家院子里怎么会埋着头颅？”

福满逼视着李仕达，冷笑道：“李忠良，这回你还有什么话说？”说着，转向张方，“张大人，这头颅是从院子西北角挖出来的，虽说面目看不清楚，但从头发和肌肤分辨，死者应该是个年轻女子，死亡时间大概是三天左右。”

张方：“三天左右……”

福满忙提醒：“和吴讼师的死亡时间是吻合的，而且三日前在西郊不是还发生了一起无头女尸案吗？”

张方看向李仕达：“李巡史，你做何解释？”

李仕达完全懵了，啜啜着一时间竟说不出话来。

福满急切地分析道：“张大人，现在案情已经很清楚了。李忠良杀了这女子，将头颅埋于院内，把尸体抛在西郊，以为这样便查不出女子身份，但没料想他埋头颅的时候被吴讼师发现，于是李忠良又杀了吴讼师灭口。勘查现场的时候，他故意把吴讼师的手改换了姿势，但没想到这一幕被曲巧七看见了，于是他又要杀曲巧七灭口，没想到……我娘和曲巧七换了衣服，无辜地被李忠良杀害！”

福满话音未落，门口传来扑通一声，原来不知什么时候王婉贞已来到门口，听了福满这番致命的推论后惊恐难抑栽倒在地。

李仕达忙冲过去抱起王婉贞向内堂走去，福满见状忙紧跟过去，李仕达怒道：“做什么？你还不够资格进卧室监视我！”说着，转向张方：“张巡史，劳烦您移步内堂。”

张方点点头，随李仕达走向内堂。

李仕达将王婉贞抱至床上，王婉贞也幽幽醒转，紧抓着李仕达的手哽咽道：“这、这究竟是怎么回事？”

李仕达安抚着王婉贞：“你先躺着歇息，我和张巡史有几句话说。”

说罢，李仕达走到张巡史面前，低声道：“张巡史，现如今我说什么你也不会相信，但我只问你一句，你我办案多年，你见过哪一个凶手杀人之后把尸体或者凶器还藏在自己家中？”

张方苦笑道：“李巡史，这事情确有蹊跷，但既然头颅在你院子里被找出，我只有把你带回府衙收押，这事情通融不得。”

李仕达：“张兄你误会了，我怎会让你为难？我只是想说，包括这个头颅在内的几起案子都诡秘得很，我已经被栽赃进去，而你显然也陷进去了。”

张方不解地看向李仕达：“李巡史何出此言？”

李仕达：“我这祸事先是来自于脚店老板的举报，接着又是福满举证，而且你看他们的架势，显然是要置我于死地。试问他们这等庶民小吏怎会有这么大的胆子来告官？又怎么能有这么大的深仇大恨？这背后会不会是受人指使？”

张方皱眉思忖，一时未语。

李仕达见状接着道：“关键的是，脚店老板夫妇竟然还离奇身亡，这很明显就是杀人灭口以除后患的手段啊。这案子你如何去查？查出来恐怕就引火烧身，查不出来也是失职之罪。张兄你看起来是意外地接了我的案子，但难保不是有人刻意安排，甚至是故意陷害于你。”

当福满挖出头颅之后，李仕达便明白，确实如白无用所言，自己被陷害了。他虽然不清楚这个阴谋究竟是什么，但却知道能救自己的恐怕只有白无用了。眼下这状况，自己肯定会被抓，为今之计只有让王婉贞脱困去找白无用。但王婉贞和他名为夫妻，张方如何能放她走？只有一个办法，就是把危机也转嫁到张方身上，为了自身安危考虑，张方才有可能放王婉贞一马。于是，李仕达才故作悬疑地抛出了刚才那番话。

果然，张方听罢不禁倒吸一口凉气，忙问：“忠良兄，那你的意思是？”

李仕达：“我们开封府办案最强之人莫过于陆巡史了，而且他不畏权势刚正不阿，我们的冤屈只有他才能化解。我想让内人现在速速去找东升求救，张兄意下如何？”

张方看了眼躺在床上啜泣的王婉贞，犹豫不决。

见李仕达和张巡史从内堂走出，福满忙快步迎了过去。刚才张方被李仕达请进内堂，福满就开始不安起来，生怕这两人在背后鼓捣出什么名堂，此刻忙向张方进言：“张大人，脚店夫妻看起来是中毒身亡，会不会也是李忠良毒害的？”

张方刚被李仕达的那一席话说得心中忐忑，此刻再听到福满这般急迫地往李仕达身上泼脏水，心中更是起疑，他瞥了眼福满：“李巡史的名字是你这个小吏叫的？再怎么说现在还没有定案，懂不懂得尊卑有序？”

福满只好忍着气道：“是，是。那等回了府衙，我连夜审问。”

这话一出，张方对福满的猜忌更重，冷冷斥道：“福满，你是不是有些太心急了？想落井下石屈打成招吗？”

福满忙赔罪：“小的不敢，也不是那个意思，只是因为家母被害，想尽早缉拿真凶。”

张方哼了一声：“那你应该知道回避的原则吧？今夜的这两起案子不许插手，忙你的事去吧。”

福满郁闷地还想再解释，但张方连看也不再看他，只是不耐烦地冲着门甩了甩手，福满只好忍着一肚子的气退了出去。

曲巧七见状不对，悄悄溜了出去，走到福满身旁小声问：“他们查案怎么不带上你？”

福满懊恼地盯着李仕达的家门：“官官相护……我一个小吏自然是被踢出局了。”

曲巧七：“那案子十有八九就大事化小小事化了了。”

福满哼了一声：“没那么容易，我们自己查！”

曲巧七疑惑地看着福满。

福满：“你不是说有个叫王朗的也关心我娘的事吗？”

曲巧七点点头：“可是回家的路上，他看见你在我家搜查，就跑了。”

福满：“如果不是做贼心虚，他跑什么？”

曲巧七一惊：“你的意思是，王朗和李忠良是一伙的？”

福满：“不管什么关系，总之咱们只有从他那里入手了。”

说着，福满拉着曲巧七向停在院外的马车走去。

曲巧七：“那是官府的马车。”

福满：“管它呢！就算我这身官衣被扒了，也要找到李忠良杀害我娘的证据。”

说罢，福满拉着曲巧七上了马车，驾车离去。

二十九

韵哥驾着马车疾驰而来，在自家宅院门前停下，韵哥边往车下跳边冲庭院里狂喊：“公子，有歹人，快来救我啊！”

话音还未落，又一辆马车紧跟着呼啸而来，从这辆马车上跳下来的正是福满，福满边向韵哥冲去边喊：“你说谁是歹人？我可是开封府的官差！”

正这时，白无用和陆东升急匆匆从院子里走出来，而小喜和曲巧七也分别从两辆马车上下来，紧张不安地在旁看着。

见白无用和陆东升出来了，韵哥也不再害怕，冲白无用道：“公子，这年头的贼都开始假冒官差了呢。”

福满上前揪住韵哥的脖领子：“谁假冒了？我真是开封府的。看好了，我穿的可是开封府的官服。”

韵哥：“怪不得敢绑我家公子，原来连开封府的官服都敢偷。”

福满：“谁绑你家公子了？”

二人争吵间，陆东升快步走上前分开两人：“你们俩别吵了，这里面一定有误会。”说着，指着福满冲韵哥道：“他确实是开封府的官差。”

韵哥愣住了：“真是官差啊，那对不住了。陆大人，我和小喜今天不是出去查找绑我家公子的贼人吗？真被我们找到了，是个叫王朗的牙人，结果我们抓了他正准备回来，这位官差就一路追我们，我还以为他是王朗的同伙呢。”

福满闻听又惊又喜：“你说王朗在你车里？”

韵哥也愣了：“是啊，你也找王朗？”

正在这时，第一辆马车里突然传出求救的呼喊声，众人皆向马车看去，而曲巧七更是神色大变，因为这竟似是孙成龙的声音。曲巧七抢先几步冲到马车前，掀开帘子向里看去，只见车里被绑的男人正是丈夫孙成龙，曲巧七顿时喜极而泣：“成龙？真的是你，你怎么会在这里？”

孙成龙做梦也想不到会在这里看见娘子，悲喜交加地喊道：“娘子，我被人绑架了，我还以为再也见不到你了。”

福满跑到马车旁，疑惑地问曲巧七：“他不是王朗？”

曲巧七一边急迫地解着丈夫身上的绳子，一边含泪道：“他是我相公孙成龙。”

众人都不禁愣了。

正这时，又一辆马车飞奔而来，众人疑惑地看去，只见一女子匆匆下了车，急切地冲众人道：“请问这是白无用白公子家吗？”

白无用忙上前几步：“我就是白无用。”

一旁的陆东升认出了王婉贞，快步过来：“这不是李夫人吗？你怎么来了？”说着，转头向白无用介绍道：“这位是李忠良巡史的夫人。”

王婉贞看着白无用和陆东升，哽咽道：“我相公遭难了，他让我来这里找陆巡史和白先生，说现在只有您二位能救他了。”

正说着，王婉贞忽然瞥见福满竟然也在这些人中，身子不禁晃了两晃几乎跌倒。陆东升忙扶住王婉贞：“嫂子，怎么了？”

王婉贞怨怒地看着福满：“就是他带人去抓忠良的。”

这几番接踵而来的变故把在场的人都弄蒙了，陆东升疑惑不解地看了福满一眼，又看看周围各色人等，不禁摇头叹息：“今夜的古怪事怎么都聚在一起了？”

白无用一直未语，此刻忽地看着夜空，幽幽道：“黎明之前总是最黑暗的那一刻。”

众人不知白无用为何突然冒出这一句话，陆东升率先反应过来：“无用兄，你是不是有发现什么玄机了？”

白无用微微一笑，冲众人道：“诸位，这事情说来话长，到我寒舍一叙吧。”

众人随白无用进了白宅，韵哥啥时候见家里来过这么多客人，虽有小喜在旁帮忙，也忙得一塌糊涂，光是茶水便倒洒了两杯。不过众人此刻心思全在白无用身上，谁也没在意这等小事。

待众人坐下后，白无用慢条斯理地给众人一一续上茶水，缓缓道：“诸位稍安毋躁，虽然各自都遇到了意想不到的麻烦，甚至是生死存亡的事情，但静下心想一想，转机、甚至是解开这个迷局的线索实际上已经出现了。”

陆东升思忖道：“你说的可是在李巡史院子里挖出的那颗人头？”

白无用点了点头。

福满和王婉贞两人的脸色顿时一变，不过福满的眼中充满了激动，而王婉贞的眼中则透着恐慌和无助。

白无用看在眼中，冲王婉贞微微一笑道：“李夫人不必紧张，陆巡史说的是那颗人头，并不是说李巡史有罪。”

王婉贞这才松了口气，而一旁的福满则忍不住道：“白先生、陆大人，那人头是在李巡史院子里查出的。”

白无用看向福满，叹了口气道：“换作你是凶手，会把人头埋在自家院子里吗？”

福满强辩道：“或许是李巡史反其道而行之，谁也想不到人头会埋在自家院子啊。”

白无用：“是有这个可能，但前提是谁也想不到。而吴讼师死前将手指向李巡史的院子，李巡史那时就该清楚这个秘密藏不住了，三天的时间他足可以将人头转移至别处，不是吗？”

福满一时无语，但琢磨片刻仍是坚持着：“但照曲巧七所说，吴讼师的手确实指向李巡史家院子——”

陆东升忍不住打断：“福满啊，你一向聪明机灵，怎么今日急火攻心变得傻了？那个吴讼师一定是看到了埋头颅之人，这才遭人灭口。他指向李巡史家院子，目的不是指证李巡史，而是要提示人头埋在那里。”

福满这次彻底无话了。

白无用：“凶手很是聪明，他知道李忠良查这个案子，便把人头埋在他家院子里，目的就是让这个案子成为死案，即便人头被翻出，也能栽赃给李巡史。如果这个人头就是那具无头女尸的，那我们就有可能查出被害女子的身份，剩下的问题便迎刃而解了。”

福满：“那个人头是我挖出来的，我仔细看过，面目已经无法辨认了。”

陆东升：“别忘了我们还有白公子这位能人。”

福满反应过来：“您的意思是，把头颅弄回来？”

白无用冲陆东升道：“事不宜迟，明日再行动恐怕就晚了。”

陆东升点点头，正起身之际，福满插言：“也带上我吧，这事关乎我娘的冤情。”偷偷瞄了眼王婉贞，小声道：“我冤枉了李巡史，也给我个机会将功折罪。”

陆东升拍了拍福满的肩膀，算是同意了，而后转向王婉贞：“嫂子，今日天色已晚，你就在白公子处安歇，明日我让我娘子过来陪你。”

王婉贞感动得含泪点头。

曲巧七插言道：“我一个小女子别的忙也帮不上，这两日我就陪着李夫人吧。”

陆东升：“那再好不过了，陆某代李巡史谢谢娘子。”

曲巧七：“陆巡史客气了，我们夫妻二人的公道也还要仰仗您来主持呢。再说，前日您还救了我，我帮这个小忙是应该的。”

陆东升不禁多看了曲巧七两眼，恍然大悟：“怪不得一直觉得你面熟，原来是被逃犯胁迫的那位娘子啊，你怎么会被牵连到这个案子里呢？”

曲巧七叹了口气：“那日被歹徒劫持，慌乱中丢了银子，于是我才去找常牙婆帮忙，然后跟她换了衣服，她却因此被害。”

说到此处，曲巧七禁不住哽咽起来：“是我害了常牙婆。”

众人正暗暗叹息之时，福满竟扑通一声栽倒在地，号啕大哭起来。

众人不禁都愣了。

福满泪流满面地看着曲巧七：“那天……是我捡了你丢失的那袋银子。我要不是贪心觅下，你就不会去找我娘了……”

福满的痛哭声中，众人都不禁扼腕叹息。纵使白无用和陆东升见多识广、见惯了人间苦乐之事，此时也不禁眼中含泪。

夜色深沉，街上空无一人，不过开封府门前却喧杂得很，两辆马车正徐徐驶入。第一辆车里坐在张方和李仕达，后面的马车里则拉着秦大实夫妇的尸体。

马车驶入之后，开封府大门缓缓关上，街道上重又陷入寂静黑暗之中。但不大会儿工夫后，陆东升、福满和韵哥的身影从一条小巷里闪出来，三人观察周围无人后快步来到府衙门前，韵哥熟练地有节奏地轻轻叩门。片刻之后门开了一条缝，门房汤伯探出半个身子，汤伯默契地和韵哥对视一眼后，闪身让三人进去，大门再度关闭。

陆东升三人进了府衙后，躲在窗前窥视着外面院子中的情形，只见之前回府衙的众衙役已纷纷散去，只有门房老汤慢条斯理地挥着扫帚打扫着院子。

陆东升冲韵哥和福满低声道：“头颅交给你们两个了。”

福满点点头：“那您呢？”

陆东升：“我有更要紧的事。”

福满和韵哥领命，沿着院子的围廊向一侧尽头潜去。陆东升则施展轻功跃上屋脊，沿着房顶蹑足而去。门房老汤似乎全没瞧见，依旧百无聊赖地扫着院子。

两个衙役在停尸房门前把守着。福满打着哈欠走过来，但当看到两个衙役后，立刻紧张兮兮地绕路而走。

两个衙役见福满这古怪样子，不禁纳闷。

“福满，你咋了？见了鬼似的。”

福满停下脚步，但仍紧张地瞥了好几眼停尸房，才小声地开口：“那里面不是刚拉来两具尸首嘛。”

“尸首怎么了？咱们开封府时不时接到人命案子，尸首还是啥稀罕物吗？”

福满撇撇嘴：“你是不知道里面这两位是怎么死的。”

“听回来的兄弟说，是中毒死的啊。”

福满：“他们只知其一，我跟你们说，他俩死得太邪门了。我在李巡史院子里刚挖出一个头颅，这两人就突然死掉了。”

“那么巧啊？”

福满瞪了说话的衙役一眼：“巧？你傻啊，那叫邪门！我跟你俩说，这都是前几天连着的那两起无头女尸闹的。你们想啊，人被害了还身首两处，这里面冤情大了，于是这鬼魂就四处游荡，沾上的人非灾即病。”

两个衙役越听越是紧张。

福满继续添油加醋：“我和李巡史发现第一具尸体的时候，你们听说了吧？周围突然传来阴森森的哀号声，然后我带着尸首回来，马突然惊了，差点没把我摔死。再然后，李巡史又莫名其妙地卷进案子里。反正，跟这女尸沾边的人都遭灾了。”

两个衙役听到此处，脸都白了。正此时，周围忽然隐隐约约地传来诡异的类似呓语的呻吟声。

福满吓得哆嗦道：“完了，和那天的动静一模一样，那鬼又来了。”说着，福满冲两个衙役摆摆手：“我先躲了，你俩好自为之吧。实在不行，明天买点纸钱去路口烧烧驱驱邪气。”

说罢，福满紧张地快步离去。

诡异的呓语声中，两个衙役紧张地对视几眼，小声商量起来。

“是不是快到换岗的时辰了？”

“对、对，赶紧让王三他俩替换咱们。”

说着，两个衙役匆匆离开。

待两人的身影消失在夜色中后，福满从一个偏僻的角落闪身出来。福满冲角落的方向伸出大拇指晃了晃，转身潜入了停尸房。

陆东升在屋顶上蹑足潜行，然后在一处地点停下。他小心翼翼地掀开屋顶上的几片瓦片，向下面窥视。只见李仕达被关押在下面的一间牢房里，虽然没有穿囚衣戴镣铐，但被囚禁在这里下场可想而知。李仕达呆呆地看着小铁窗外面的黑暗夜空，无助地叹息不止。

陆东升默默地叹了口气，将瓦片重新盖上，起身沿着屋顶向内院的方向潜行。陆东升的目的不是为了救李仕达，他的目标是开封府尹曹全。他一边小心潜行，一边回想着之前白无用的推测，对这个朋友越发佩服。

“从李巡史的庭院里挖出头颅是一个意外情况，必定打乱了凶手或者幕后之人的计划，因而很可能会有所动静。现在几个案子都纠结在了开封府，府尹处是最可能查出线索的地方。”

“你认为曹全也参与其中了？”

“从花船案到无头女尸案，从把你支开到嫁祸李忠良，你认为哪一步计划离得了开封府府尹？”

陆东升对开封府各处房舍的构造了如指掌，不久后便潜到了府尹内堂的棚顶，他蹲下身子轻轻掀起几块瓦片，小心翼翼地向里面窥探了几眼，顿时一震，随后趴下身子凝神窥视。

内堂里，开封府府尹曹全正和曾煜小声密商着。

曾煜：“那女尸的头颅怎么会被挖出来？”

曹全苦笑道：“有人证看见李忠良在调查吴友翁一案时更改了吴友翁的姿势，继而怀疑他的庭院里埋着杀人的证据，没想到这一来竟把这头颅挖了出来。”

曾煜叹了口气：“罢了，原本我们把头颅埋在李忠良家院子里，目的也是万一事露，就把凶手的帽子扣在他头上。”

曹全点点头：“只是你手下的人办事太不小心了，怎么还牵涉到了那个吴讼师？”

曾煜无奈道：“他埋头颅的时候被那个讼师无意间看见了，只有将那人除掉。只是没想到那个讼师死前还有一丝气力把手指向了李忠良家院子。”

曹全皱眉道：“虽说杀了那个讼师实属不得已，但也把事情搞复杂了。再到现在我们为了混淆视听，又杀了一个女人，我有种不祥的预感，这个雪球越滚越大，难免在哪一个环节露出破绽。”

曾煜安抚道：“曹大人不用担心，只要那女尸的身份不暴露，我们的计划就不会被人察觉，既然头颅被发现了，那就必须将凶手的帽子扣在李忠良头上，否则会引起更大的猜疑和风波。”

曹全：“明日开堂我便把李忠良判定为无头女尸案的杀人凶手，头颅在他家中找到，这是铁证，他无论怎么反驳也无济于事，神仙都救不了他。”

曾煜微微皱了皱眉：“只是定罪还不稳妥。”

曹全怔了一下，随即反应过来：“像李忠良这种残害百姓之徒，必当尽快绳之以法。”

曾煜这才点了点头。

陆东升在房上听得冷汗迭出，他着实没想到曾煜竟然牵涉进这桩阴谋之中，而且从他和曹全的对话来判断，曾煜更像是这个阴谋的主导者。陆东升不清楚这阴谋究竟是什么，但显然比他所能想到的要大上许多。陆东升祈求着内堂里二人再多说些，可是曹全和曾煜的密商就此结束，见曾煜告辞而出，陆东升也忙蹑足离开。

福满和韵哥躲在小巷口，一边向远处的开封府衙张望，一边小声地打着嘴仗。

韵哥拎着一个包袱，嘴里碎碎念着：“凭啥让我拿着人头啊？”

“我负责偷，你负责拿，这有啥不合理的？”

“要不是我的口技，那两个差哥能被吓走吗？他们不走，你怎么进去偷？”

“你那口技最多就是锦上添花，我有一百个法子把他们忽悠走呢。”

“好、好，那以后你别指望我再帮你。”

两人正斗着嘴，只见陆东升已从开封府衙门潜出，快步向小巷而来，韵哥和福满忙迎上去。

陆东升看了眼韵哥拎的包袱：“偷出来了？”

福满和韵哥抢着点头。

陆东升：“那你二人赶快回去。”

福满：“那您呢？”

陆东升：“我还有事情要做。”说着，他叫过韵哥，小声道：“回去告诉你家公子，这事情曾煜也牵连进去了，让他小心提防。”

韵哥脸色一变，连连点头。

吩咐完毕，陆东升快步向小巷另一头而去。

福满凑到韵哥身边：“陆巡史跟你说了什么啊，这么神秘？”

韵哥得意地把包袱递向福满：“你拎着，我就告诉你。”

福满瞅了眼包袱，撇了撇嘴：“算了，我估计那事比这头颅还吓人。”

福满这话说对了，当韵哥将陆东升的交代转述给白无用后，就看到白无用的面颊下意识地抽搐了好几下，而且自那一刻起，白无用的眉头就再没舒展开。其实在花船案刚发生时，白无用就已怀疑曾煜牵涉其中了，只是没想到这之后的几起诡异事件也都和他有关。他知道陆东升肯定是去曾相府邸监视了，按理来说他该派个人前去接应配合，可眼下只有孙成龙、福满和韵哥三个男人，孙成龙是一介书生，干不了这种差事。韵哥倒是精明能干，但那也仅限于日常的差事。福满跟踪监视的本事是有的，但这个阴谋巨大，难保福满的心态会不会有什么变化。思来想去，白无用只好断了这个念想，心里祈祷陆东升独自能应付下来。

韵哥从来也没见到他的智多星一般的白公子如此犯愁过，心里也不禁担惊受怕起来，于是整晚就陪在他的白公子身边，只等着白无用何事召唤便随叫随到。但白无用这个晚上却一句话都没有说，只是专心致志地研究那颗已毁坏得面目全非的人头。

宣和二年七月十六。第四日。

黎明时分，韵哥端着茶点走进书房，见白无用仍面对着那个头颅苦思冥想着，书案上散着数十张女子的画像，但都面貌含糊不清，只是绘个轮廓而已。倒是白无用的脸色越发憔悴，在曙光的映衬下更显得惨白。

韵哥忙上前：“公子，你都熬了一宿了，歇歇吧。”

白无用恍若未闻，仍是痴痴地看着头颅，直到韵哥将茶点放到书案上才反应过来，默默地叹了口气道：“只能寄希望于他那边找到线索了。”

白无用说的是陆东升，此时他正坐在一个茶饮摊旁，一边吃着早点一边暗中瞄着远处的相府。

昨夜和韵哥、福满分开后，陆东升便直奔曾相府而来，而后寻了个僻静处隐藏起来，整夜地监视着曾相府邸，孰料这一夜却是异常安静，不但曾煜、就连相府的家丁也没有出过门。到了清晨时分，陆东升忙找了家茶饮摊吃上几口，他猜想昨晚无事，今天白天肯定会有动静。果不其然，陆东升刚吃下两个包子，就见一辆马车从相府里驶出，而后曾煜和一个黑衣男子从府里快步而出，上了马车后离开。陆东升见状，忙丢下十几文钱置于饭桌上，起身紧跟而去。

陆东升一路跟随马车来到了隋堤的一个偏僻处，只见那个黑衣男子背着一个厚重的包裹下了车，沿着隋堤向东而行，马车则载着曾煜驶离。陆东升思忖片刻，决定放弃曾煜那一路，紧跟这个黑衣男子。一来，是这个黑衣男子显然身怀功夫，这让陆东升不由得想到会不会他就是之前两起命案的凶手；二来，隋堤东边是一个船坞，汴梁八美的游船平日都停靠在那里，陆东升顿时联想到了三日前的花船案。

半个多时辰以后，陆东升尾随黑衣男子来到了船坞，只见船坞里停泊着几艘精美的花船，不过除了几个刚起来的船工在洗漱或是生火做饭，船坞里并无其他人等。陆东升躲在船坞外面的密林里远远地瞄着黑衣男子的身影，只见那人小心谨慎地四下观察一番后，潜向了一条花船，陆东升蹑足跟踪而去。

三十

宣和二年七月十六日，午时。

一个男子背着陆东升踉跄着奔向白无用宅。男子撞开院门，又跑了两步后便再也坚持不住，一头栽倒在地，但仍拼尽气力冲里面喊着："快救人！"

福满和韵哥率先奔出来，见状大惊，忙抬起陆东升向屋子里奔去。随后孙成龙和曲巧七也跑了出来，忙上前搀扶起男子，但瞬间两人就愣了，这男子竟是王朗。

福满和韵哥抬着陆东升冲进书房，白无用忙上前查看。只见陆东升呼吸微弱、双目紧闭，已然陷入昏迷之中，背后赫然嵌着一枚梭镖，所幸因为梭镖没有拔出，鲜血虽往外流着但也不是太多。

韵哥急道："公子，你快救救陆巡史啊。"

白无用也禁不住发急："你以为你家公子什么都会呢？"

福满："那赶紧送医馆吧。"

白无用皱眉道："谋害东升之人肯定也会想到医馆，送去便是自投死路。"

韵哥："那、那怎么办啊？"

正此时，书房外忽然传来曲巧七的劝解声："成龙，别打了，问清楚了再说。"

紧接着，只见文弱书生孙成龙竟然如猛汉一般将精疲力竭的王朗拖了进来，王婉贞和曲巧七急切地跟在后面。

白无用见状忙问：“什么情况？”

孙成龙气恼地指着王朗：“就是他绑架了我！”

曲巧七在旁忙解释道：“他就是王朗，把陆巡史背回来的，可是……他怎么还绑架了我相公了呢？”

王朗显然气力已经消耗殆尽，喘息了好几口才勉强道：“这说来话长了……”

白无用抢上两步拉开孙成龙：“他人既然在这儿就跑不了，一会儿再问他绑架你的事。现在抢救陆巡史是最紧要的。各位，你们知不知道汴梁城哪个医馆最为可靠？”

众人焦急地思忖着。

孙成龙忽然眼睛一亮：“神医庞安石就在西郊庄园隐居，我知道他宅院。”

福满：“西郊……那太远了。”

白无用转身走到陆东升身旁切脉，片刻后道：“脉象还算稳定，应该能撑到西郊。”

韵哥：“公子，真要去西郊啊？”

白无用点点头：“庞安石的医术名满天下，去他那里陆巡史才最有可能得救。而且西郊偏远，凶手十有八九不会在那里搜查。别犹豫了，我们赶快动身。”

众人七手八脚抬起陆东升便往外走，而孙成龙却站着没动，直勾勾地看着书案上的女尸人头，思忖片刻后竟走上前拿起了人头。

白无用疑惑道：“孙先生，你这是要做什么？”

孙成龙：“那庞神医还有一个绝活，会恢复人像。”

白无用的眼睛顿时亮了。

两辆马车一前一后沿着驿道疾驰。

白无用、王朗、孙成龙和曲巧七坐在后一辆马车里，在路上王朗已将事情的原委讲述了一遍，但孙成龙和曲巧七的目光里仍是将信将疑之色。

王朗冲孙成龙苦笑道："孙先生，都是因为麻梁引发的麻烦，我才误会您是他的同伙，这才有了绑架您之事。王某在此向两位赔礼了。"

白无用："孙先生，王朗也是急火攻心，再加上当时被人误导、你又被衙役抓捕，换作我也会把你当作嫌犯。"

曲巧七也劝着丈夫："既然是误会，咱们也别再计较这件事了，现在最要紧的是救陆巡史。"

见妻子也在旁劝说，孙成龙这才冲王朗点了点头："算了，你也是被那个叫钱药三的坑了，你我同病相怜，不提了。"

白无用松了口气，忙问王朗："快把陆巡史的事情经过说一说。"

王朗："你和陆巡史在悬崖下面找到麻梁尸体的时候，我就躲在树丛里，等你们走了我就越来越不安，于是就去开封府衙门附近守着，寻思一旦有风吹草动就能第一时间得到消息。然后到了子夜时分，我就见陆巡史出来了，看样子他像是发现了什么，我就一路跟着他。"

白无用："他去了什么地方？"

王朗："相府。"

白无用并未诧异，微微点头继续问道："后来呢？"

王朗："陆巡史在相府附近守了一夜，到了早上跟着一辆马车又去了船坞，我也不敢跟得太近，等我潜到附近时，正看见陆巡史和两个男人厮杀在一起，我看他们三人的武功比我高出太多，自然不敢上前，就只是在灌木丛里偷窥。而后陆巡史不敌那两人，而且还被梭镖击中落水，于是我就潜进河里将陆巡史救起。等我把他救上岸时，他只说了你的住处便昏了过去。"

白无用沉思着道："船坞那里你还发现了什么？"

王朗摇摇头："我一直离得挺远，路上还有一段怕被发现，更不敢进船坞探查了。”

白无用叹了口气：“只能等他醒了才能知道真相了。”

当众人往庞安石宅急急赶路时，庞安石正在家中诊室内给一个男子疗伤。

这男子趴在诊床上呻吟不止，只见他一侧的腿上布满了擦破伤。庞安石坐在床边，细心地将药粉涂布在伤口上。

仆人急切地跑进来，禀告道：“老爷，昨天那位孙先生来了，还带来一个重伤的男子，说是开封府的一个巡史办案受了伤，求您救治。”

庞安石：“那还不把伤者抬进来？”

仆人小声道：“老爷，这位孙先生倒也不见外，只见了您一次，今天就带着人上门求诊。”

庞安石淡淡一笑：“医者仁心，想那么多的世俗事情做什么？”

仆人面色一赧，忙道：“老爷教训的是。”

说罢，仆人匆匆而出。

庞安石继续给诊床上的男子上药，口中叮嘱道：“趴着别动，等药粉干一些我再给你包扎起来。”

趴在诊床上的男子感激地转过头，吃力地道：“谢谢您了，要不是遇到您，我恐怕就难逃这一劫了。”

这男子不是别人，竟是钱药三。

片刻后，随着杂乱的脚步声，白无用、孙成龙、王朗等人抬着陆东升跑了进来。庞安石忙指挥众人将陆东升抬到另一张诊床上，取出银针先后刺入陆东升的几个穴位。随后凝神给陆东升诊脉。众人都紧张不安地注视着，而趴在另一张诊床上的钱药三则偷偷瞄着王朗，大气也不敢出。

过了会儿后，庞安石微微松了口气。

白无用忙问：“庞先生，怎么样？”

庞安石：“暂且还算平稳，但要取出暗器后才能确定是否伤了心脉。”

说罢，庞安石从药箱里拿出其他诊疗器具和药品，一边给陆东升清洗伤口准备施救一边吩咐道：“诸位先去外堂等候，别打扰我施救。”

白无用点点头，招呼大家退出诊室。

另一张诊床上的钱药三一直趴着，见众人向门外走去，这才微微松了口气。庞安石自然没发现钱药三的异常，全神贯注地继续救治着陆东升。

白无用等人在前堂焦灼不安地等了将近半个时辰，庞安石终于走了出来，只见他面色看似平稳，却隐约中带着不安。

众人忙起身迎向庞安石，白无用走到他面前紧张地问：“庞先生，陆巡史伤情如何？”

庞安石：“伤势虽重，好在没有伤及心脉，算是逃过一劫了。”

众人闻听均长出一口气。

白无用忙又问道：“那他醒了吗？”

庞安石脸上闪过一丝迟疑之色，但稍纵即逝：“一直昏迷着，不过这是失血过多所致，估计一两日后便可苏醒。既然这位陆巡史伤势已经得到救治，我就不留各位了，还请将其带走吧。”

白无用等人刚刚松了口气，闻听庞安石后面的这句话，都不禁一愣。

王朗：“庞先生，虽说陆巡史暂时性命无碍，但毕竟还昏迷不醒，还望您继续施救。我等不懂医术，将他带回去恐怕反而加重他的伤势。”

孙成龙也忙上前：“庞先生，其实我们还有件更重要的事情想求助于您，陆巡史正在办一起要案，我们发现了一个女人头颅，应该与案情有关，但那人头毁坏严重已看不出面目。我想到您擅长头像复原——”

孙成龙还没说完，便被庞安石冷冷地打断：“抱歉，我爱莫能助。既然是要案，你们还是带着头颅去开封府吧。老夫只是医治病患，不想和官府之事牵上干系。”

孙成龙被庞安石这冰冷的言辞弄愣了，正欲继续劝解，已被白无用拉住。

白无用冲庞安石赔笑道：“庞先生，是我们唐突了。不过陆巡史毕竟还在昏迷之中，等他苏醒后我们立刻带他离开，绝不会给您添什么麻烦，您看这样可好？”

庞安石勉强点了点头，指着诊室的方向：“跟我来吧，我再开个方子给你们。”

众人跟着庞安石来到诊室，白无用更是疾步来到床榻前，只见陆东升虽然昏迷着，但伤口已包扎完好，并无血液流出，脸色也照之前有了一分血色。

庞安石在一排药匣子前分拣着药材，而后招呼曲巧七和王婉贞：“两位娘子，有劳你们把这几味药材捣碎，一个时辰后给陆巡史和另外那个伤者敷上。”

曲巧七和王婉贞忙过来帮忙，但拿了药材看向诊床却不禁疑惑，只见另一张诊床上空空如也，并没有人躺在上面。

曲巧七：“先生，另一个伤者在哪里呀？”

庞安石看去，也是一愣：“刚才还在，怎么此刻却不见了？”

众人闻听忙帮着四下查看，但室内除了这几人以外，并无多出之人，只有床榻旁虚掩的一扇窗户被风吹得嘎吱作响。

之前王朗等人在诊室里的时候，钱药三就紧张得几乎透不过气了，等到庞安石处理完陆东升的伤势离开诊室后，钱药三终于逮到了逃走的机会，忍着疼痛翻窗而出，此时正一瘸一拐地沿着庭院的小径向后门而行。但钱药三却没料到，庞安石出去后仅仅交谈了几句就把众人带回了诊室，他还没跑到后门，身后就传来了追赶者的脚步声。

钱药三心中发急，脚下更是踉跄，几乎摔倒在地。正这时，追赶者抢上两步扶住了他，但钱药三却心如死灰，因为扶住他的恰恰就是王朗。

王朗拉住钱药三：“这位仁兄，你还受着伤，乱走什么啊？”

钱药三把头埋低，含糊着回道：“我的伤势无碍了，家中还有急事。”

钱药三话还没说完，王朗已然看清了他的面目：“钱药三？怎么是你？”

见被王朗认出，钱药三顿时气力全无，一屁股跌坐在地，哽咽道：“兄弟，我对不起你。”

说话间，白无用和孙成龙也赶了过来，一起将钱药三围在中间。

孙成龙：“王兄，他就是骗你的那人？”

钱药三闻听一愣：“我骗什么了？”

孙成龙气道：“冒充麻梁写勒索信、诬陷我是麻梁的同伙、然后卷了王朗的银子跑路，这难道不是你做的？”

钱药三忙冲着王朗道：“兄弟，我只是把你交给我的银子丢了，别的什么也没有骗你啊，麻梁的勒索信怎么变成是我冒充的了呢？”

孙成龙：“事到如今你还在狡辩！那我问你，如果不是心虚，你跑什么？”

王朗一直默不作声地盯着钱药三，此刻忽然问：“你哪儿受伤了？怎么会来庞神医这里？”

钱药三：“别提了，在汴河岸边一个酒馆喝了点儿酒，出来的时候就被一辆马车撞了，幸亏庞先生路过，才把我救下。”

听到这句话，王朗忽地松了口气，而接下来的举动更是出乎所有人意料，王朗上前抱住钱药三，感慨地道：“兄弟，我信你说的，你没骗我。”

钱药三愧疚地看着王朗：“我丢了你的银子，愧于见你，这才想着偷偷离开。况且，你们遇到这么大的祸事，我不想牵连进去。”

闻听“祸事”二字，白无用一愣，忙问：“祸事是什么意思？”

钱药三一愣：“难道庞神医没跟你们说？”

白无用疑惑地摇摇头。

钱药三：“刚才庞神医给陆巡史疗伤的时候，陆巡史醒过那么一会儿，我隐隐约约听他说了一句，这阴谋和曾相及辽国有关。”

白无用闻听脸色骤变，掉头便向庞宅跑去。

孙成龙也反应过来，快步跟上白无用，边跑边道：“我刚才就觉得奇怪，庞先生一向是医者仁心，为什么冷言冷语地极力赶我们走。”

白无用顾不得分析，更是加快了脚步。王朗也搀着钱药三在后面紧跟。

白无用和王朗跑进诊室，却见室内并无庞安石的身影，只有王婉贞、曲巧七和小喜在给陆东升换药。

白无用忙问：“庞先生呢？”

曲巧七：“他把药材交给我们就离开了呀。”

白无用一惊，顾不得解释，和孙成龙掉头便往外面跑去。

三个女人正疑惑时，王朗搀扶着钱药三也走了进来。王婉贞见到钱药三顿时愣住了，随后又惊又喜地快步过来：“恩公，你怎么也在这儿？”

钱药三也认出了王婉贞，不禁苦笑着长叹一声。

宅院门前停着一辆马车，庞安石和仆人焦急地将几个包裹扔进马车里，而后跳上马车急切地驾车欲逃。

白无用和孙成龙追出来，见此情景更是加快了脚步，幸而马车刚刚行驶速度还不是很快，白无用和孙成龙紧跑数步，终于气喘吁吁地拦住了马车。

庞安石从马车里探出头，见除了白无用和孙成龙之外，福满和韵哥也匆匆跑来，心知已无法再跑，不禁悲从中来，仰面无助地叹道：“老天爷，你为何不放我一条生路啊。”

孙成龙正欲开口，白无用已拦住了他，指着正向这里跑来的福满和韵哥，吩咐孙成龙：“你带他们先回诊室照顾陆巡史，我和庞先生单独聊几句。”

孙成龙点点头，带着庞安石的仆人，拦回福满和韵哥向庞安石宅院而去。

白无用将庞安石扶下马车，二人坐在路边一棵大树下。

白无用：“庞先生，我已经知道陆巡史醒过片刻。”

庞安石叹了口气：“既然你们已经知道了，我就不瞒你了，陆巡史确实苏醒了片刻，但只说了一句话就又昏迷了。”

“什么话？”

庞安石沉默了片刻，小声道：“他说，阴谋和曾相以及辽国有关。”

白无用皱眉思忖着。

庞安石：“如此隐秘、惊悚的事情，我岂敢涉及其中？又如何敢告诉诸位？”

白无用看着庞安石，微微摇了摇头：“庞先生，您知道我为什么让别人都离开，单独问您缘由吗？”

庞安石疑惑地摇了摇头。

白无用：“我觉得您另有隐情没说。”

庞安石下意识地避开白无用的目光，尴尬地摇头。

白无用：“如果只是怕受牵连，您不告诉我们陆巡史所说的话便是，没必要匆忙逃离。我猜的没错的话，您已经深陷这个阴谋之中了，对吗？”

庞安石垂下头，默然不语。

白无用：“庞先生，如果真是如我所说，您觉得您逃离汴梁有意义吗？哪怕你逃到天涯海角，也免不了杀身之祸。”

庞安石被这句话戳中了心事，不禁长叹一声。

白无用：“其实不光是您，我们也或多或少的深陷其中。就比如请您复原的那个女尸的头颅，除了事主以外，还关乎着好几条性命。比如孙成龙和他娘子曲巧七，是如果清查不清楚，也可能会被牵连；另外那个妇人，是开封府巡史李忠良的妻子，李忠良也被冤枉，即将问斩。还有那个小吏福满，他的娘亲也无辜被害。庞先生，若抓不到真凶，还会有更多无辜者被牵连，您医者仁心，难道真能眼见着人间惨剧不断发生吗？”

庞安石听到此处，看向白无用：“可如此大的阴谋，仅仅是我的一点发现就能成为破解的线索吗？”

白无用：“集腋成裘、水滴石穿的道理您自然明白，只要我们齐心协力，一定能破了这迷局，才有可能渡过这一劫。否则，我们都将惶惶不可终日，而且随时都会有杀身之祸。”

庞安石思忖一阵后点了点头，缓缓道：“这还要从几日前我给辽国四王子诊病开始说起。”

白无用凝神静听。

庞安石：“那日诊病倒并无异常，那辽国四王子偶感风寒，我开了几服药便离开了鸿胪寺。但第二天晚上，礼部高尚书便请我去他府中为其诊病，后来曾相也去了。两人谈论了一番公事以后，顺便问起了辽国四王子的病情，我便一五一十地告诉了他们。昨晚，我又被辽国四王子请去，给他诊脉医治，期间四王子也貌似随意地问了礼部高尚书的病情，我也如实作答了。”

白无用：“看来双方都很关注对方的病情啊。不过，虽然有些关心过度，但看起来也没什么问题啊。”

庞安石：“我起初也没在意，但听到陆巡史说这阴谋涉及曾相和辽国之后，我猛然间想到一个细节。我第一次给辽国四王子诊脉时，是隔着帷帐，并没有看到他的面目。我当时认为他是怕风寒传染他人，所以才拉上帷帐。但第二次诊脉时，却发现他的脉象与之前大不相同。”

白无用：“病情好转后，脉象自是不同，这其中有什么问题吗？”

庞安石摇了摇头：“那种脉象的差异很少是因为疾患造成的。现在想来，我越发确定两次诊脉是不同的两个人。”

白无用：“那就是说，辽国四王子其实没有染病，而是装病。”

庞安石点了点头：“我猜到此处，便再也猜不出其中的缘由了。不过，这辽国四王子不但装病，而且还和曾相、高尚书互相试探，这里面一定牵连着巨大的阴谋。白公子，我自知深陷其中，所以才要逃出汴梁躲开这个祸事。”

王朗等人在外堂焦灼等待了良久，终于见白无用和庞安石走了进来，众人均松了口气，既然庞安石肯回来，就说明白无用已经劝说成功了。

果然，白无用冲众人道：“诸位，庞先生答应帮我们复原头颅了，这期间大家切莫打扰。”说罢，白无用看向曲巧七，商量道：“孙家娘子，你刺绣的技法超群，绘制人像想必也不是难事，能否劳烦你帮忙绘制那个头颅的画像？”

曲巧七犹豫道：“画像倒是可以，只是那头颅看着太让人害怕了。”

孙成龙握住曲巧七的手：“娘子不用担心，我在一旁陪你。绘出头像，咱们心中的谜团才可能解开。”

曲巧七深情地看着丈夫，点了点头，随庞安石走向诊室。

韵哥忙走到白无用身旁:“公子,你和庞神医说了什么,能让他转了念头?还有，这神医为啥家都不要了就逃走啊？”

白无用笑笑，走到茶几旁坐下慢慢喝了两口茶，才悠悠道：“这事情古怪得很，待我理顺了再告诉你。”

说罢，白无用闭目沉思起来。

三十一

宣和二年七月十六日，申时。

夕阳从窗外照射进来，虽然将陆东升的脸色映得有了些血色，但他躺在诊床上仍昏迷不醒。

孙成龙点燃烛台上的蜡烛，将烛台端至书案上。烛光映照下，庞安石和曲巧七专心致志地修复、绘制着女尸的头颅。庞安石一边用油泥修复着头颅面部残缺的部分，一边向旁边的曲巧七低语着，而曲巧七随着庞安石的吩咐，在画纸上描绘着一个女人粗略的面部轮廓。摇曳的烛光光晕下，画纸上的女人面部轮廓更加具体。

钱药三的状态好了许多，一来他只是皮外伤并未伤及筋骨，用上了庞安石的药粉后更是恢复神速，二来丢失银子的事得到了王朗的谅解，也让他这个心病彻底烟消云散。不过不知怎的，钱药三的眉头却渐渐蹙了起来，有几次禁不住看向白无用，但又欲言又止。

白无用没注意到钱药三反常的神情，他和其他几人站在曲巧七和庞安石身后，目不转睛地关注着头颅画像的复原。

曲巧七又勾勒了几笔后，静等庞安石的吩咐。

庞安石先后看看手中的女尸头颅和曲巧七绘制的画像，冲众人道：“老夫复原的本事仅限于此了，至于这张画像与尸体本人是否近似，我也只有六七成的把握。”

白无用问福满：“这几日上报到开封府的失踪人士里，可有相似面容的女子？”

福满仔细端详画像，摇了摇头。

王朗：“这就难办了……通过官府搜寻这画像的女子，难免会走漏风声，如果我们私底下调查，又根本没那么多人手。”

白无用也一时无语。

众人均陷入沉默之中。

忽然，一个声音从众人身后响起：“她长得好像丹娘。”

众人闻声回头，只见钱药三站在了他们身后，正目不转睛地看着画像。

王朗忙问：“丹娘是谁？”

钱药三仍盯着画像：“苏青青花船上的厨娘。”

白无用：“是那个汴梁名妓苏青青？你怎么认得她的厨娘？”

钱药三：“我常在汴河岸边听苏青青的唱词，有几次她的厨娘下船买香料和食材，于是便认得这个丹娘。”

王朗：“那你快仔细看看，这究竟是不是丹娘？”

钱药三仔细地看着画像：“看着是很像，但是……也有点儿吃不准。”

白无用忽然问：“对了，你刚才说什么？”

钱药三：“我有点儿不敢肯定啊。”

白无用：“不是这句，前面那句话。”

钱药三回想了片刻：“我有几次看丹娘下船买香料和食材，就认得她了。”

白无用眼中一亮，喃喃道：“香料？”

钱药三：“是啊，苏青青很喜欢香囊，也对香料特别的讲究，都是买来名贵的香料自己配制。这丹娘身上就带着独特的幽香，想必用的便是苏青青配制的香囊。”

没等钱药三说完，白无用急切地从怀中掏出一个手帕包裹的物件，打开后只见里面是一个精美的香囊。

白无用将香囊递给钱药三：“钱兄，你仔细看看，认得这个香囊吗？”

钱药三接过来，放在鼻子下面闻了片刻便肯定地连连点头：“这就是苏青青配制的。”

王朗：“你连看都没看，就这么肯定？”

钱药三摇晃着香囊：“这香气你们没闻出来很特别吗？”

白无用点了点头：“是的，当时我就觉得很特别，还特意比较了一些胭脂水粉，但没有相同的气味。”

钱药三：“这特别之处在于里面有安息香。”

白无用：“安息香？”

钱药三：“安息香原产于波斯，现在西域商路不畅，于是市面上多用大越和爪哇国产的安息香，但成色和香气照波斯的安息香差了许多。而苏青青用的是波斯的安息香，你用市面上的对比，自然一无所获了。”

王朗：“你怎么知道得如此详尽？”

钱药三叹了口气：“我对苏青青颇为仰慕，也就趁丹娘下船的时候找机会打听过一些消息，后来我也花了大价钱购置了些许安息香，想有机会——”

钱药三话没说完，王朗便郁闷地叹道：“怪不得你这几年日子拮据，原来银子都花在了这上头。”

众人均恍然大悟。

白无用看向画像，而后将目光投到女尸头颅上，缓缓道：“杀死丹娘，还把她的头颅割下，显然是不想让人发现其身份，这背后究竟又怎样的玄机呢？”

钱药三紧张地道：“会不会真正的目标是苏青青？”

白无用摇摇头："苏青青虽说名满汴梁，但终究只是歌妓，这个阴谋如此之大，苏青青够不上这个分量。"

庞安石在一旁听着，脸色忽然一变，但欲言又止。

白无用看在眼里，冲众人道："这件事一时间也难有头绪，还是等陆巡史醒来以后再说吧。"说着，转向庞安石，"老先生，您也辛苦了，我扶您回内堂休息一下。"

庞安石心领神会，起身与白无用向内堂走去。

白无用和庞安石走入内堂，关上门后急忙小声问道："庞先生，您刚才是不是有话要说？"

庞安石点点头："说起香囊，我倒想起一个细节。"

白无用："什么？"

庞安石压低声音道："我在给辽国四王子诊病的时候，他身上便有这安息香的香气。"

白无用："如此说来，辽国四王子肯定见过苏青青。果真如此的话，这几个谜团便联系起来了，辽国四王子和曾相之间的阴谋，连接其中的关键一环便是苏青青。"

庞安石不可思议地看着白无用："为了一个女人？"

白无用若有所思地摇了摇头："当然不会为了苏青青，她应该是身不由己地卷入了纷争之中。"说到此处，白无用不禁叹道："人生难料啊，被许多看似巧合的事情勾连在一起，可能就把事态演化成不可预知的地步。就像您昨晚如果没有去汴河，也自然不会救下钱药三，那我们也便不会知道安息香，更无从猜测这背后的隐情。"

庞安石听出白无用话里有话，忙问："白先生，你是不是找到答案了？"

白无用轻松地笑了笑："这件事庞先生不必担心了，白某自会处理妥当。不过，现在该请先生动身暂避一下了。"

庞安石虽不知白无用有何办法，但相识的这几个时辰已经让他对白无用颇为信任，于是点头应允。不到一炷香的时间，车马行囊已准备完毕，王朗、孙成龙、福满和钱药三将陆东升抬进一辆马车里，韵哥和庞安石的仆人正将庞安石的行囊放进另一辆马车里。

白无用走到韵哥身旁，叮嘱道："路过陆巡史家的时候，将陆夫人和那个受伤的姑娘子也一起接走。"

韵哥："公子，那你呢？"

白无用笑道："我办完了事，自然就赶回家了，你还怕你的公子丢了不成？"

说罢，白无用看向一旁的王婉贞："李巡史蒙冤入狱，我必须把他救出来，而且这也涉及一连串的迷雾，我既已看清这雾中迷局，如不拨开迷雾，内心难安。"

王婉贞眼中含泪，感动地点头。

说话间，王朗等人安顿完陆东升也走了过来。

白无用看向众人，自信地笑道："这桩阴谋我已想出破解之法，咱们暂别几个时辰，待我处理完毕就和大家会合。对了，酒菜准备好，今晚我们开怀畅饮一番。"

众人见白无用如此自信，也便放心上车。但几辆马车驶离之后，白无用脸上的笑容渐渐消失，凝重之色笼罩了面庞。

当诡异的花船案发生时，他就猜出这一定是个巨大阴谋的一角，否则曾煜怎会牵涉其中？但他着实想不出这个阴谋究竟是什么。但随着这几日接二连三的变故，特别是陆东升的发现和庞安石提供的线索之后，白无用对这个阴谋的轮廓渐渐看得清楚了——曾相的目标是辽国四王子，而且那肯定涉及到宋辽之间的国家大事。再联想到近一月来当今大家要与辽国结盟抗金的传闻，白无用明白了曾相欲除掉辽国四王子的目的，一想到这个后果，他不禁周身寒彻。虽然刚才他故作胸有成竹地让众人离开，但实际上他心中清楚得很，之后的事情不是祸福难料，而是连半成的胜算都没有，他只能尽人事听天命了。

韵哥驾着马车而行，车厢内的王朗、钱药三和福满三人默然不语，各个心事重重。

忽然，钱药三开口道："停车！"

韵哥勒住缰绳，和王朗、福满一起疑惑地看着钱药三。

钱药三："丹娘被杀，这事很可能关系到苏青青，我要和白公子一起去查。"

王朗："都什么时候了你还挂记苏青青。"

钱药三叹了口气，苦笑道："我知道这只是一厢情愿，但在我心里，她就是比任何人都重要。换作你，如果知道秀儿有难，难道能置身事外吗？"

王朗和福满都愣了。

钱药三顾不得再和二人说话，径自跳下了马车。

白无用惊讶地看着从暮色中跑来的钱药三，而在他身后，韵哥驾着马车跟了过来。快到白无用身前时，王朗和福满也跳了下来。

白无用："你们这是？"

钱药三："为了苏青青，我要查清楚这件事。"

福满："我娘的冤屈还没有解开，我也不可能置身事外。白公子，有什么我能做的，您就吩咐吧。"

白无用见几人如此恳切，也就不再遮掩，敛容道："这件事幕后牵涉甚大，多一人参与便可能多枉送一条性命，而且这秘密只有我一人知晓，事情还有转圜余地，若是知道的人多了，反而没有胜算。"

王朗："白公子，这事情也牵涉到我等，现在遇到危险岂能让您一人承担？

我一介草民虽是身份低微，但为人行事并不比所谓的达官贵人低贱，所以这件事您必须带上我。”

韵哥指着远处另外两辆马车：“陆巡史有孙先生他们照看，让他们先走就是。我和公子您这十年都没分开过，现在你便是撵我我也不走。”

白无用看着众人，百感交集地点了点头。

三十二

宣和二年七月十六日，酉时。

夜色下，曾相府门前停着两辆马车，从马车的形制和装饰上看，访客显然身份尊贵。

书房里只有曾煜和陈康二人，曾煜专注地看着窗外，只见曾相正陪着鸿胪寺卿和辽国使臣沿花园小径而行。

陈康："这么晚了，鸿胪寺卿和辽国使臣来做什么？"

曾煜也隐隐觉得不安，琢磨片刻问道："你在花船安放炸药的时候有人注意到吗？"

陈康："公子请放心，万无一失。"

曾煜："那个暗舱呢？会不会被人发现？"

陈康："那个小暗舱是厨娘丹娘私设的，丹娘手脚不干净，时常偷些器物藏在那里，很隐秘。而且丹娘已经死了，更不会有人发现了。只要辽国四王子今晚去了苏青青的花船，等着他的就是死亡。"

曾煜虽点了点头，但仍谨慎地注视着窗外，继续问道："陆东升有消息吗？"

陈康："这一天来也不见踪影，我猜测应该是继续追查逃犯了。另外，我已派人在汴河附近严加查探，一见陆东升便秘密拿下。

两人正商讨间，曾煜见曾相已送走鸿胪寺卿和辽国使臣，正向书房走来，于是转头冲陈康使了个眼色，陈康忙走到门前为曾相开门，而后躬身施礼快步离开。

曾煜快步走到曾相身旁："父亲，什么事情？"

曾相："辽国四王子邀请我们父子去汴河游船赏月。"

曾煜一怔："今夜是我们行动之日，他却邀我们去赏月，未免太巧合了吧？"

曾相淡淡一笑："鸿胪寺卿刚才私下通禀，辽国四王子已经出发，只带了几个贴身侍从，他的侍卫高手均留在了鸿胪寺正常当值。从这些情况看，他只是正常宴请，并无他念。不过，既然我父子也要登船，爆炸时间便要更改一下了。"

曾煜："明白，我让陈康将火药定时的机械调整一下，待我们离开花船后再引爆。"

父子二人商量完毕，随后叫上陈康离开府邸向汴河而去。不过他们不曾发现，一辆马车不远不近地尾随着他们。车内正是白无用几人，白无用轻轻拉开帷帐的一角，一边仔细地观察着外面的情况，一边低声向王朗三人分派着任务。

宣和二年七月十六日，戌时。

汴河岸边如往日一样夜景婆娑，隋堤上的游人络绎不绝，附近的几条街道上车马往来。

白无用的马车安静地停在偏僻的路边，丝毫不引人注意。白无用和韵哥坐在马车里，远眺着汴河中荡漾的花船。

福满从街道一侧快步过来，小声道："白公子，我仔细看过了，这附近没有开封府的差人，看来曾相深夜外出不是公事，而是临时出行。”

白无用点点头，又吩咐道：“你再去打探一下，之前一个时辰有无什么异样。”

福满领命而去。

韵哥纳闷地道：“公子，曾相和曾公子去苏青青的花船做什么？曾相我倒不知道，但曾公子咱们熟悉啊，据我所知他并不喜欢这风月场所啊？”

白无用看着河中的花船，沉思不语，耳畔回响着和庞安石对话的话语声。

“我在给辽国四王子诊病的时候，他身上便有这安息香的香气。”

“如此说来，辽国四王子肯定见过苏青青。果真如此的话，这几个谜团便联系起来了，辽国四王子和曾相之间的阴谋，连接其中的关键一环便是苏青青。”

白无用沉思之际，王朗和钱药三也走了过来。

王朗小声道：“岸边都是游客，我和钱药三没发现异常之人。”

钱药三迟疑了一下，道：“但今晚苏青青却有些古怪。”

王朗：“你连苏青青的面都没见到，怎么就知道古怪了？”

钱药三无暇顾及王朗的揶揄，心事重重地看着远处的花船，喃喃着：“已经有三拨客人上花船了。”

白无用：“这有什么异常吗？”

钱药三：“苏青青每晚最多只陪一拨客人，这是她的规矩。”

白无用闻听，不禁皱起眉头，喃喃道：“看来今晚恐怕要有大事发生了。”

钱药三闻言，紧张地看着远处的花船。王朗看着钱药三这副痴情种子的样子，不禁暗暗叹了口气。

夜色下的汴河幽静地流淌着，精美的花船随波荡漾，五彩斑斓的色彩由花船内透射出来，将周围的河水也映照得光影琳琳。

花船内，苏青青抚琴吟唱，曲声优美婉转。辽国四王子坐于主位，微闭双目，怡然自得地随着曲调打着节拍。而在其他几个位子就座的除了曾相和曾煜，礼部尚书高秉、刑部侍郎张昶和开封府府尹曹全。曾相用余光瞄了瞄其他几人，只见三人均微微摇了摇头，示意曾相自己也并不知为何被请来。

之前被请进花船后，曾相见到舱内还有这三人，心中便暗呼不妙，四个主导这场阴谋之人同时被请，岂是“巧合”二字能解释的？但转念一想，他们四位重臣主张联金，这在朝野之中并不是秘密，辽国四王子也自然知晓，或许是借这个机会游说几人转变政见也未可知。退一步说，即便这场宴请是鸿门宴，辽国四王子的伏兵在何处呢？之前鸿胪寺卿已经密报，辽国使团的高手并没有来花船，虽说这个四王子身怀武功，可他一个人如何能成气候？何况自己身边还有陈康和煜儿保护，特别是陈康，有万夫不当之勇，何惧这个辽国四王子？曾相思量过后，心中安定了许多，泰然自若地与众人举杯畅饮。

一曲终了，辽国四王子睁开眼睛，笑着看向众人：“今夜本王刚得了一件宝物，于是特意请几位大人共赏此物，这才不虚度这良辰美景。”

曾相等人故作欣喜地举杯道喜:“能有这机缘一睹宝物,我等荣幸之至。”

辽国四王子微笑着环顾众人:“这一宝物乃是精心配制的炸药,威力甚大,足以将这艘花船炸得粉碎，而且还神不知鬼不觉地藏于船底。”

曾相几人闻听，神色顿变。

辽国四王子笑着继续道：“对了，这个炸药还有定时装置，可以任意调整时辰引爆，真可谓机关巧妙啊。”

曾相几人面如死灰，彼此互视一眼后眼中均露出奋死一搏的杀机。正此时，舱外传来一声惨叫，随即脚步声急促地传来，进来之人竟是陈康。陈康一手提着沾着血迹的佩刀，另一手提的赫然是鸿胪寺卿的人头。

苏青青及几个侍女吓得花容失色，惊惧地搂抱在一起。

陈康将鸿胪寺卿的人头扔在曾相等人面前，举刀逼视曾相等人。

曾相等人尽皆愕然。

辽国四王子：“没有想到吧？你们自以为机关算尽，其实全在本王的掌控之中。”

曾相惨然一笑：“明白了，四日前你称病便已发现了端倪。”

辽国四王子微笑颔首。

曾相：“但那时你为何没有动手？”

辽国四王子笑道：“当时本王只知道你曾相图谋不轨，但想必朝中会有与你同党之人，所以才用这几日暗中调查。现在三位大人到齐，这出戏也该落下帷幕了。既然你等苦心设计了这炸药，那便请几位自己享用吧。”

曾相不禁长叹一声：“我等死不足惜，只是没有除掉你，我朝基业将毁在你的手中，黎民百姓再无宁日了。”

辽国四王子冷笑一声：“口口声声说你朝基业，真是可笑至极。天下大事岂是你等能决定？时事也好，运数也罢，还轮不到你们来指点江山。现如今大金强势，你大宋与我大辽联手抗金才能各保太平。若是你朝皇帝听信你等谗言联金抗辽，才是真的基业不保。”

说罢，辽国四王子冲陈康道：“将船上之人尽数捆绑，让炸药伴着他们葬身这汴河之中吧。”

话音刚落，苏青青和几个侍女跪地哭诉：“王爷，我等与此事毫无关系，还请饶了奴婢。”

辽国四王子看也没看苏青青，看着窗外的夜色冷冷道：“青青，但你现在知道了，便与你有关。”

两行清泪从苏青青眼中滑落。

陈康看了苏青青一眼，目光中露出些许同情之色，但瞬间便被冷酷之色所取代，拿出绳索转身走向曾相。

曾相怒视陈康："没想到你竟然会背叛我，背叛大宋！"

陈康冷笑着瞥了曾相一眼，连话语都不屑于多说一句。

陈康是两天前的那个夜晚决定背叛曾相的。

那晚，陈康意识到竟忘了割下常牙婆的首级后，急忙赶回那条偏僻小巷，将常牙婆的尸体带到了西郊驿道和进山小路的交叉口。整个过程他都处于麻木之中，像是一个行尸走肉，直到将常牙婆的头颅扔下峭壁后，痛苦才猛地袭遍全身。

正这时，从峭壁下方竟隐隐传来类似鬼魅的呓语声，陈康被骇得面如死灰，这一定是常牙婆的亡灵在向他索命，他慌忙跪下连磕了几个响头后踉跄着逃离。但陈康刚从山林间的小路转向驿道的方向，两个男人突然从阴影处现身，拦住了他的去路。

陈康怕鬼，却未曾怕过恶人，他紧握佩刀刀柄，谨慎地道："你们是什么人？"

对面的一个男子掏出一个手牌，展给陈康："我们四王子要见你。"

月光下，陈康看得真切，那是辽国大内侍卫的名牌，陈康冷笑一声，刀已出鞘。

对面男子冷冷地道："我们如果想要杀你，你早就没命了。"

陈康知道对方这话并非虚言，他一路上被跟踪竟然毫无察觉，足见这二人的武功之高。虽然有自己之前神志恍惚的原因，但对方的功夫至少和自己是半斤八两，何况人家是两个人，动起手来毫无胜算。即便侥幸逃脱，自己也是处在明处，日后对方轻而易举就能再寻上来。是福不是祸，是祸躲不过，这个辽国四王子是不见不行了。

思忖过后，陈康缓缓将刀入鞘。

半个时辰之后，陈康跟随着两个男子穿过一片竹林，来到一处僻静的汴河河岸，一座精美的亭子在四个粗大的桥墩支撑下坐落于靠近岸边的水中。

两个男子带着陈康走到亭子边，陈康也看清一个衣着华贵的男子正坐在亭子里一边品着茶一边远眺着汴河。

那男子转头冲两人摆了摆手示意他们退下，而后看了眼陈康：“我辽人生性直率，所以也就开门见山了，两日前曾相欲谋害本王，行动的前前后后本王已查得水落石出。”

陈康一惊，但瞬间恢复常态：“王爷既然知晓，为何不直面曾相，反而为难陈某？”

辽国四王子微微一笑：“这等计划绝非曾相一人就能完成，想必还有位高权重的同谋吧？本王这几日故意称病，一方面是让曾相和他的同党放松警惕，另一方面想请你替本王将这几人一一查清。”

陈康冷笑道：“王爷是想让陈某卖主求荣、背叛大宋吗？”

辽国四王子：“在你心中，曾相或许是你的主人。但在他心中，你又是什么呢？他貌似视你为心腹，却一丝权力都没有赋予你，你在他眼中只是一个卑微的走卒，甚至在妓女面前都得不到尊严的走卒。”

陈康：“但他毕竟救了我。”

辽国四王子叹息着摇了摇头：“他表面上救了你的性命，但实际上却把你最后的一丝人性泯灭了，你想想看，这几年来你心中何时有过情义二字？一个人麻木得连情感都没有了，和工具有什么区别？而且还是个只被呼来喝去的工具。你错杀了你的救命恩人，但实际上真正的凶手难道不是曾相吗？”

瞬间，痛苦、自责、悔恨、仇怨，诸多的情感狂风骤雨般袭向陈康，他已无力开口反驳，只是强忍着眼中的泪水不要流下来。

辽国四王子看了眼陈康，继续道：“至于说背叛大宋，更是无稽之谈。曾相一门心思联金抗辽，可他想过没有，金人虎狼成性，假如宋金联手灭了我大辽，下一个被吞入虎口的必将是你大宋。你经历过沙场鏖战，大宋军队什么实力你最清楚，对我大辽尚且难求一胜，更何况面对金兵了。正所谓唇亡齿寒，如果按照曾相的做法，那才是背叛大宋、毁了大宋。”

陈康沉吟良久，苦笑道：“这等国家大事不是我这样的草民所能主宰的。”

辽国四王子轻蔑地看了陈康一眼：“这就是你们大宋如此羸弱的原因，每个百姓都口口声声说忠君爱国，但真到了关键时刻，每个人都瞻前顾后、将责任推脱出去。”

陈康面色一红，无言以对。

辽国四王子：“你不敢面对国家大事，那也无妨，那你自己的性命呢？你为曾相做了这么多隐秘之事，你觉得他还能留你的性命吗？”

陈康呆住了。

辽国四王子抬手示意两个随从过来，指着汴河中苏青青的花船吩咐道：“带他去苏青青的花船。良宵一夜，或许能让他明白人生在世该怎样活着。”

陈康：“你以为用女色就可以收服我吗？”

辽国四王子笑道：“你是战场上的勇士，我佩服还来不及，怎么会用女色这等手段收服你？我只是要你今夜体验一下大宋繁花似锦和美轮美奂，因为几年之后，在金国的铁蹄之下，这些将不复存在。你可以在这一夜好好思量一下，作为一个大宋的子民，你该做何选择。”

那个晚上，当陈康搂着苏青青进入梦乡之后，他梦见了翠翠。翠翠含笑跟他道别，转身离去时正是夕阳西下，落日的余晖将整个梦境晕染得美轮美奂。而后陈康醒了，却没有痛苦和惆怅，他知道那其实是自己在和翠翠、在和过去告别，他彻底想通了，既然往事不堪回首，那就抹去那段记忆好了。

此刻，陈康陪着辽国四王子下了花船，登上了一艘精美的小船，向远处靠近岸边的小亭子驶去。

花船内，曾相等人均被绑在椅子里，每个人的目光中都充满了悲哀痛苦之色，苏青青的几个丫鬟更是梨花带雨，哭成一团。

曾相无可奈何地看着身边几人，仰天叹道：“棋差一招，我等终究还是功亏一篑啊。”

高尚书：“天命难违啊。”

曾煜看着窗外皎洁的月色，喃喃着：“父亲，孩儿不后悔，在此等夜色之下与父亲共赴黄泉路，别无遗憾了。”

辽国四王子安坐于小船内，津津有味地看着距离越来越远的花船，淡淡笑道：“这几个主张联金的重臣一命呜呼，换来的是辽宋联手抗金，至少可保十数年的太平了。”

陈康：“但以后呢？”

“能把握住当下就已经不易了，以后的事情就让世人评说吧。”辽国四王子说着，遥望着苏青青的花船，怡然自得地笑道：“就比如他们几位，日后的青史之中只会记载他们死在妓女花船之上，他们的名字只是后人茶余饭后嘲笑讽刺的谈资罢了。”

白无用、福满、韵哥在岸边心神不宁地看着汴河中苏青青的花船，而后目光又移向岸边的亭子，由于距离较远，只能看见几个人影进了亭子。

福满嘟囔着：“钱药三和王朗盯着花船，怎么什么消息也没传回来？”

韵哥则小声地问白无用：“公子，那几个人怎么从花船里出来了？”

白无用拿出望远器向亭子看去。望远器的视野里出现了辽国四王子、陈康等人的身影，继而望远器的镜头不断在亭子和花船交错。

看着这一幕，白无用的脸色变得越发惨白。

韵哥看着白无用紧张的样子，也更加心惊，忙问：“公子，怎么了？”

白无用喃喃着：“大事不妙了。”

韵哥急道：“那咱们该怎么办？王朗和钱药三还没消息，要不要我也去探听下消息？”

白无用看着望远器里辽国四王子惬意品茶的样子，无助地摇了摇头：“来不及了。”

说罢，白无用看向夜空，这晚的夜空繁星闪烁，月光皎洁。他心中不禁暗叹，这正应了“月有阴晴圆缺，人有旦夕祸福”。不过，曾相等人命丧花船之中，对于大宋来说，或许是因祸得福也未可知。

他正这般想着，轰隆隆的爆炸声骤然响起，随即火光冲天、浓烟滚滚，将这个美丽的夜空涂抹得惨不忍睹。

三十三

一个月后。

艳阳高照下的汴梁城繁华依旧，街道上人来人往，各家店铺生意兴隆。

曲巧七家也不是以前那样死气沉沉，说笑声从窗子里传出来。

曲巧七坐在窗前，娴熟地绣着绣品，绣品上的鸳鸯活灵活现，看着甚是喜庆。

曲巧七边绣边冲身旁的小喜道："韵哥媳妇，你看看还需要绣什么物件，一并告诉我。你们放心，肯定耽误不了你们大喜的日子。"

小喜羞道："人家还没过门呢，哪就是韵哥媳妇了。"

韵哥在旁急道："这几天我叫你媳妇，你答应得不也挺痛快的嘛，还差那几日了？"

白无用笑道："人家小喜不喜欢的是韵哥媳妇这个称呼，这也怪我，平日里叫你韵哥叫惯了，哪有新郎官叫韵哥的。"说着，白无用冲曲巧七道："对了，你家孙先生何时回来，让他给韵哥取个名字，这才配得上新郎官嘛。"

曲巧七笑道："我家成龙啊，自从谋了那个管事的差事，每日忙得不亦乐乎，太阳落山才回来呢。"

白无用小声道："那你婆婆没再逼他继续科考？"

曲巧七：“怎么没有啊，不过成龙打定了主意，告诉我婆婆他不再执迷于科考，而是要凭自己的能力养家糊口。出乎我的意料，婆婆竟然答应了。”

白无用颔首:“其实你婆婆并不是不明事理之人,只是以前成龙并不自立,作为母亲也只有逼他科考一条出路。但如今成龙焕然一新，你婆婆自然便转念了。”

曲巧七：“是啊，真没想到一个月前的那番变故倒真的让我们一家因祸得福了。”

白无用冲韵哥和小喜道：“你们俩就在这儿等孙先生回来，带着新名字回家。公子我先走一步，去逛逛汴梁城了。”

庭院里种着各式各样的花花草草，李仕达和王婉贞正精心侍弄着。

白无用在院门外微笑注视着，没有打扰两人这温馨的时刻。

王婉贞转身时看见了白无用，忙叫上李仕达快步来到院门前。

王婉贞：“白公子您来了，快请进。”

白无用笑道：“顺路过来看看，见你们夫唱妇随的样子，我进去反倒坏了这景致了。对了，李巡史今日不当值？”

李仕达：“原本是该我当值的，陆巡史说他伤已痊愈，今日替我了，让我今天好好陪着婉贞，今天是她生日。”

白无用：“那我就更要走了，这个好日子必须留给你二人独自温馨相处才是。”

说着，白无用笑着摆手欲走。

李仕达忙拦住：“恩公，自从您将我从大牢中救出，我便再也寻不见您，连句感激之言都没机会说。”

白无用：“你逃过一劫是你造化使然，换作别人也会伸手相救。”

李仕达：“白公子宅心仁厚，李某感激不尽，也自惭形秽，其实还有些隐秘之事尚未向您言明。”

白无用笑道：“天下之人谁没有隐秘之事？有些事情放在心底尘封便是，珍惜眼前人、眼前事才是重要。”

说罢，白无用笑着转身离去。

庭院里，王朗挥汗如雨地劈着柴样。

秀儿父亲端着水从房里走出来，热情地招呼着王朗：“王朗，喝口水歇歇吧。”

王朗手中不停：“没事，不累，我把这些柴样劈完再歇着。”

秀儿父亲：“这些天多亏了你照应，我们这个家才没有散架，真是辛苦你了。”

王朗笑道：“伯父不用客气，你就当使唤自家孩子一样便是。明天我又帮买家做了桩房产交易，等拿了佣金，我买上几斤牛羊肉，给您二老和秀儿补补身子。”

两人正说着，秀儿母亲从房里走出来：“饭好了，王朗，快进来吃饭。”

秀儿母亲话音刚落，秀儿便一脸不悦地从屋子里走了出来，一边使劲儿拽着母亲的袖口一边不满地抱怨着，虽是对母亲说，但显然是针对王朗。

“娘，我的事情我自己做主，我就跟你和爹说明白了吧，我已经心里有人了，你们别再为我的事情忙乎了。”

秀儿母亲：“秀儿，你怎么还记不起来呢？王朗就是你说的那个人嘛。”

秀儿气道：“娘，你们能不能不再蒙骗我？我虽说记不起那个人的模样和名字，但肯定不是他！他也一定会来找我的。”

说罢，秀儿冷冷地瞪了王朗一眼，转身径自进了屋。

秀儿父母无奈地立在原地，半晌后，秀儿父亲叹了口气：“秀儿这个样子，可怎么是好？”

王朗笑着安慰道：“伯父伯母，虽说秀儿记不起我，但身体没有大碍，这便是好的。”

秀儿母亲走过来，同情地道：“孩子，这些日子我和秀儿爹也看出你对我们家秀儿一往情深，若是秀儿好了，我们是一百个乐意让秀儿嫁给你，但现在她始终不认得你，这如何是好啊？”

王朗笑道：“秀儿会恢复的。”

秀儿父亲也走过来：“但是万一恢复不了呢？孩子，那会耽误你的。”

王朗看着被秀儿关上的房门，深情地道：“……即便秀儿再也记不起来我，那我就这样陪着她便是。”

院子外面的一棵大树下，白无用默默地看着这一幕，眼中泛起泪光。

夕阳的照射下，汴河如同被蒙上了一层晕黄色的薄纱。

苏青青的花船仍在汴河中微微荡漾。曼妙的曲声从花船传出，飘荡向汴河岸边。所有的一切仿佛都没有改变，似乎根本不曾有过一个月前的那场爆炸。

只是那座岸边的亭子已不复存在，只有白无用和曾煜两人站在旧址处凝望着汴河。

曾煜：“无用兄，家父的建议你考虑得怎么样了？”

白无用摇摇头：“我乃性子散漫之人，庙堂之上不是我所能待的地方，还请曾兄转告令尊，白某愧谢了。”

曾煜：“那无用兄可否告知那夜爆炸的内情究竟是什么？何不敞开心扉一吐实情呢？”

白无用：“这事情我怎会知道？”

曾煜：“无用兄，此处就你我二人，该坦诚相见才是。那场爆炸之后，你向我挑破你已知晓我父子的计划，基于白兄的坦诚，家父才下令放了李忠良，也不再追究其余人等，可谓仁至义尽，如今白兄何必再将爆炸的秘密隐藏起来？”

白无用：“曾兄，令尊与几位重臣设计这一事件，其间连带了众多无辜的性命，难道不该对幸存之人网开一面吗？”

曾煜面露不悦：“成大事者不拘小节，何况是这等干系到国家命运之事。居于庙堂之人，考虑的自然不是小小庶民的生死。”

白无用冷冷道：“你终于说出内心话了，你们口口声声说所做之事是为了天下太平，但在你们这等大人物心中，黎民百姓的生死根本不值一提。在我眼中，你们均是一丘之貉而已。”

曾煜勃然变色：“白无用，你这番话说出来，可曾想过后果？”

白无用不屑地一笑：“正因为我看清了你们，想到了后果，才不会将那晚的事情说出。但我可以告诉你，那晚的爆炸和我白某毫无关联，所以你即便杀了我，那个秘密一样存在，而且我一旦丧命，那个秘密就会路人皆知。”

曾煜死死盯着白无用：“你不用巧舌如簧欲盖拟彰，这起惊天的秘密如果不是你这等聪明之人，谁人会识破？”

白无用坦然道：“诚然，这个惊天秘密是我揭开的，但却是数个毫不关联之人、数个由此引发的线索连接而成。即便现在，我也时常惊叹世事难料，如此惊世骇俗的大事，竟然被几个毫不相干的所谓草民所左右，这对你们来说是怎样可悲的讽刺。你们只知道我和那几个人参与进了这个秘密之中，但其他人呢？牵一发动全身，如果我们几人被害，又会衍生出怎样的变数？不用说你们，即便是我也算计不出来。”

曾煜一时无语。

白无用瞥了眼曾煜：“收起你们的恶念吧，别自以为是。这个世界是苍生的，也是他们所左右的，绝不是你们。”

曾煜自负地注视着白无用：“白无用，你不觉得这话很可笑吗？如今我大宋和金国即将达成联盟，联手抗辽，想必不出几年就将功成，到时我大宋收复了燕云十六州，那将是何等的气势。这些岂是几介草民能做到的？”

听着曾煜这狂妄之词，白无用心中不禁痛楚，长叹一声道：“即便收复了燕云十六州，那也必将是借助金人之力，你认为仅凭我大宋的兵马能做到吗？你们位居庙堂之上，不想着如何强盛大宋，只把希望寄托在金人身上，这是何等的短视和屈辱？总有一天你们会自食恶果。到那时，我大宋俯首称臣恐怕都填不饱金人的胃口，亡国之祸都有可能发生。”

说罢，白无用再也不愿看曾煜一眼，转身拂袖而去。

曾煜呆立在风中，竟无言以对。

岸边的游人如同往日一样兴致勃勃地听着汴河花船中传出的苏青青优美的唱词。

钱药三坐在一处游人甚少的岸边，一边喝着酒葫芦里的浊酒，一边略带醉意地和着唱词打着拍子。他惬意得很，因为是他救下的苏青青。

那晚，当钱药三听白无用说到今晚可能要有大事发生时，顿时魂飞魄散，不顾一切地向岸边奔去。当陈康将曾相等人尽数捆绑的时候，钱药三已潜水到了花船底舱，舱内众人的话语一字不落地全都听得真真切切，他不关心这大事的后果，甚至不在乎自己的生死，但这灾祸不能牵连到苏青青，于是神不知鬼不觉地将安置于舱底的火药取了出来。

但钱药三知道，仅仅这么做还不足以彻底救下苏青青，因为那两个男人还在。此刻，那二人正在远处岸边的一个亭子里心旷神怡地喝着茶。钱药三紧盯着远处的陈康，脸上愤恨之意越来越深，那个男人不但羞辱过他，更是凌辱过苏青青。

仇恨就是在陈康请他吃酒那天开始的。

那晚，两人正喝得投机之时，一句话却改变了气氛、乃至于改变了两人的命运。

陈康一边倒酒，一边看向对面喝醉了的钱药三："虽说我大宋军备腐败混乱，但我等男儿也不该自暴自弃，假若有一日能收复燕云十六州，还靠我等上阵厮杀呢。"

钱药三醉笑着摆摆手："你那是痴人说梦。收复燕云十六州？就连当今大家都不敢想，我等草民就更没必要操心了。"说着，钱药三睁着迷离的双眼看着远处汴河中的花船："对于我来说，如果有一天能见到苏青青一眼，此生无憾了。"

陈康皱眉道："堂堂七尺男儿，怎可为了一个妓女就这样神魂颠倒？"

钱药三脸色一变："苏青青怎是妓女，那是一代才女。"

陈康讥笑道："才女？哈哈，确实，在床上的叫声比她的歌声还要动听。"

钱药三双目喷火："你信口雌黄！不许你污蔑她！"

陈康掏出一个香囊甩在桌上："看看吧，苏青青贴身的香囊，上面还有昨晚与我温存时留下的汗香。你一个七尺男儿，不想着精忠报国，却留恋这等人尽可夫的女色，真是羞耻！"

钱药三浑身颤抖着，两行浊泪从眼中流出，终于按捺不住猛扑向陈康："不许你糟蹋她，我杀了你！"

陈康不耐烦地挥手将钱药三推倒在地，但钱药三仍疯了一般厮打。陈康的火气全被激惹出来，挥拳猛击，只几拳便将钱药三打得头破血流、倒地不起。

陈康一边揉着手一边鄙夷地瞥了钱药三几眼，喃喃着："充斥着你这等货色，大宋是没救了。"

说罢，陈康撇给一旁傻站着的店小二一锭银子，扬长而去。店小二忙去搀扶钱药三，可钱药三呻吟着摇了摇手，喘息一阵后吃力地爬起来，踉跄着向外面走去。

街上，两辆马车一前一后在街道上疾驰，周围的行人纷纷避让。钱药三踉跄着从酒馆里走出来，眯着肿胀的眼睛迷迷糊糊地打量周围的情况，还没反应过来便被疾驰的马车撞倒在地。他只听得车里的女子大喊了一句“韵哥快点啊，后面的马车追上来了！”，而后便一阵头晕目眩，眼中渐渐失去了光彩。

这撕心裂肺的回忆让钱药三觉得伤痛四处蔓延开来，最后全都用到胸口，憋得他几乎透不过气来。他强忍着疼痛大口喘息了几下，而后一个猛子扎进了汴河里，那几口气足以让他潜到亭子了。

夜幕低垂，白无用沿着隋堤信步而行。看着前方一边喝酒一边和着曲调的钱药三，他心中不免感慨这世间万事真是造化弄人不可预测，一个惊天阴谋的破解竟来自于一个和这件事毫不相干的草民。千百年来的时局变化、历史变迁，又有多少来自于这等机缘和偶然，又有多少史书中的记载只是后人的臆想罢了。

见白无用走过来，钱药三醉笑着将酒葫芦递给白无用。

白无用没去接，劝道：“人生苦短，少喝些酒吧。”

钱药三：“秦大实死了，王朗也变了，就连大实的坟头也不去吊唁……再不喝点酒儿，人生哪还有快乐可言？”

白无用犹豫了片刻，苦笑道：“秦大实夫妇丧命那是自作自受，不能怪王朗无情。”

钱药三愣住了。

白无用：“你到现在还没想明白是何人冒充麻梁骗你们吗？”

钱药三惊愕地看着白无用：“难道是秦大实夫妇？”

白无用叹道：“王朗肯定在那一百两银子上动了手脚，麻梁碰了银子就会中毒身亡。只是王朗那时候没想到，骗他的人竟然是秦大实。”说着，白无用拍了拍钱药三的肩膀：“好在你没有动邪念，否则埋在地下的就是你了。”

钱药三呆住了。

白无用起身飘然而去，只留下微微一声叹息消散在夜色之中。以他的性子，是不想在事后揭开这层秘密的，但他转念一想，这大宋的江山已岌岌可危，象钱药三这等平民的命运更是漂浮不定，还是多一句提醒、多留一份善念吧。

汴河依旧静静地流淌，苏青青的曲子飘荡在夜空，宛如亘古未变，但又已是物是人非。

两年后，1122 年。宋金结盟，约定联合灭辽后，金国将归还燕云十六州。但在灭辽之战中，宋军并没能打败辽军，燕云之地实际上是被金国占领。

五年后，1125 年。辽国灭亡。金国不但没有如约归还燕云十六州，还利用北宋想要收付燕云之地的心理大肆敲诈勒索北宋，并最终利用燕云十六州为借口背叛北宋大举南侵。

七年后，1127 年。金国攻陷汴梁，俘虏北宋钦徽二帝，北宋灭亡。

【全文完】